U0586661

这块石头的每颗砂砾

这座黑夜笼罩的山峰的每片矿物闪片

本身就构成一个世界

冲向山顶的斗争本身就足以充实一个人的心

必须想象西西弗是幸福的

Sisyphus
Titian（1548–1549）

《西西弗》
提香

西西弗神话

Le Mythe De Sisyphe

[法]阿尔贝·加缪 著

郭硕博 译　何祥迪 校

重庆大学出版社

《西西弗神话》导读

高宣扬

书刊检验
合格证
03

弗神话》中文译本，恰好在加缪逝世 60 周年

要的历史意义，这不但给我们提供新的时机，

ɔ人及其思想，也同时重新考查西方现代化及

其人性论的性质和实际意义，并结合 21 世纪人类生活状况及其
新诉求，全面分析人类生命面临的挑战，为人类思想文化的全
面复兴探索可能的出路。

一、《西西弗神话》与"荒诞"

加缪在 1942 年发表《西西弗神话》，并非偶然；这部具
有深刻哲学意义的随笔，不但表达了作者对人生在世所遭遇的
复杂悖论的困惑及其对自由的炙热渴望，也适时地表现了 20 世
纪西方思想文化的基本矛盾，集中地衬托出西方思想文化关于
人性的旷日持久的激烈争论以及西方现代化的实质。

半个多世纪以前，当《西西弗神话》发表的时候，德国法
西斯的军事入侵控制了整个欧洲，此前一向以欧洲文明为荣的
西方人，正陷入空前未有的精神苦闷的旋涡之中；仅仅在 20 世

纪上半叶短短 30 年的历史间隔内，欧洲竟然连续发生两次惨绝人寰的世界大战，成千成万原本对启蒙以来西方近代化进程怀抱希望的西方人，成了战争的牺牲品。据统计，第一次世界大战基本上是在欧洲进行的，英国、美国、俄国、意大利、德国、法国、奥匈帝国、奥斯曼帝国、保加利亚王国等国家参战，它们之间主要是为重新瓜分世界和重新划分势力范围而发动了这场非正义的战争，双方动员了 6500 多万人参战，使用了西方最先进的科学技术和杀伤力最大的最新武器，造成了人类历史上破坏性最大的惨剧，有 1000 多万人无谓地牺牲在战场上，又有 2000 多万人负伤，严重地破坏了经济的发展。第一次世界大战结束之后，20 年代期间发生了西方近代化以来最大的连续性经济危机、社会危机和文化危机。但西方帝国主义国家各方，不但没有因此而改邪归正，反而进一步加剧矛盾，导致第二次世界大战的爆发。第二次世界大战的战火，从欧洲到亚洲，从大西洋到太平洋，先后有 61 个国家和地区以及 20 亿以上的人口，被卷入战争之中。据统计，第二次世界大战中军民伤亡达 9000 多万人，战争中使用的武器，从常规武器到原子弹、细菌武器和化学武器等，都是西方国家科学技术发明出来的具有最大杀伤力的武器。这不仅是一场历史悲剧，更是最大的人间"荒诞"！

为此，《西西弗神话》开宗明义宣告：人们时时期盼"将给予我们希望的明天"，殊不知，恰恰是"明天"，我们迎接的，却是充满不确定性的生活，我们自己实际上又迈出走向死亡的新一步！大家盲目地钟情于明天所可能带来的希望，说明大多数人都生活在"对于死亡的确定性的无知"之中。于是，一旦事情的真相被揭示出来，在众人面前显现的世界，对于多数存有幻想的人来说，便成为一个难以理解的"奇怪世界"，变成一个"异己"的世界，一个非人道的世界。所以，在加缪看来，单靠理性，单靠知识，无法揭示世界的奥秘；即使是科学或最先进的西方技术，也不能真正解释荒诞本身，因为现代科学和各种知识，只能通过抽象的概念或隐喻的方式，给我们提供它们所"总结"的各种"意义"，而这些"意义"与真正的世界状况，相距甚远，甚至歪曲了现实本身。

所以，加缪认为，"荒诞"并非源自世界本身，也不是由于人的思想。荒诞的发生，恰在于人的认知诉求与世界本身的非理性现象发生冲突；现实的世界并非人们所期望的那么美好。显然，荒诞的真正缘由，就在于人自不量力地试图把握整个世界，并以人的主观理念，企图在生活中寻求自己设想的"意义"和"价值"；但他们却发现：迎接他们的，却是与"理性""真理"和"正义"完全颠倒的"荒诞"。加缪由此认为，把世界归纳成一个合理的原则是绝对不可能的，因为真正的世界从来都不以人的意志为转移而变化，世界从来都不是根据人们的希望而存在。

二、如何面对"荒诞"？

深受西方传统价值观和理性主义影响的西方人，当发现自己面对的世界充满"荒诞"的时候，许多人就难以接受客观的事实，对"荒诞"的事实感到绝望，甚至产生悲观主义观念，还有些人试图走上"自杀"的道路。

所以，面对"荒诞"，要不要"自杀"？这关系到人对自己的生命采取什么态度的问题，也关系到世界到底是什么的基本问题，关系到西方人原有的"理性原则"是否应该继续坚持的问题。因此，加缪明确地说："唯一真正严肃的哲学问题，就是自杀。"（Il n'y a qu'un problème philosophique vraiment sérieux : c'est le suicide.）[1] 显然，加缪颠覆统治西方哲学的传统理性论和真理论，明确地认为，真正的哲学问题，与其说探究世界的本质，不如说"如何面对世界的荒诞"？更确切地说，真正的哲学问题，无非就是要回答：面对荒诞，人究竟应该怎样活着？生活的荒诞性是不是必然导致"自杀"？这是一个对待现代性的态度问题，同时也是现代人究竟应该怎样面对现代化的问题。

加缪的回答是积极的，是坚定地否定自杀。加缪认为，荒诞不荒诞，不在于世界，而在于人如何面对世界；荒诞的真正

---

1 Camus, Albert., *Le Mythe de Sisyphe*, Paris, éditions Gallimard, collection « Folio », 1966: 17.

基础以及克服荒诞的出路，在于人本身。没有人，无所谓荒诞；但有了人，就有可能走出荒诞的困境。正是由于西方人把世界绝对化，试图以"理性"设定他们所寻求的世界，无法接受对己不如意的世界，才使人产生"荒诞"的态度和观念。所以，加缪认为，面对荒诞，人们只能，也必须通过自己的生活，通过自己所亲在的生命，重新加以严肃地认识，以乐观主义和创新精神，面对世界的矛盾性和悖论性；对于荒诞，不要存有幻想；必须清醒地意识到："自杀"无济于事。

　　总之，自杀行不通，但也不要顽固地试图坚持使用自己的理性去理解世界的本质，不要以为世界和我们的生活，都可以通过我们的理性而避免荒诞或解决荒诞。同自杀一样，试图通过理性或知识去解决荒诞，是一种幼稚病，不然，就是一种自欺欺人的办法。

三、反抗、自由与生命的激情

　　加缪坚定地指出：对待荒诞的真正出路，就是抗拒或反抗（la révolte），就是努力争取自由（la liberté），就是以永远充沛的激情（la passion）对待生命！加缪奉劝大家，要正视"荒诞"，认真地对抗荒诞，通过坚持不懈的反抗，并在抗拒荒诞中真正体验到自由的珍贵价值。

　　对加缪来说，真正的自由只能在连续反抗荒诞的具体行为中实现。换句话说，真正的自由，不是仅仅仰赖对于明天的期盼，不是只把希望寄托于未来，更不要幻想今后会出现一个永恒的美好世界。自己的命运，全靠自己来决定。只有反抗，才有可能驱散一切荒诞，才能避免"荒诞"的命运，才有可能创造自己的明天，获得真正的自由。

加缪还进一步指出，荒诞不是偶然出现，也不是短期或间断性发生；荒诞并非一朝一夕可以解决。所以，对荒诞的抗拒或反抗，不可能一次性完成。不应该对自己的未来存有幻想，以为荒诞的克服，可以靠一次性的胜利去解决；相反，人必须清醒地意识到"荒诞"的不可避免性，必须意识到：在当代的西方社会中，荒诞的出现以及抗拒荒诞的战斗，永远都是"进行时"，必须把连续的生命搏斗，把对于荒诞的不停顿的持久抗拒，当成终身进行的事业。

总之，加缪认为，世界的悖论和生活的荒诞，是不可避免的；但不能因此而消极地选择"自杀"；与自杀相反，人必须勇敢地承认"荒诞"，并在此基础上，通过自己的努力，以西西弗为榜样，通过永不停顿的艰苦卓绝的持续奋斗，通过自己的生命激情，才能在不断克服荒诞中，获得真正的自由。

所以，自由的实现，决定于怎样看待生活，只能决定于人自身的自然创造能力，决定于人创造自己的生存方式的勇气和决心，决定于自己所寻求的生命意义。在这一点上，加缪几乎和所有存在主义者一样，强调个人是唯一珍贵的存在，也是唯一靠自身的意志和勇气才获得自由的存在。

因此，西西弗神话所要告诉我们的，就是西西弗面对荒诞境况的顽强奋斗精神。当西西弗意识到自己"命定"要无止尽地重复沿着山坡把巨石推向山顶的时候，他不但不回避，反而一次比一次更坚定地推石上坡，而且，还越来越把推石上坡当成锻炼自己意志的快乐游戏，表现出西西弗面对困难和死亡的英雄气概，也表现出西西弗乐观面对生命的可贵态度。

正如加缪所说："实际上，生命的道路并不重要，达到目的地的意志，才是压倒一切的关键"（C'est qu'en vérité le chemin importe peu, la volonté d'arriver suffit à tout）[1]；"一个人的心灵中，只要充满着攀登山顶的斗志，就足够了；我们应该想象，西西弗总是乐观的"（La lutte elle-même vers les sommets suffit à remplir un coeur d'homme. Il faut imaginer Sisyphe heureux）[2]。

显然，在《西西弗神话》中，加缪所讲述的，已经不是古希腊原版神话中的故事，不是被动地受到神的惩罚的西西弗，而是以英雄主义和乐观主义气概，面对连续不断出现的困境和死亡的威胁的西西弗；他把天天反复沿着山坡推石，当成一种

1　Camus, Albert., *Le Mythe de Sisyphe*, Paris, éditions Gallimard, collection « Folio », 1966：70.

2　Camus, Albert., *Le Mythe de Sisyphe*, Paris, éditions Gallimard, collection « Folio », 1966：168.

锻炼自己的斗志的日常活动。如果说，西西弗天天面对的顽石极其沉重而坚硬，那么，西西弗的反抗决心和他的持续奋斗行为，就比顽石更加坚定和顽强。

四、"荒诞"的存在主义思想基础

《西西弗神话》是加缪基本哲学思想的集中表现，它和加缪前后发表的著作联系在一起，同第二次世界大战前后流行于法国、德国及整个欧洲的存在主义哲学思潮一起，试图揭露当时荒诞的西方社会，从哲学上概括西方社会和西方文化的"荒诞"性质；同时，"荒诞"观念的出现，也集中表现了西方哲学在20 世纪所遭遇的中心理论难题及其部分探索成果。

实际上，加缪在 1942 年同时发表了另一部小说《局外人》（*L'Étranger*, 1942），而在这以前，在 1938 年，即在萨特发表存在主义小说《呕吐》（*La Nausée*）的同一年，加缪发表了剧本《嘉里古拉》（*Caligula*），几乎同萨特一起，不约而同地围绕着"荒诞"的主题，以存在主义的基本观点，批判当时陷于危机的西方社会及其文化。

加缪在 1945 年《致一位德国友人的信》（*Lettres à un ami allemand*）中说："荒诞的人（l'homme absurde）于是隐约看见一个燃烧的而又冰冷的世界，透明而又有限的世界；在这个世界里，并不是一切都是可能的，但一切都是既定的，越过了它，就是崩溃与虚无。"[1]

同时，在上述同一本书中，加缪还尖锐地批判传统人性论中的各种道德观和自由观："荒诞的人明白，他迄今为止的存在，是与这个自由的假设紧密相关的；这种自由建立在他赖以生活的幻想之上。在某种意义上说，这成了他的障碍。在他想象他生活的一个目的的时候，他就适应了对达到目的所必需的各种标准化要求，并变成了他自身自由的奴隶。"在日益现代化的西方社会中，人们不得不日复一日地面对机械化的生活方式，以某种连自己都不知道或不愿意的生活方式来生存。所以，加缪说："我为什么要这么生活？我为什么不能以其他方式生活？可是，事实是偏偏你就不能以其他方式生活，而你还必须要以你现在的方式生活。"[2]

显然，加缪认为，生活的荒诞，一方面显示生命趋向"死亡"的必然性；另一方面，也集中表现生命本身的毫无意义性质，显示人自身无法揭示生命的意义。在《局外人》中，加缪试图表达生活的荒诞性，强调每个人虽然有对抗这个荒诞世界的力量，但是一个人却不可能改变世界，也无法改变自己的命运。

---

1 Camus, Albert., *Lettres à un ami allemand*, Paris, Gallimard, 1945; *Resistance, Rebellion, and Death*, Alfred A. Knopf/Hamish Hamilton, 1961.

2 Camus, Albert., *Lettres à un ami allemand*, Paris, Gallimard, 1945; *Resistance, Rebellion, and Death*, Alfred A. Knopf/Hamish Hamilton, 1961.

所以，人们是在无奈的情况下，做出这样或那样的选择，朝着自己选择的"自由"努力奋斗。

什么是存在主义？存在主义既晦涩难懂，又简单明了，因为它所宣称的，无非就是"存在先于本质"（l'existence précède l'essence）[1]；也就是说，人的生存，从一开始，身不由己，无可选择地来到世界。正因为这样，每个人一旦出生和在世，就面临如何对待自己和他人，时刻处于无奈状态。

对于人生在世，萨特用简单的话，称之为"被抛入世界"；但萨特认为，人的生存，又不同于一般生命体的存在，因为人有意识，有反思能力，所以，人不只是被动地接受"被抛入世界"的命运，人总是不愿意随随便便地生存在某一个地方（être-là），不满足于"生在那儿，就活在那儿，待在那儿"。因此，"人生在那儿"和"被抛在那儿"的同时，就要"在那儿"感到无穷无尽的"烦恼""忧虑""怨恨""畏惧""惶恐"，等等。在小说《恶心》中，萨特活生生地把人生在世的这种烦恼，比喻成"黏液"，一种令人恶心和呕吐的困境。这就是说，人生在世，面临无穷无尽的矛盾：一切烦恼要丢弃，但又摆脱不了。于是，就感到孤独、悲哀、失望和无所适从。由此可见，存在主义的人生观，充满悲观，有许多消极情绪。

1　Sartre, Jean-Paul, *L'existentialisme est un humanisme*, Paris, Nagel, 1970: 17.

但是，另一方面，不论是萨特、加缪或海德格尔，都认为，具备意识的人，具有自我超越的能力和倾向，每个人都可以通过自己的努力改变自己的存在。这就是为什么存在主义哲学家都说"存在先于本质"。换句话说，存在决定本质；怎样存在，就造成什么样的本质。每个人的存在，是不可选择的，但每个人怎样存在，却是可以选择的。萨特用"自在"和"自为"的概念，区分被动地"被抛在那儿"和主动有意识地"超越"（transcendance）。在萨特看来，甘心情愿沦落于现状，就是"自在"（être-en-soi）；不满于现状，有意识地改变自己的存在，就是"自为"（être-pour-soi）。同样地，加缪提倡"抗拒"或"反抗"，像西西弗那样，把努力奋斗、持续地不断克服厄运，当成一种生活的快乐；而海德格尔则主张通过自我诠释和自我超越，创造自己的"此在"（Dasein）。

所以，存在主义呈现为多种形式。萨特等人后来都坚持一种人道主义的存在主义，即强调个人存在的主动性和创造性。为此，萨特曾在《存在主义是一种人道主义》中深刻地指出："人是以其出现而造就一个世界的一种存在"（L'homme est l'être, dont l'apparition fait qu'un monde existe）；"人为其自身而投入他的生活，描画他自己的图像，除此之外，他什么也不是"[1]。

1　Sartre, Jean-Paul, *L'existentialisme est un humanisme*, Paris, Nagel, 1970.

正因为这样，人一出生，不管他是否意识到，就面临着如何对待其生存的世界，如何建构自己的生活；对于一个人道主义的存在主义者来说，这就意味着不满足于他所现存的那个世界，必须超越原有的世界，自为地创造一个属于自己的新世界。

五、存在主义的历史基础

存在主义思潮的产生，是与西方现代化进程所造成的社会、文化和思想矛盾紧密相联系的。首先，我们必须返回西方现代化的历史，为此，必须回到 20 世纪上半叶的西方世界，并以此为起点，上溯到西方启蒙运动及其后的现代化历程。[1] 正如年鉴学派历史学家费尔迪南·布劳代尔（Fernand Braudel, 1902—1985）所指出的，西方现代化是一个漫长的历史进程，资本主义并非一种意识形态，而是经由权力策略持续操纵的游戏过程所精细制作的经济体系（le capitalisme n'est pas une idéologie mais un système économique élaboré progressivement par le jeu de stratégies de pouvoirs）。在这种漫长曲折的历史过程中，一系列潜移默化的日常生活进程，往往可以使极其顽固的社会制度和生活常规，在人们不知不觉的行为中，彻底得到改变；人们习以为常地把现代化归结为"理性化"，殊不知其中隐含无

---

1 Solomon, Robert C. *From Rationalism to Existentialism: The Existentialists and Their Nineteenth Century Backgrounds*. Rowman and Littlefield, 2001: 245.

数鲜为人知的权力游戏的策略以及日常生活本身的强大威力。因此，必须把长远而宏观的视野与短程微观的仔细观察分析结合起来，方能把握现代化的真正意义。[1]

在启蒙运动达到高潮的时候，康德指出：启蒙运动的基本口号，就是"勇敢地使用自己的理智"（Habe Mut dich deines eigenen Verstandes zu bedienen! ist also der Wahlspruch der Aufklärung）[2]。曾几何时，历经两百年的实践，西方人自己越来越清楚地看到：启蒙运动之后所开启的，并非真正合理的社会，而只是一个"理性化的社会"。所谓"理性化的社会"，也就是以现代科学技术为标准的功利化和工具化的理性所创建出来的"现代化社会"；其结果，在 19 世纪上半叶，造成了西方思想文化从古典主义（Le classicisme）和浪漫主义（Le Romantisme）向"现代性"（La modernité）的历史转折。

当时，浪漫主义的先驱者们，德斯泰尔夫人（Madame de Stael, 1766—1817）、本雅明·康斯坦（Benjamin Constant, 1767—1830）、施农古尔（Senancour, 1770—1846）和夏杜布里昂（François-René de Chateaubriand, 1768—1848）等人，在

1 Braudel, F. *Civilisation matérielle, économie et capitalisme (xve–xviiie siècle)*, tome 1, Paris, Armand Colin, 1967: 23.

2 Kant, Immanuel., *Beantwortung der Frage: Was ist Aufklärung? In Berlinische Monatsschrift*, December, 1784.

19世纪的最初20年，面对着法国大革命和拿破仑称帝执政之后所激起的社会变革，在新旧两种社会制度交接时刻，表现出矛盾、困惑、怀旧、憧憬等复杂情感相互交错的特征。他们试图在已被毁灭的旧秩序中，寻找记忆裂痕里仍然保留着的精神慰藉，又对新起而尚未稳定的社会，寄托某种连他们自己也无法确定的不清不楚的期望。因此，他们把激情转向现实社会的彼岸，作品中凝聚着对于超现实结构的各种梦幻，宁愿歌颂客观中立而又内涵丰富的自然，幻想着一种漫无边际的游荡生活，以为可以在那里建构和实现他们所向往的理念和价值。在夏杜布里昂等人的启发下，从复辟时期（La Restauration，1814—1830）到路易·菲利普一世统治下的七月王朝（Le Monarchie de Juillet, 1830—1848），不知不觉中，涌现出浪漫主义文学巨涛。在小说方面，司汤达（Stendhal, 1783—1842）的《红与黑》（*Le rouge et le noir*, 1830），以写实主义的严谨结构，细腻地描绘了情场浪漫情节以及俊男美女们追求恋爱自由的微妙内心世界，谱写出可歌可泣的动人恋曲；巴尔扎克（Honoré de Balzac, 1799—1850）的那部由90多篇小说组成的《人间喜剧》（*La Comédie humaine*, 1841）巨著，以天才的笔触，塑造了1400多位富有个性的人物，行文夹叙夹议，在世界文学史上首创同一人物在多部小说中出现的"巴尔扎克风格"，为所谓"批判现实主义"文学创立最完满的典范；维克多·雨果

（Victor Hugo, 1802—1885）的《巴黎圣母院》（*Notre Dame de Paris*, 1831）和《悲惨世界》（*Les Misérables*, 1862），以文学的犀利笔锋，揭示人世间美与丑、善与恶的尖锐对立，发出了人道主义的最强音，其豪迈气势为世界文学史所仅见；大仲马（Alexandre Dumas Père, 1802—1870）的《基督山伯爵恩仇记》（*Le Comte de Monte-Cristo*, 1844）和《三剑客》（*Les trois mousquetaires*, 1844）以及小仲马（Alexandre Dumas fils, 1824—1895）的《茶花女》（*La Dame aux camélias*, 1852），以两代文学大师所共有、却各具特色的丰富想象力和流畅笔调，编写曲折、离奇、趣味盎然的故事，创造了父子两代连续共创巨著的伟大范例；米谢勒（Jules Michelet, 1798—1874）的《法国史》（*Histoire de France*, 1833—1874）和《法国革命史》（*Histoire de la Révolution française*, 1847—1853），则兼有伟大的史学和文学价值，显示出所有最杰出史学家通有的那种把历史使命感同文学才华高度相结合的优秀品质；乔治桑（George Sand, 1804—1876）鼓吹女性解放的激情小说《印蒂亚娜》（*Indiana*, 1832）和《雷丽亚》（*Lélia*, 1833）以及田园小说《魔沼》（*La mare au diable*, 1846），再次把浪漫主义文学推到新高潮，同时也显示出女性主义文学的特殊风格和大无畏的豪迈气概，敢于向当时还居于优势的"阳具中心主义"（Le phalluscentrisme）传统的男性文化宣战，为下一世纪法国及西方女性主义文学树立光辉榜样。

但现代性的主要代表人物波德莱尔（Charles Baudelaire, 1821—1867）却赋予文学和艺术比寻求"纯美"更高、更神秘的使命，决意让文学艺术超越平俗时空框架而导向语言和道德王国之外的"不可知"意境。他的《恶之花》（ *Les fleurs du mal*, 1857），将形象同象征巧妙地结合起来，在艺术上独树一帜，向传统思想和美学观点挑战，标志着现代诗歌从象征主义（le symbolisme）向超现实主义（Le surréalisme）的过渡，成为现代主义文学的创始人。波德莱尔认为："诗歌的最终目的，不是将人提高到庸俗的利害之上；如果是这样的话，那显然是荒诞的。我是说，如果诗人追求一种道德目的，他就减弱诗的力量。……诗不能等于科学和道德，否则诗就会衰退和死亡。诗不以真实为对象，它只是以自身为目的"[1]；"诗的本质，不过是，也仅仅是人类对一种最高的美的向往。这种本质就表现在热情之中，表现在对灵魂的占有之中。这种热情是完全独立于情感的，是一种心灵的迷醉；它同时也完全独立于真实，是理性的数据"[2]。

1　Baudelaire, Ch. *Salon de 1846, in Œuvres complètes de Charles Baudelaire*, Paris, Michel Lévy frères, 1868: II, 165.

2　Baudelaire, Ch. *Salon de 1859, in Œuvres complètes de Charles Baudelaire*, Paris, Michel Lévy frères, 1868: II, 264.

　　在波德莱尔的影响下，象征主义者保尔·魏尔伦（Paul Verlaine, 1844—1896）所感兴趣的，不是井然有序的合理性和均衡，而是"寻求不和谐"（la recherche de la dissonance）；因为正是在"不和谐"中，深藏着无穷无尽的"可能性"，也就是萌生各种转机的深不可测的神秘"黑洞"（le trou noir）。他以其浑厚深沉的《农神体诗》（*Poèmes saturniens*, 1866）表现出"后波德莱尔时代"充满忧郁伤感的象征主义和印象主义（l'impressionisme）时代的到来；他以《无言的抒情曲》（*Romances sans paroles*, 1874）倒映衬托出由音乐节奏和飘浮不定的"印象流"（flux des impressions）所构成的千变万化的人生幻梦境界。

　　正是在波德莱尔的现代性文学的启发下，才气横溢的马拉美（Stéphane Mallarmé, 1842—1898），从其处女作《蔚蓝色》（*L'Azur,* 1864）开始，就以惊人的独特风格，注重语言的节奏及其音乐效果，被称为"无声的音乐"。作为波德莱尔的追随者和爱伦·坡（Edgar Allen Poe, 1809—1849）的仰慕者，他提出了"不为事物本身，只为事物的影响而创作"的象征主义和印象主义的响亮口号，使他的诗歌《窗户》（*Les fenêtres*, 1865）和《海风》（*Brise marine*, 1865）等，试图冲破语言藩篱的约束，成为诗人对"死亡"和"虚无"的永恒肃穆宁静的无言讴歌。

　　由此可见，波德莱尔所开创的，就是文化的现代性。这种现代性，并不是从文艺复兴和笛卡儿以来近代资产阶级文化的一般性代名词，而是其中的内在矛盾发展到一定尖锐程度，再也不能继续以同样形态发展下去的结果。也正因为这样，波德莱尔所开创的"现代性"，已经隐含了后来的"后现代性"对传统西方文化的批判精神和叛逆态度。也是在这个意义上，可以说，从波德莱尔开始的"现代性"是充满着"现代性"和"后现代性"的过渡性文化，它意味深长地展现了即将来临的20世纪西方思想文化的危机。

19世纪末到20世纪初西方整个思想文化的内在悖论及其危机，还进一步体现在西方现代艺术接二连三、此起彼伏的创新运动上。早在从19世纪开创的"印象派""后印象派"和"象征派"等艺术思潮，到20世纪头20年发生第一次世界大战和最严重的经济危机的时候，就进一步发展成为极端叛逆性的"超现实主义"等艺术思潮。

但是，实际上，现代性文化从一开始在19世纪中叶产生，就远远超过文学的范围。它首先在文学的近邻艺术界蔓延开来。在艺术界的绘画、版画、造型艺术和音乐的各个领域，先后出现了一大批现代派的大师。这就是前述法国的印象派、后印象派以及在欧洲各国的新艺术派、纳比派和野兽派，等等。

与此同时，在哲学领域，德国的叔本华（Arther Schopenhauer, 1788—1860）和尼采，把丹麦思想家克尔凯郭尔（Soren Kierkegaard, 1813—1855）在19世纪30年代举起的反理性主义的旗子举得更高。尼采尤其成为现代派文化向传统西方文化挑战的最杰出的思想家。他对于传统理性主义、日神精神和基督教道德的彻底批判，为现代派文化的发展，甚至后现代文化的产生开辟了道路。

在尼采的影响下，奥地利心理学家弗洛伊德（Sigmund Freud, 1856—1939）所创立的潜意识理论和法国哲学家柏格森（Henri Bergson, 1859—1941）的生命哲学进一步在哲学上，为从现代派到后现代派的过渡，做好了理论上的准备。

在哲学、社会科学和人文科学领域中，对于传统文化的批判，实际上是同 19 世纪 30 年代欧洲所完成的工业革命所推动的批判精神相联结的。正因为这样，马克思和他的学派从 19 世纪 30 年代末展开的对近代资本主义制度及其文化的批判，也可以看作是现代派的文化的一个组成部分。马克思主义作为反资本主义的意识形态，从它产生的第一天起，便严厉地批判了资本主义的文化。它对资本主义文化的批判，与同一时期刚刚兴起的现代派对资本主义文化的批判有异曲同工之妙。所以，马克思的理论，有时也被某些理论家看作是现代派文化的一个组成部分；同时又因为马克思的理论批判了资本主义的文化，使它兼有了后现代派批判现代派的某些精神，从而使马克思的理论同时兼有现代派和后现代派文化的特点。当然，马克思主义仍然属于理性主义的派别，而且，它和传统理论一样，试图建构一个体系化的意识形态理论。正因为这样，马克思主义，就其理论体系和基本概念而言，属于传统文化中的现代派；就其批判和反思的原则而言，它又包含了后现代主义的创造性精神。

19世纪下半叶到20世纪初，整个西方社会科学和人文科学处在一个新的转折时期。人们往往把这一时期的思想和理论建设，看作是现代文化的哲学和理论基础的重建阶段。在这一时期的西方社会科学和人文科学中，出现了令人振奋的百家争鸣、百花齐放的繁荣景象以及推陈出新的革命时代。这就不仅成为现代派文化自身不断自我完善和自我充实的思想理论源泉，也隐含了从现代派向后现代派过渡的潜在精神动力。

所以，梅洛-庞蒂（Maurice Merleau-Ponty, 1908—1961）说："绘画的整部现代史，它为脱离幻术，为获得它自己的维度所作的努力，都具有形而上学的意义。……说到艺术品的历史，不管怎么说，如果作品本身是伟大的，人们日后赋予它的意义也都是出于它们本身；正是作品本身，打开了它在他日出现时的场域。正是作品，它自我变形，并不断地变成自己的续篇，使作品理所当然地能接受永无完结的再诠释，使它在作品本身中改变其自身……作品本身的潜能及其生成性，可以超越一切因果关系和前后联系以及演变之间的肯定关系"[1]。

---

1 Merleau-Ponty, L'oeil et l'esprit. In *Les temps modernes*, No. 17, 1961.

也正因为这样，画家兼雕塑家阿尔托·贾科梅蒂（Alberto Giacometti, 1901—1966）深刻地说："我想象塞尚的整个一生，就是在寻找深度。"[1]而另一位法国画家罗伯特·德劳内（Robert Delaunay, 1885—1941）则说："深度就是新的灵感。"[2]接着，梅洛-庞蒂在引用了上述两句话之后，感叹地说："在文艺复兴已经'解决'这个'深度'问题之后四个世纪，在笛卡儿的理论经历三个世纪之后，'深度'一直成为新的课题；而且，它追逼人们急切地探索它，不是一生中只找一次，而是终生寻求。"[3]

实际上，现代化之后，几乎所有西方思想家和画家们，都是这样寻找"深度"的。所谓深度，严格地说，是不满足于现状而进行无穷无尽的创新过程，它没有明确的层次，没有明确的界限，也没有明确的标准。它是现代化现象本身所固有的神秘结构，其层次可长可短、可深可浅，端看画家自己如何以自身的自然眼光面对显现的世界。

西方当代艺术的创作倾向，实际上表现了西方社会中人的生命本身的现实遭遇。所以，美国存在主义哲学家威廉·巴雷

1 Matter, Mercedes (Jan 28, 1966). *A Life Spent in Pursuit of the Impossible. in LIFE No.66*, pp. 54-60; Angela Schneider: *Wie aus weiter Ferne. Konstanten im Werk Giacomettis*, in: Angela Schneider: Giacometti. p. 71.

2 Delaunay, Robert. *Du cubisme à l'art abstrait : documents publiés par P. Francastel et suivis d'un catalogue de l'œuvre de Robert Delaunay par G. Habasque*, Paris, SEVPEN, 1957 : 56.

3 Merleau-Ponty, L'oeil et l'esprit. In <*Les temps modernes*>, No. 17, 1961.

特说："阿尔贝托·贾科梅蒂的人像雕塑中的'去形象化'倾向，恰恰表现 20 世纪现代主义和存在主义力图使生活虚空化的哲学论证目的。"[1]

回顾整个西方资本主义社会的发展史，不难看出，曾经出现过四次关于现代性的重大争论，而与此紧密相关的，是集中围绕关于"人""真理""信仰"以及"美"的基本概念的争论和危机，曾经引起西方整个社会和文化的大规模调整。

第一次是在资本主义社会出现前夕及初期，也即在 16 世纪左右。当时，刚刚形成的资产阶级及其文化代言人，很需要确立一种不同于中世纪社会文化制度的新文化及新社会制度。具有个人主体性的"人"的自由，维护人的基本权利，就成为最关键的问题而被提出来。这就是所谓的"古典时期"（L'Âge classique）。围绕着"人"的主体性及其自由、平等的基本权利而从哲学上论证的笛卡儿意识哲学（la philosophie de conscience）及英法等国思想家们所提出的自然法理论，就是在这样的历史条件下形成的。这又可以被称为"第一现代性时期"的人性论及文化危机。福柯（Michel Foucault，1926—1984）曾在他的《古典时期的疯狂史》（*Folie et deraison: Histore de la Folie à l'âge classique*）中生动地描述和揭露了这个时期整个意识

1　Barrett, William, *Irrational Man: A Study in Existential Philosophy*. New York: Anchor Books, 1990: 35.

形态以及生物科学等新兴自然科学，将"人"区分为"正常"和"异常"（anormal）的基本策略，说明当时所谓人的自由以及个人基本权利的真正社会意义及其虚伪性。第二时期是18世纪"启蒙时期"（L'Âge des Lumières; The Age of Enlightenment）。人们因此也将启蒙时期称为"第二现代性时期"。在这一时期内，一系列启蒙思想家进一步为人性和人权作辩护和论述，建构了许多新的理论和知识体系，进一步显示出所谓新的哲学、认识论以及自然科学等各种现代科学知识，无非就是为了为新的社会制度，造就和培训一种符合新社会规范和社会法制的"人"罢了。而这一时期的一切有关"人"的论述，不管是科学论述、哲学论述，还是政治论述，都是以建构有利于巩固新的法制统治为中心目的。第三次是在19世纪中叶，资本主义社会经历一段蓬勃发展的过程之后，那些最敏感和最有思想创造能力的作家、诗人、艺术家及哲学家们，如法国的波德莱尔和德国的尼采等人，最早发现了资本主义社会本身对于文化的双重态度的矛盾性和悖论性：既有积极推动和维护人权的倾向，又有侵犯和破坏人权的消极倾向。他们从资本主义社会的文化及社会制度中，看到了资本主义社会的内在矛盾，看到了它们的双重性格及双重面貌：它们是科学的，然而又是最野蛮的；它们是推崇法制的，然而又是最伪善的；它们是尊重人权的，然而又是最践踏人权的。于是，尼采和波德莱尔等人便掀起了批判资产阶级古典文化的浪潮，出现了前所未有的所谓"现代性"。到了这个时候，人们才对"现代性"有充分的认识。"现代性"也因此才从这个时期开始被人们广泛应用，由此使人们将"现代性"误认为这个时期内首次出现的"新"事物，因而也冠以这一时期的文学和艺术为"现代性"的最典型代表。其实，这一时期的现代性并非"第三现代性"，而是前两次现代性的继续和成熟表现罢了。第四时期是从第二次世界大战之后出现的现代性。有一部分思想家称之为"后现代性"。但不管是"现代性"还是"后现代性"，也不管是哪一时期的"现代性"，都同"人"的范畴及其理论紧密相关。从20世纪20年代末兴起的德国法西斯势力，把原有西方传统的"人"的观念及其一切社会文化产物中所隐含的否定因素，都彻底地暴露出来。法西斯在短短20年内所实行的一切倒行逆施，使人们清楚地看到了西方传统所谓"人性"的"非人性"倾向。这是近代资产阶级历史上的"第四现代性时期"，也是近现代文化最终面临被彻底颠覆的"世纪末危机时期"。当代法国思想家们所面临的西方文化及其人性论，就是在这种"世纪末危机时期"所表现出来的人性论，因此，他们将采取最革命的批判方式去颠覆它们。

加缪出生在阿尔及利亚，成长和长期生活在法国南部普罗旺斯地区，地中海南北两岸的灿烂阳光与碧蓝的大海，使加缪感受到生命的魅力，亲身体验到自由的灿烂光环下所展现的广阔生活维度，使他自然地由衷追求自由的理念。但是，第二次世界大战残酷的经历以及战后欧洲反复出现的政治经济和文化危机，使加缪尝到了生活的艰难与痛苦，使他越来越清楚地意识到生命所必然包含的种种悖论。

早在童年时代，刚刚踏入人生历程的加缪，便从母亲反复讲述的故事中，体验到战争的残酷性及其对生命的折磨所产生的重要意义。1942 年，加缪发表《西西弗神话》的同一年，也发表了小说《局外人》。他在这本书中说："我记得小时候，母亲对我讲述了有关父亲的故事。我并不认识我父亲。我对父亲所知道的所有事情，也许就是当时母亲对我所讲述的那些事。据说有一次父亲亲自到现场观看对一位杀人犯的枪杀过程。显然，他当时去观看杀人现场，是不明智的。目不忍睹的惨剧，使他不停地呕吐了一个上午。"[1]

当然，加缪的"荒诞"概念，虽然属于存在主义哲学范畴，但加缪的思想还具有其自身的特点。加缪比其他存在主义思想家更热衷于古希腊哲学和尼采哲学。

加缪在揭露现代人的"荒诞性"（l'absurdité）的时候，很自然地诉诸早在现代社会黎明时分就已经无情批判现代人文主义的虚伪性的尼采。加缪说："当尼采说，'显然，天上地下

1　Camus, Albert, *L'étranger*, Collection Folio, Paris, Gallimard, 1942 : 167-168.

最重要的，就是长久地忍受，并且是向着同一个方向。长此以往，就会被引导到这个大地上某些值得经历和体验的东西，比方说，艺术、音乐、舞蹈、理性、精神，等等。这些都是某种改变着的东西，某种被精心加工过的、疯狂的或是富有神灵的东西'。尼采阐明了一种气势非凡的道德标准，但他同时还指出了荒诞的人的出路。屈从于烈火，这是最容易而同时又是最难以做到的。然而，人在与困难较量时，进行一些自我判断是件好事。"加缪赞赏尼采在忍受中对抗和化解传统道德力量的伟大精神，欣赏尼采将希望寄托在文学、艺术和各种精神创造性活动的做法，把这种态度当成否定和拒绝传统人性论的最有效的手段。

同萨特相比，加缪更倾向于自由主义的价值观。他们俩的分歧，在20世纪60年代造成了他们之间的争论和冲突。萨特的自由观，建立在他对"自为"行动的信念上。萨特认为，选择就是自由。这种自由，一方面是以自我意识为基础，是作为"虚无"的意识的一种"虚无化"活动；另一方面，自由就是自我意识决定进行"干预"或"介入"（engagement）的具体表现，是意识面对"情境"（la situation）所作出的抉择，因而，也是个人存在对"情境"所承担的"责任"（responsabilité）。为此，萨特明确地说，既然每个人都有意识，都有意识自由，所以，"'我们注定是自由的'，人们始终没有弄清这个命题。然而，这恰恰是我的道德的基础。"[1] "人的自由先于人的本质并使其本质成为可能;人的本质悬挂在他的自由之上。因此,我们所说的自由,是不可能与'人的实际状态'的存在区分开来的。"[2]

　　和萨特稍有不同,加缪认为,自由是个人存在的最高尊严的标志,自由只能靠自己来选择和决定。他在接受诺贝尔文学奖的演说中说:"真理是奇妙和神秘的,飞逝而难以捕捉的,必须永远赢得的。自由是危险的,既需要忍受艰苦的生活,却又不断激励人心。我们必须艰难而又坚定地迈步朝向这两个目标,在这条漫长的道路上,我们肯定会筋疲力尽,要有准备。"(La vérité est mystérieuse, fuyante, toujours à conquérir. La liberté est dangereuse, dure à vivre autant qu'exaltante. Nous devons marcher vers ces deux buts, péniblement, mais résolument, certains d'avance de nos défaillances sur un si long chemin.)[3] 在追求个人自由的道路上,加缪并不同意萨特的"干预"理念,始终坚持个人价值的至高无上性。他在上述同一演讲中,强调:自由,归根结底,必须根据个人的思想理念,由自己作出决定。

1　Sartre, J.-P. *Cahier pour une morale*, Paris, Gallimard, 1983: 394.

2　"la liberté humaine précède l'essence de l'homme et le rend possible, l'essence de l'être humain est en suspens dans sa liberté. Ce que nous appelons liberté est donc impossible à distinguer de l'être de la réalité humaine". In Sartre, J.-P. *L'Être et le néant*, Paris, Gallimard, 1947: 61.

3　Camus, Albert, *Banquet speech*. Nobel Prize.org. Nobel Media AB 2019. Tue. 24 Dec 2019.

他说："我个人不能没有我自己的艺术而活着，但我从来没有把自己的艺术置于一切人之上；相反，如果我认为有必要，我可以既不离开任何人，又要使我在所有人之间，过着我自己所要过的生活。"（Je ne puis vivre personnellement sans mon art. Mais je n'ai jamais placé cet art au-dessus de tout. S'il m'est nécessaire au contraire, c'est qu'il ne se sépare de personne et me permet de vivre, tel que je suis, au niveau de tous.）加缪就是这样一位富有个性、坚持个人尊严至上的存在主义作家和艺术家！

献给帕斯卡尔·皮亚。[1]

---

1 译者注：帕斯卡尔·皮亚（Pascal Pia，1903—1979），法国作家、记者、插画家和学者。皮亚曾于 1938 年在阿尔及利亚的首都阿尔及尔创立左翼期刊《共和党人阿尔及尔》（*Alger Républicain*），在第二次世界大战期间，又加入秘密抵抗期刊《战斗》（*Le Combat*），并为之工作。加缪曾担任这两份期刊的记者，并与皮亚成为朋友。在生活中，皮亚常表达出荒诞与虚无主义的情感，并以"虚无的权利"（le droit au néant）禁止他人在其去世后写作关于他的故事。

噢，我的灵魂啊，莫渴望不朽的生命，但竭尽可能之领域。

——品达《皮提亚颂歌》第 3 首 [1]

———————

1 译者注：品达（Pindar，约前518—约前438），古希腊底比斯（Thebes）城邦的抒情诗人，因其诗歌的美妙灵感，语言的雄辩以及思想的丰富，被后人视为古希腊九大抒情诗人之首。引文原文为：μή, φίλα ψυχά, βίον ἀθάνατον σπεῦδε, τὰν δ' ἔμπρακτον ἄντλει μαχανάν.

下列篇章论述一种在本世纪随处可见的荒诞感，而不是论述一种荒诞哲学，严格说来，我们的时代还未认识这种哲学。因此，开篇便指出，这些篇章得益于一些当代思想家，乃是出于一种基本的诚实。我无意将其隐藏，他们可见于这整部作品的引用和评论。

但同时，指出迄今一直被当作结论的荒诞，在本书中则被视为一种起点，这是有益的。于此意义上可以说，在我的评论中有某些临时性的东西：人们难以预断自身所处的立场。人们在此仅将找到对一种精神痛苦的纯粹描述。暂时没有任何一种形而上学，没有任何一种信仰掺杂其中。这些便是本书的界限和唯一立场。

目　录

一种荒诞推理

荒诞与自杀

真正严肃的哲学问题只有一个，那便是自杀。判断生命值得或不值得过活，即是对哲学根本问题的回答。其余的，世界是否有三维空间，精神是否有九种或十二种范畴，则属其次。这是些游戏罢了；必须首先回答。假如这是真的，正如尼采所愿，应当以身作则，即一位哲学家，为了受人尊敬，应当以身作则，那么人们便抓住了这个答复的重要性，因为它会先于那决定性的行动。这些是内心可感受的自明事物，但需要深化才能让人看得清晰。

假如我自问如何判断这个问题比那个问题更加紧迫，那么我回答，这取决于它所牵涉的行动。我从未见过任何人为本体论的争论而死。伽利略[1]，他曾怀抱着一条重要的科学真理，一旦这真理将他的生命置于险地，他便最为轻而易举地弃绝了它。就某种意义而言，他做得很好。这真理并不值得为之拼命。是

---

1 译者注：伽利略（Galileo Galilei, 1564—1642），意大利物理学家、数学家、天文学家以及哲学家。他是人类从自然哲学朝向现代科学过渡，并将科学的文艺复兴转变为科学革命的核心人物之一。由于伽利略的科学态度曾被判为"有强烈异端嫌疑"，但面对宗教权力，他最终选择放弃了自己曾经坚持的科学真理。他的遗体在其去世近一百年后才迁葬至佛罗伦萨圣十字教堂的圣殿之中。

Sénéchal Jacques de Chabannes de La Palice
Emile de Lansac（1803-1890）
1838

《雅克·德·拉帕利斯》
埃米尔·德·兰萨克

太阳还是地球围绕着另一个旋转，这根本是漠然无差的。老实说，这是一个无关紧要的问题。相反，我看到许多人因为觉得生活不值得过而死去。我也看到其他人为了那些给他们提供一种活着理由的观念或者幻象而矛盾地自杀（所谓活着的理由同时也是死去的绝佳理由）。我由此推断，生命的意义乃是最为紧迫的问题。如何回答它呢？就所有基本难题而言，我指的是那些冒着导致死亡之危险的难题，或那些增强生活激情的难题，或许只有两种思想方法，即拉帕利斯[1]的方法，以及堂吉诃德的方法。只有自明与抒情的均衡才能使我们同时获得情感与清晰度。在一个既微弱又满载悲怆的主题中，人们可以看到，精深而经典的辩证法必须让位于一种更为温和的精神态度，它既来自人之常情，又来自同感共鸣。

自杀从未被探讨过，它只是被当作一种社会现象。相反地，首先，它于此处乃是一种个体思想与自杀之间的关系问题。诸如此类的行为是在内心的沉默中酝酿的，好比一部伟大的作品。那个人自己忽略了它。某个夜晚，他扣动扳机或纵身跃下。谈起一位自杀身亡的建筑经理，我被告知他在五年前失去了女儿，

---

1 译者注：拉帕利斯（la Palisse, 1470—1525），即雅克·德·拉帕利斯（Jacques de La Palice），是法国的一位贵族军官。作为弗朗西斯一世（Francis I）的元帅，拉帕利斯曾与意大利军队作战，并在帕维亚（Pavie）的战役中丧生。拉帕利斯一生骁勇善战，视死如归，被认为是其时代最伟大的勇者之一。拉帕利斯的墓志铭上写着："这里躺着德·拉帕利斯大人：假如他没有死，他将仍然令人爱慕。"（Ci-gît le Seigneur de La Palice: s'il n'était pas mort, il ferait encore envie.）

从此他改变了许多，那场经历"侵蚀了他"。无法期待更加确切的词语了。开始思考便是开始被侵蚀。社会跟这些开始没有多大关联。蛀虫就在人心之中，必须在那里寻找它。这场致命游戏，即从面对生存的清醒导向脱离光明的逃逸，必须跟随并且理解它。

自杀的原因有很多，一般来说，最明显的原因并非最致命的原因。人们很少（然而并不排除假设）通过反思而自杀。引发危机的东西几乎总是无法核实的。报纸经常谈论"内心的悲伤"或"不治之症"，这些解释是有道理的。但必须知道，绝望者的某位朋友在当天是否曾用一种漠然的腔调跟他说话。这个人才是罪人。因为那足以猛然推动所有仍然悬隔的怨恨与厌倦。[1]

但是，如果确定精神选择死亡的精准时刻和微妙步骤是困难的，那么从行为本身导出它所暗含的后果则比较容易。在某种意义上，自杀就是承认，正如在情节剧当中一样。这是承认他被生活所淹没，或者承认他无法理解生活。让我们别在这些类比中走得太远，还是回到日常用语上来。这只是承认"不值当"罢了。生活，当然从来都不容易。一个人出于许多理由不断作出生存指令的举止，其中第一个理由便是习惯。自愿去死意味着，一个人已经认识到——哪怕是本能地——这种习惯的可笑特征，

1　让我们莫要错过机会，指出此篇论文的相关特征。自杀的确可以与一些更为光荣的衡量联系在一起。

所有活着的深层理由的缺乏，这种日常烦乱的荒谬特征，以及痛苦的徒劳无益。

昏睡的精神是生活所必需的，那么，那种剥夺这种精神且无法估量的感觉是什么呢？一个能够解释的，哪怕是以糟糕的理由来解释的世界，仍是一个熟悉的世界。然而，相反地，在一个突然剥夺了幻象与光明的世界当中，人则自觉是一个局外人。这场流亡是无可挽回的，因为他被剥夺了关于失落家园的回忆或应允之地的希望。人与其生活之间的分离，演员与其布景之间的分离，恰是荒诞感。所有健康的人都想到过他们自己的自杀，我们无需更多解释便可看到，这种荒诞感与对虚无的渴望之间有着一种直接联系。

本书的主题正是这种荒诞与自杀之间的关系，即自杀作为一种解决荒诞之办法的确切维度。原则上可以认为，对于一个表里如一的人而言，凡他信以为真的东西，必定规范他的行动。因此，对生存之荒诞性的信仰必定会支配他的举止。这是一种合法的好奇——清楚地并且不带虚伪情感地——即这种秩序能否推导出我们必须尽快脱离一种无法理解的境遇。当然，我在此谈论的是那些与自身达成一致的人。

说白了，这个难题可能显得既简单又棘手。但是，这又是错误的假设：假设简单的问题牵涉同样简单的答案，并且自明暗含着自明。先验地颠倒该难题的术语，正如一个人自杀或不自杀，似乎只有两种哲学式解决方案，要么是，要么否。这未免也太容易了。不过，也要重视那些一直质疑而没有解答的人。我在此只是略表讽刺：这是大多数人。我也曾观察过那些回答"否"而行动却像认为"是"的人。事实上，假如我接受尼采式准则，他们以一种或另一种方式认为"是"。相反地，那些自杀的人，往往被保证过生命是有意义的。这些矛盾是恒定的。甚至可以说，它们在这点上从未如此鲜明，以至于在这点上似乎反而如此需要逻辑。将哲学理论与这些理论的信奉者的行为进行比较，是一种老生常谈。但必须要说的是，在拒绝赋予生命以某种意义的思想家中，除了属于文学的基里洛夫[1]，源自传说的佩雷格力诺斯[2]，以及出于假设的于尔·勒奎尔[3]之外，没有人将自己的逻辑推至拒绝这生命的程度。叔本华[4]经常被当作笑料来引用，因为他曾在一张精心布置的桌前称赞自杀。其中

1　译者注：基里洛夫（Kirilov），俄国作家陀思妥耶夫斯基（Fyodor Dostoyevsky，1821—1881）的长篇小说《群魔》（*Les Possédés*）中的人物之一。

2　我听人们谈到一位模仿佩雷格力诺斯的人，一名战后作家，为了引起人们对其工作的关注，在完成他的第一本书后便自杀了。关注确实被引发了，但是书的评论却不佳。[译者注：佩雷格力诺斯（Peregrinus Proteus，95 -165），古希腊犬儒派哲学家，早期曾与巴勒斯坦的基督徒一同生活，后被逐出社群，最终落脚希腊，并选择了犬儒派生活方式，传说于 165 年的奥运会上自焚而亡。]

3　译者注：于尔·勒奎尔（Jules Lequier，1814—1862），来自布列塔尼的法国哲学家。勒奎尔在海中游泳而亡，据传为自杀。

4　译者注：叔本华（Arthur Schopenhauer，1788—1860），德国哲学家，其代表作为 1818 年出版的《作为意志和表象的世界》（*Die Welt als Wille und Vorstellung*）。在该作品中，叔本华将现象世界描绘为盲目和永不满足的形而上学意志的产物，并认为被意志所支配的结果只会是虚无和痛苦。

并没有什么好取笑的。这种并不认真地对待悲剧的方式，虽然不太严肃，但它终究是对自杀之人作出了评判。

面对这些矛盾与晦涩，是否应当相信，在人们对生命的看法与抛弃生命的举动之间并没有任何联系呢？于此莫要夸大其词。在一个人对其生命的依恋中，有某种比世界上所有苦难更为强大的东西。身体判断不亚于精神判断，身体在湮灭面前亦退缩。我们先有活着的习惯，而后再获得思考的习惯。我们日复一日地一步步迈向死亡，在这场赛程中，身体持续前行，没有回头路。总之，这种矛盾的本质就在于我所谓的逃避之中，因为它既少于又多过帕斯卡[1]意义上的消遣。致死的逃避就是希望，这种致死的逃避构成本书第三个主题。对于另一种生活的希望，必须"配得上"或骗得过那些人——他们并非为了生活本身而活，而是为了某种伟大思想而活着，即那种超越生活、提升生活、赋予生活以意义，以及背叛生活的伟大思想。

如此一切越搅越混淆。到目前为止，人们玩弄辞藻，并假装相信 [如果][2] 拒绝生命的一种意义就必然导致宣称它不值得

---

1 译者注：布莱士·帕斯卡（Blaise Pascal, 1623—1662），17世纪的法国思想家、文学家、数学家、物理学家以及天主教神学家，著有《思想录》（Les Pensées）等。在帕斯卡看来，世上每个人都承受着消遣的困扰，而这种消遣指人类逃避自身现状的徒劳活动。因此，消遣暗示的事实便是，人类难以与自身和睦相处，故而寻求自我的逃离或者转移。他认为，"人们所有的不幸都源于一件事情，那便是不懂得待在房间里休息。"

2 本书中圆括号"（ ）"里的内容为原书内容，为了便于读者理解，方框号"[ ]"里的内容为译者的补充内容。

过——这并非徒然。事实上，在这两种判断之间并无任何必然的标准。只是别让自己被前面所指出的混乱、分离与不一致所误导。必须排除一切，直接切入真正的难题。一个人杀了自己，因为生活不值得过，这是一个无疑的事实，然而却是无果的事实，因为它是自明之理。但这种对于生存的损害，对于被陷入生活的断然否认，是否起因于生活毫无意义呢？它的荒诞是否要求人们通过希望或者自杀来逃离——这正是需要排除其他一切去模仿、追随与阐明的。荒诞是否支配死亡？在所有思维方法和漠然精神的游戏之外，这个难题必须优先于其他 [难题]。一种"客观"的精神总是善于将细微差别、矛盾、心理学引入所有难题，但是这些东西在此项研究与这种激情当中没有一席之地。它只需要一种不公正的思想，也就是说合乎逻辑的思想。这并不容易。有逻辑总是容易的。自始至终合乎逻辑几乎是不可能的。那些死于自己之手的人如此追随着他们情感的斜坡，直至其终点。对于自杀的反思使我有机会提出我唯一感兴趣的难题：是否存在一种直达死亡的逻辑？我无从知晓，除非不带过度的激情，在自明之事的唯一光亮中，去追寻那种推理，那种我在此提出作为根源的推理。我将这种推理称为荒诞推理。许多人已经开始着手了。他们是否坚持下去了，我尚不知晓。

卡尔·雅斯贝尔斯[1]在揭示构建统一世界的不可能性时，惊叹道："这种局限将我引导至我自身，在我自身当中，我再也不能退到'自己只是再现'这种客观视角背后，无论我自己还是他者之存在都无法再成为我的一个对象。"继其他许多人之后，雅斯贝尔斯又唤起那些思想抵达其界限的干涸荒漠。诚然，他是继其他许多人之后，但是那些人多么渴望从中脱身啊！许多人，甚至某些最谦卑的人，都已经到达了那个思想摇摆不定的最终路口。然后他们摒弃了最为珍贵的生命。另一些人，精神的王子们，也摒弃了生命，但是他们在其思想最纯粹的反抗中进行其思想的自杀。真正的努力是尽可能地反其道而行，并且密切检查这些遥远领域的奇怪植被。持久力与洞察力，乃是这场非人性游戏的优先旁观者，在这场游戏中，荒诞、希望与死亡相互纠缠。在阐述和重温这些形象之前，精神就能够分析这场既简单又微妙的舞蹈的各种形象。

---

1 译者注：卡尔·雅斯贝尔斯（Karl Jaspers, 1883—1969），德国哲学家和精神病学家，现代存在主义哲学的奠基者之一，代表作有《现代的精神状况》（Die Geistige Situation der Zeit）与《存在主义哲学》（Existenzphilosophie）等。

荒诞的墙

跟伟大的作品一样，深层的情感所意味着的，总是比它们有意识想要说的更多。某种灵魂活动的恒定，或某种灵魂排斥的恒定，亦存在于做事或思考的习惯中，在灵魂自身所忽略的结果中相互追逐。各种伟大的情感跟它 [恒定] 一起漫步于它们的宇宙，或璀璨或悲惨 [的宇宙]。它们用它们自己的激情划亮了一个排他性的世界，它们在那个世界辨识出它们自己的氛围。嫉妒、抱负、自私或慷慨，各有一方宇宙。一方宇宙，就是一种形而上学和一种精神态度。对于那些已经专一固定的情感而言为真的东西，对于那些基本未定的情感而言则更加为真；后者就像美为我们提供的东西那样，或像荒谬性为我们激发的东西那样，既是模糊不定的，又是"确定的"，既是遥远的，又是"在场的"。

荒诞感可以在任何街道转角处向任何人扑面而来。荒诞感是难以捉摸的，既悲凉赤裸，又亮而无光。但这种困难本身就值得反思。我们或许真的始终无法了解一个人，我们或许会错过他身上某些不可或缺的东西。但是，我从实践上了解人们，我凭他们的行为而认识他们，凭他们的行为整体而认识他们，凭他们在生命历程中激起的诸后果而了解他们。同样，所有这些无法由分析把握的非理性情感，我可以从实践上为它们下定义、从实践上衡量它们：将它们的［行为］结果汇总到智识领域，捕捉并记录它们所有的面孔，以及再绘它们的世界。可以肯定，就算看过同一个演员一百次，我也并不会因此而对他本人有更好的了解。然而，假如我将他所扮演的主人公们进行汇总，假如我说在第一百个人物的时候，我对他稍微多了些了解，人们便会觉得有些道理。因为这个明显的悖论亦是一种寓意。它具有一种道德。它教导说，一个人通过他所演的戏剧或者通过他真诚的冲动，皆可以很好地为自己下定义。因此，内心有各种轻声低语的情感，它们虽然难以理解，却可以通过它们所激起的行为、所假设的精神态度部分地揭示出来。人们清楚地感到，我如此确定了一种方法。但人们亦清楚地感到，这种方法乃是分析的方法而不是认识的方法。因为方法意味着形而上学；这些方法于有意或无意中揭示出它们有时声称尚未知晓的结论。正如一本书的最后几页已然存在于最开始处。这点是无法避免的。此处界定的方法表明对情感不可能拥有全然真实的认识。唯有［情感的］表象可以枚举，［情感的］氛围得以察觉。

这种难以捉摸的荒诞感，或许我们能够在与之不同却紧密相关的智识世界，或生活艺术世界，或艺术本身的世界中触及它。

一开始是荒诞的氛围，最终乃是荒诞宇宙和精神态度；这种精神态度用自身固有的光明划亮世界，呈现出优先独特而不可更改的面孔，而这个面孔早已被精神态度从这个世界中辨识出来了。

所有伟大的行动，所有伟大的思想，都有一个微不足道的开端。伟大的作品，常常诞生于一条街道的转角，或是一家餐厅的小门厅。荒诞亦是如此。荒诞的世界比任何其他世界，都更能从那种卑微的诞生中引导出它的高贵。在某些情况下，当一个人被问及他的思想实质时，他回答道："没有"，这或许是一种假装。那些被 [荒诞] 眷顾的人很清楚这一点。但是，假如这个回答是真诚的，假如它象征这种灵魂的奇异状态：空虚变得雄辩有力，日常行为的链条被打断，内心徒劳地寻找修复链条的衔接点，那么这个回答便是荒诞的第一个标志。

布景有时会崩塌。起床，电车，在办公室或者工厂四小时，吃饭，电车，工作四小时，吃饭，睡觉，以及星期一、星期二、星期三、星期四、星期五、星期六，根据相同的节奏进行，这条道路大部分时候是轻松连贯的。不过有一天，"为什么"的疑问升腾而起，一切都从这种带着惊讶的倦怠中开始了。"开始"，这很重要。倦怠就在一种机械生活行为的终点，但它却同时揭

Melencolia I

Albrecht Dürer（1471–1528）

1514

《忧郁 I》

阿尔布雷希特·丢勒

开了意识活动的序幕。它将意识唤醒，并引发后续。后续要么是不自觉地返回生活链条，要么是决定性地觉醒。随着时间推移，在觉醒的终点处到来的结果便是：自杀或者康复。就其本身而言，倦怠有着一些令人厌恶的东西。此处，我必须作出结论，即它是好的。因为一切都始于意识，唯有通过它，否则凡事皆枉然。这些言论并没有什么创见。它们不过是显而易见罢了：恰逢在荒诞的诸起源处获得一种粗略认知，这就足够了。单单"忧虑"就是一切的源泉。

时间驮着我们，每天以同样的方式过着一种没有光彩的生活。但总会有那一刻到来，届时必须驮载起时间。我们仰仗未来而生活："明天"，"后来"，"当你事到临头"，"等你长大就会明白"。这些轻率之言倒是可爱的，因为它毕竟涉及死去。然而，人有朝一日注意到或者说起来，他三十岁了。他便如此断言了自己的青春。但是，与此同时，他把自己跟时间联系起来。他从这种联系中找到他的位置。他认识到，自己正处于他所承认的必须经历的一条曲线中的某个时刻。他从属于时间，他通过这种攫住他的恐惧，认出了他最为凶残的敌人。明天，他渴望明天，即便他本该彻底拒绝它。这种血肉之躯的反抗就是荒诞。[1]

1　但不是本书意上的荒诞。它无关乎定义，而是关乎可能包含荒诞情感的列举。完成了列举，而荒诞却未穷尽。

再往下走，奇异感就来了：认识到世界是"浓密"的，瞥见一块石头是何等陌生又是何等为我们不可或缺，感到大自然是何等强烈，或一片风景便能否定我们。在一切美的深处都埋藏着一些非人性的东西，这些山峦，这片柔美的天空，这些婆娑树影，在这一瞬间便失去了我们为其赋予的虚幻意义，从此竟比一种逝去天堂的距离更加遥远。原始的世界敌意，穿越过几千年，又重新向我们涌来，我们瞬间无法理解它，既然数个世纪以来我们从中所理解的不过是我们预先给它放进去的形象与图形，既然我们从此缺乏使用那种人工品的力量。既然世界重归自身，它便离我们而去。那个由习惯所掩饰的舞台布景又回到其本来面目。它们远离我们而去。就像有时候，在一位女人的熟悉面孔下，我们把这个几月或几年前曾经爱过的她视为路人，或许我们会渴望那在忽然之间使我们如此孤独的东西。但是时候尚未到来。只有一件事情：世界的这种浓密和这种奇异就是荒诞。

人们亦有内在的非人性。在某些清醒的时刻，他们行为举止的机械生硬，他们毫无意义的故作姿态，都会使他们周遭的一切变得愚蠢起来。一个男人在一面玻璃隔断后面打电话；人们听不到他的声音，但看得到他那难以理解的无声表演：人们思忖他为何活着。这种面对人自身的非人性所产生的不适，这种'追问我们自身是什么'所引起的无法估量的 [内心] 翻腾，这种"恶心"——就像我们这个时代的一位作家[1]所称——亦是荒诞。同样,陌生人突然从一面镜中遇见我们,我们在自己的相册中碰到熟悉却令人不安的兄弟,这些仍是荒诞。

最后,我要谈及死亡以及我们对死亡的感受。在这一点上,一切都已说过了,避免感伤才是恰当的。然而让人无比惊讶的是,每个人都像没有谁"了解"[死亡]那样生活着。这是因为其实并没有死亡的体验。恰当地说,只有被生活过和成为意识的东西才是被体验过的东西。在此只能谈论他人死亡的经验。这是一种替代品,一种幻象,而且从未让我们十分信服。那种悲伤的习俗并不具有说服力。恐惧实际上来自[死亡]事件的数学方面。假如时间使我们感到害怕,这是因为它作出演算,而答案随后而至。所有关于灵魂的美妙言辞,至少曾经一度接受它们所反对的弃九验算法[2]。在这个巴掌也拍不出印记的僵硬尸体中,灵魂已然消失了。这场冒险的基本而决定性的方面,构成了荒诞感的内容。在这种宿命的致命之光的照耀下,其[宿命]无用性显现了。在碰到那些主宰我们生存境遇的残酷数学之前,没有任何道德、没有任何努力是**先验**就合情合理的。

再说一遍:所有这些都已经被反复讲过了。我在这里仅限

1　译者注:此处所指的作家是让 - 保罗·萨特(Jean-Paul Sartre,1905—1980)。1938 年,萨特出版了存在主义文学的经典作品《恶心》,并于 1964 年获得诺贝尔文学奖。

2　译者注:弃九验算法(preuve par neuf)是一种通过被除得余数的性质、从而对四则运算的结果进行检验的方法,其应用甚至可以追溯至萨珊王朝时代。

于作出一种快速分类，并指出这些自明的主题。它们贯穿一切文学与一切哲学。日常谈话滋养它们。问题并不在于重塑这些主题。但必须核实这些自明之事，以便接下来能够探讨首要问题。我所感兴趣的，我想再重复一次，更多的不是那些荒诞的发现，而是它们的结果。假如对这些事实确信无疑，那么应当得出什么结论，要走多远才能毫无遗漏？是应当自愿死亡，还是不顾一切地希望？有必要事先在智识方面列出相同的速记清单。

精神的首要活动是区分何为真与何为假。然而，思想一旦反思自身，它首先发现的便是一种矛盾。在此，努力令人信服是没有用的。几个世纪以来，没有人比亚里士多德对此事演绎得更加清晰和优雅了：

对于这些观点，有一个常被责难的结果，即它们戳破自己。因为当断定一切为真实时，我们就断定对立面的主张为真实的，从而断定我们自己的论点为虚假的（因为对立面的主张不承认它能够为真实的）。假如我们说一切为虚假，那么这个断言本身也是虚假的。假如宣称只有跟我们相反的主张是虚假的，或者只有我们的主张才不是虚假的，那么就必须承认无数个真实的或虚假的判断。因为表达一个真实的断言，就同时宣布了它［断言] 是真的，这样便会步入无穷。[1]

　　这种恶性循环仅仅是一系列恶性循环中的第一环，而自省的精神就在令人眩晕的旋涡中迷失方向。这些悖论的简明性使得它们 [悖论] 是不可或缺的。无论是文字游戏还是逻辑杂技，理解首先就是统一。精神深处的渴望，哪怕处于它那最复杂的运作中，跟人面对宇宙时那种无意识的情感携手并行：这是一种对熟悉性的坚持，对清晰性的渴望。对于一个人来说，理解世界就是将世界转变为人类，为它盖上人类的印章。猫的宇宙不是蚁穴的宇宙。"任何思想都是拟人化的"，这个自明之理别无它义。同样地，寻求理解实在的精神，只有将实在转变为思想术语，才可能得到满足。假如人认识到，宇宙像他那样也能去爱与受苦，那么他便会复归和解了。假如思想在种种现象的幻境中发现一些永恒的联系，能够将它们 [环境] 和它们自己 [思想] 归纳为一条单一原则，那么便能够谈论一种精神的至福了，其中至福的神话只不过是一种荒谬的仿制品。这种对统一的乡愁情绪，这种对绝对的渴望，表明了人间戏剧的基本活动。但说这种乡愁是一种事实，并不意味着它必须立即得到满足。因为，假如在跨越欲望与征服之间的鸿沟时，我们赞同巴门尼

1　译者注：此处出自亚里士多德（Aristotélēs，前384—前322）的《形而上学》（*Metaphica*）第四卷第八章，于原文略有变动。

德[1]那"一的实在"（不管它是什么），那么我们就陷入了一种精神的荒谬矛盾中：这种精神一方面肯定整体统一性，另一方面则通过其主张来证明自己的差异，以及证明它宣称要解决的多元性。这又是一种恶性循环，足以扼杀我们的希望。

这些仍是自明之事。我再次重申，它们引人注目的并不在它们自身，而在于能够从中汲取出来的结果。我还知道另一件自明之事：它告诉我人是会死的。然而人们能够数出从中汲取出极端结论的各种精神。必须指出，本书将如下恒定的裂隙视为永恒的参照点，其一是我们自以为知道的东西与我们真正知道的东西之间的 [恒定的裂隙]，其二是实践上的赞同与假装的无知之间的 [恒定的裂隙]，这种假装的无知使我们依靠观念来生活，假如我们真正检验这些观念的话，它们将会颠覆我们的整个生活。面对精神的这种错综复杂的矛盾，我们要充分把握那种分离，即将我们与我们自己的创造物分离开来的分离。只要精神在其充满希望的稳固世界中保持沉默，那么一切便被反映和安排到其乡愁的统一性当中。但只要它一动，这个世界就开裂和坍塌：无数闪亮的残片涌向认知。重构那种赋予我们内心安宁的熟悉而宁静的外表——我们必须对这种做法永远不抱

1　译者注：巴门尼德（Parmenides of Elea，约前515—前445），古希腊哲学家，埃利亚学派的成员，前苏格拉底时期的代表思想家之一，代表作为《论自然》（*On Nature*）。巴门尼德认为，是者静止不变，而世间一切变化都只是幻象，人不可凭感官认识真实。

希望。经过这么多个世纪的研究，在那么多思想家退位之后，我们相当明白，就我们全部的知识而言确实如此。除了专业的理性主义者以外，人们如今对于真正的知识并不抱有希望。假如必须写出一部唯一有意义的人类思想史，那所写的必然是其不断遗憾和无能为力的历史。

我确实能够说"我知道那个！"的，乃是关于谁的和什么的呢？于我之中的这颗心，我能够感受到我这颗心并判定它存在。同理，我能够触摸这个世界并判定它存在。我的所有知识就止步于此，余下的便是建构。因为，假如我试图把握这个为我所确定的自我，假如我试图定义它、总结它，那它不过是我指间淌过的一缕水。我可以逐一描绘出它善于做出的各种面孔，以及所有人们赋予它的面孔，这教养，这出身，这热情或这沉默，这伟大或这卑劣。但是这些面孔不能汇总起来。就连我这颗心我也永远无法确定。一方面是我对我存在的确定性，另一方面是我试图赋予这种确信的内容，这两者之间的沟壑将永远不会被填满。我将永远是自己的陌生人。正如在逻辑学中一样，在心理学中，有各种真相，却无真理。苏格拉底的"认识你自己"[1]，跟我们告解座上的"做有德性者"具有相等的价值。二

---

[1] 译者注："认识你自己"（γνῶθι σεαυτόν），相传是刻在德尔菲的阿波罗神庙的三句箴言之一。此话或出自公元前6世纪的斯巴达的契罗（Chilon of Sparta），或出自米利都学派的泰勒斯（Thales，前624—前546），或出自苏格拉底（Socrates，前470—前399）。另两句箴言为"伪誓近祸"（ἐγγύα πάρα δ, ἄτη）与"万勿过度"（μηδεν αγαν）。

者既揭示了一种乡愁，也揭示了一种无知。这些都是伟大主题上的徒劳游戏。它们只有在符合确切尺度时才是合理的。

又，这是些树木，我知晓它们的粗糙、水分，而且我闻得出它的气味。这些草本与星星的芬芳，黑夜，某些心情舒畅的晚上——我怎能否认这个使我感到强而有力的世界呢？然而，这片土地上所有知识都不能使我确信这个世界是属于我的。你们向我描述它，你们教我如何将它分类。你们列举它的规律，并且在我对知识的渴求当中，我赞成这些规律是真的。你们剖析它的机制，我的希望增加了。在最后阶段，你们告诉我这个奇妙多彩的宇宙能够还原为原子，而原子本身则能够还原为电子。这一切都好，我等你们继续下去。但你们对我谈论一种看不见的行星系统，其中电子们在引力作用下围绕一粒核转动。你们用一种图像向我解释这个世界。然后我发觉你们从中生出了诗：我将永远不会知晓。我有时间愤慨吗？你们已然改变了理论。如此，这种本该教导我一切的科学最终只是一种假设，那种清晰性沉没于隐喻当中，那种不确定性在艺术品中得到解决。我需要付出这么多努力吗？这些山丘的柔和线条，以及在夜晚抚摸着这颗躁动的心的手，教给我更多的东西。我回到了我的开端。我明白，尽管我能够通过科学把握现象并且列举现象，但是我并不能够就此理解这个世界。即便我用手指抚触这个世界的高低起伏，我也不会知道得更多。并且你们让我在一种描述与一种假设之间进行选择，前者是确定的，但却教导不了我任何东西，后者声称教导我，但一点也不确定。我对我自身和这个世界都陌生，仅仅以一种思想武装自己，而这种思想一旦肯定自身便马上否定自身。在这种境遇当中，我唯有拒绝去认知和摒弃生活才能获得安宁，征服的欲望撞上蔑视其攻击的墙，这是怎样的境遇呢？发起意志就是挑起悖论。一切都井然有序，就为实现这种有毒的安宁，而这种安宁是由置若罔闻、内心沉睡或致命放弃所造成的。

　　智识也以自己的方式告诉我，这个世界是荒诞的。它的对立面，即盲目的理性，或许会声称一切都是清楚的，而我则期待着证据，并且我希望它是有道理的。然而即便有过那么多自命不凡的世纪和那么多振振有词的雄辩者，我仍知道它是错误的。至少在这方面，假如我不能了解，那便没有幸福。那种实践上的或道德上的普遍理性，那种决定论，那些解释万物的种种范畴，足以让诚实的人发笑。它们与精神毫无关联。它们否定精神的深刻真理，被禁锢的深刻真理。在这个无法理智又有限度的宇宙中，人类的命运从此有了它的意义。一群非理性者冒出来，关心着这命运，直至其最后的终点。在他那已经恢复和如今一致的洞察力中，荒诞感变得清晰又明确起来。我说过世界是荒诞的，我说得太仓促了。这个世界本身不是合理的，只能这样说。但荒诞的是，在遭遇这种非理性时却疯狂地渴望清晰性，即呼吁回荡于人类内心的清晰性。荒诞取决于世界，同样取决于人。目前它是人与世界唯一的纽带。它将人与世界彼此绑在一起，正如唯有仇恨能够将世人铆在一起。这便是我于这个无量世界中所能够认清的一切了，而我在这个无量世界中继续进行冒险。让我们就此打住。假如我主张这种规范我与生活之关系的荒诞是真实的，假如我沉溺于那种被世界的景观所吸引的感觉，沉溺于那种科学研究强加于我的洞察力，那么我必须为这些确定性而牺牲一切，我必须为了维护这些确定性而正视它们。尤其是，我必须据此以规范我的行为，并且追随它们，不论其后果为何。我在此谈论的乃是诚实。然而我想要事先知道，思想是否能够在这些荒漠中生活。

我已经知道，思想至少已然进入了这些荒漠。思想在那里找到了它的面包。思想在那里明白了，它曾以幻象充饥。思想为某些最迫切的人类反思的主题提供了机会。

荒诞一旦被承认，它便成为一种激情，即所有激情中最令人揪心的 [那种激情]。但是，整个问题就在于，知道一个人能否凭其激情来生活，知道一个人能否接受其深层法则，即既灼烧人心，同时又振奋人心的法则。然而，这还不是我们要追问的问题。它处于这种体验的中心。会有时间回到这个问题的。

Friedrich Nietzsche

Edvard Munch（1863-1944）

1906

《弗里德里希·尼采》

爱德华·蒙克

不如辨识那些诞生于荒漠的主题与冲动吧。将它们罗列出来就够了。它们如今也为众人所知了。一直都有人捍卫非理性的权利。这条所谓让人蒙羞的思想传统从未中断过。理性主义批判已发生了如此多次，似乎不必再作批判了。然而这些悖论体系却重现于我们的时代，这些体系试图绊倒理性，仿佛理性真的一直在向前迈进。但这并非理性之功效的一种证明，同理，也不是理性希望之强烈性的一种证明。在历史的层面上，这两种态度的恒定性表明人的根本激情被撕裂成两半，一半是他朝向统一性的内驱力，另一半是他从围墙内所能获得的清晰视野。

然而，或许从未有任何时代像我们的时代这样，对理性发出如此猛烈的攻击。自从查拉图斯特拉大声疾呼："偶然，这是世界上最古老的贵族。[1]当我说没有任何永恒意志会高踞于万物之上时，我便将它返还给了万物"[2]，自从克尔凯郭尔得了不治之症[3]，"那导致死亡的疾病之后什么也没有了"，荒诞思想当中那些重要而又令人苦恼的主题便接踵而来。或者至少，非

1　译者注：查拉图斯特拉（Zarathustra）是尼采假托古波斯祆教创始人查拉图斯特拉之名，于1885年创作的《查拉图斯特拉如是说》（*Also Sprach Zarathustra*）一书中的主人公。

2　译者注：此处出自《查拉图斯特拉如是说》第三部分《日出之前》。与文本中对应的"偶然"一词，尼采的原文为"冯·偶然"（von Ohngefähr），von意为"来自"，通常出现在德国贵族的姓氏前，作为身份象征，而"偶然"在此可被视为一种固有名词。参见钱春绮译本："封·意外——乃是世上最古老的贵族，我把它交还给万物，我把万物从受制于目的的奴隶状态中解放出来。"《查拉图斯特拉如是说》，生活·读书·新知三联书店2014年版，第189页。

3　译者注：克尔凯郭尔，丹麦神学家、哲学家、诗人及作家、存在主义哲学的创立者之一，代表作有《非此即彼》（*Enten-Eller*）与《恐惧与战栗》（*Frygt og Bæven*）等。

理性思想与宗教思想的各种主题[接踵而来]，这种微妙差异是至关重要的。从雅斯贝尔斯到海德格尔[1]，从克尔凯郭尔到舍斯托夫[2]，从现象学家们到舍勒[3]，在逻辑层面和道德层面，整个精神家族借助他们的乡愁而相互关联，却因为他们的方法或其目的而相互对立，他们奋力阻止理性的王者之道，并重寻真理的通途。我在此假设这些思想是被了解和被生活过的。不论他们的抱负可能是或者曾经是什么，它们全都是从那个难以描述的宇宙出发的，而占据那个宇宙的是矛盾、二律背反、痛苦或无能为力。他们的共同点恰恰就是迄今所觉察到的诸主题。必须指出，对他们而言同样最重要的乃是他们从这些发现中所得出的结论。这是如此重要，以至于必须对它们分别进行研究。但是，目前重要的只是他们的发现以及他们的初始经验。重要的只是去指出他们的一致性。尽管意欲讨论他们的哲学乃是冒昧的，但是，无论如何，使他们共同的氛围得以被察觉，这是可能的而且这就足够了。

海德格尔冷峻地考察了人类的境遇，并宣布这种生存是令

---

1 译者注：海德格尔（Martin Heidegger, 1889—1976），德国哲学家，被誉为20世纪最重要的思想家之一，代表作有《存在与时间》（Sein und Zeit）等。

2 译者注：舍斯托夫（Lev Isaakovich Shestov, 1866—1938），20世纪俄国的律师、存在主义作家与哲学家，作品有《雅典与耶路撒冷》（Athens and Jerusalem）等。

3 译者注：舍勒（Max Scheler, 1874—1928），德国思想家、现象学家、哲学人类学家，作品包括《论人之中的永恒》（Vom Ewigen im Menschen）与《同情的性质与形式》（Wesen und Formen der Sympathie）等。

人蒙羞的。唯一的实在就是整个存在链当中的"忧虑"。对迷失于世界中的人和其消遣而言，这种忧虑是一种短暂的、转瞬即逝的恐惧。但是这种恐惧意识到自身，它便转为痛苦，即清醒者——"存在从中得以重现"——的永恒氛围。这位哲学教授镇定地用世界上最抽象的语言写道："人之存在的有尽和有限的特征比人自身更为原始。"[1] 他对康德的兴趣仅在于承认他[康德]的"纯粹理性"的局限性。这是为了从他的分析中得出结论："世界再也不能为忧虑者提供任何东西了。"在他看来，这种忧虑在现实上远远超过各种推理范畴，以至于他只考虑它、只谈论它。他列举了忧虑的种种面孔：凡人在自身中努力平息和缓和它时就会感到烦恼 [的面孔]；精神在沉思死亡时就会感到恐惧 [的面孔]。他也没有将意识与荒诞分开。死亡的意识就是焦虑和"存在"的召唤，这"存在本身通过意识的媒介发出它自己的各种召唤"。它是苦恼的声音，它要求存在"从其迷失中自行返回**无名者**"。同样，对他而言，他不应睡去，而是必须醒着，直至竭尽。他置身于这个荒诞的世界，他承认[这世界]朝生暮死的特性。他在废墟当中寻找他的道路。

雅斯贝尔斯对一切本体论感到绝望，因为他非说我们失去

1　译者注：参见海德格尔的《康德与形而上问题》（*Kant und das Problem der Metaphysik*），邓晓芒译为："比人更原始的是人的此在的有限性"，《海德格尔选集》（上），上海三联书店 1996 年版，第 118 页。

The Cretan labyrinth with the story of Theseus and Ariadne
Baccio Baldini （1436-1487）
c. 1460-1470

《克里特岛的迷宫与忒修斯和阿里阿德涅的故事》
巴西奥·巴尔迪尼

了"天真"。他知道，在超越致命的表象游戏方面，我们根本毫无作为。他知道精神的终点就是失败。他踌躇于历史所揭示的种种精神历险，无情地揭露各种体系的缺陷，揭露拯救一切的幻象，揭露毫无遮蔽的布道。这是一个毁坏了的世界，知识不可能被建立起来，虚无似乎是唯一的实在；[似乎是]无可挽回的绝望；[似乎是]唯一的态度，雅斯贝尔斯试图在这个世界中找回那条导向神圣秘密的阿里阿德涅之线 1。

舍斯托夫，在他那里，在一部始终枯燥得令人钦佩的作品中，他不断努力朝着同样的真相奋进，不断证明那种最严密的体系、最普遍的理性主义最终总会绊倒在人类思想的非理性上。任何一条讽刺性的证据或贬低理性的荒谬矛盾都逃不过他。唯一让他感兴趣的——这是个例外——便是心灵的历史或者精神的历史。透过陀思妥耶夫斯基 2 式死刑犯的体验，尼采式精神的激化历险，哈姆雷特 3 的咒语，或易卜生 4 的苦涩贵族德行，他追踪、

1　译者注：在希腊神话中，克里特岛的国王米诺斯（Minos），每隔九年都要为囚禁在迷宫中的牛头怪米诺陶（Minotaur）送去七对童男童女，而国王的女儿阿里阿德涅（Ariadne）为爱人忒修斯（Theseus）制作了一只球球，使他能够在打败怪物之后找到走出迷宫的路。因此，阿里阿德涅之线（le fil d'Ariane）意指一种找到问题的线索。

2　译者注：陀思妥耶夫斯基（Fyodor Dostoyevsky，1821—1881），俄国小说家、散文家、记者、哲学家。陀思妥耶夫斯基的文学作品探索了19世纪俄国的政治、社会以及精神氛围，参与讨论了各类现实主义哲学主题，并在晚期加入了宗教性的内容。

3　译者注：哈姆雷特（Hamlet）是英国剧作家莎士比亚（William Shakespeare，1564—1616）创作于1599年至1602年间的悲剧《哈姆雷特》（Hamlet）中的主人公。

4　译者注：易卜生（Henrik Johan Ibsen，1828—1906），挪威剧作家，现代现实主义戏剧的创始人之一，代表作包括《培尔·金特》（Peer Gynt）与《玩偶之家》（Et dukkehjem）等。

照亮并放大了人类对那不可挽回 [事物] 的反抗。他拒绝以理性为其理由，只有在这片没有色彩、一切确定性都变成了石头的荒漠中央，他才开始带着几分决然迈开脚步。

在他们之中，最吸引人的或许是克尔凯郭尔，至少其生存的某个部分比发现荒诞更吸引人：他以荒诞为活。"最可靠的缄默不是闭口不言，而是张口言说。"[1] 写这话的人首先就坚信，没有任何真理是绝对的，或者没有任何真理能令人满足地解释一种本身就是不可能的生存。知识者唐璜[2]，他有着繁多的假名与矛盾，在写出《布道词》的同时，亦写就了这部犬儒主义唯灵论的教科书，即《诱惑者日记》。他拒绝安慰、道德、可靠原则。他在内心中留着那根于他感受到的刺，不让痛苦平息。相反，他唤醒了痛苦，怀着一种甘被钉上十字架的绝望欢乐，他一砖一瓦地——明晰性、拒绝、装模作样——构建一种着魔者的范畴。这张既温柔又冷笑的面孔，这些由灵魂深处一声呐喊而旋转的舞姿，便是荒诞精神自身跟一种超越它的实在进行

1　译者注：此处或出自克尔凯郭尔完成于 1846 年的论文《现在的时代》（*The Present Age: On the Death of Rebellion*）中关于 "说话性"（Talkativeness）的部分。克尔凯郭尔认为，正是 "说话性" 使我们与表象保持联系，而 "缄默是内心与内心生活的本质"（silence is the essence of inwardness, of the inner life）。

2　译者注：唐璜（Don Juan）是英国诗人拜伦（George Gordon Byron，1788—1824）的浪漫主义代表作品《唐璜》（*Don Juan*）中的主人公。在作品中，唐璜是一位生活在中世纪西班牙的贵族青年，他英俊潇洒，喜爱寻花问柳，亦拥有善良勇敢的美德。

搏斗。而导致克尔凯郭尔走向他代价高昂的丑闻的精神历险[1]，也是从一种体验的混乱开始的，这种体验剥去了其周遭处境，并返回到其最原始的自相矛盾中去。

在另一个层面，即方法的层面，胡塞尔[2]与现象学家们通过他们的放纵言论恢复世界的多样性，并否认理性的超验力量。精神的宇宙通过它们变得数不胜数地丰富起来。玫瑰花瓣、里程碑石或是人的手，与爱、欲望或万有引力定律同等重要。思考不再意味着统一，不再以一种大原则的面孔使表象变得亲切。思考就是重新学习去观看、去关注、去聚焦于意识。就是以普鲁斯特[3]的方式，让每个观念与每个形象成为一处优先独特之地。矛盾的是，一切都是优先独特的。为思想正名的东西正是思想的极端意识。然而，尽管比克尔凯郭尔或舍斯托夫更为实证，胡塞尔式的举措从根本上否定了古典的理性方法，让希望落空，向直觉和内心敞开了一整套现象的蔓延，这种现象蔓延的丰富有着某种非人性的东西。这些道路通往一切科学或不通往任何

1　译者注：克尔凯郭尔曾对基督徒展开过反击，并宣称"这些讨厌的人们（牧师）讨生活的办法就是阻止你去认识什么是真正的基督教"，导致其被教会领导人谴责为"谎言之父"，甚至引起了家庭内部的矛盾。

2　译者注：胡塞尔（Edmund Gustav Albrecht Husserl, 1859—1938），奥地利哲学家，现象学之父，代表作品包括《逻辑研究》（Logische Untersuchungen）等。

3　译者注：普鲁斯特（Marcel Proust, 1871—1922），法国意识流作家，代表作为《追忆似水年华》（À la Recherche du Temps Perdu），作品共七卷，出版于 1913 年至 1927 年，描绘出一个逝去的美好时代，其中亦夹杂了大量关于空虚、茫然与失败的生活感伤。

地方。这就是说，方式在此比目的更为重要。问题仅在于"一种为了认知的态度"，而不在于一种慰藉。再说一遍：至少于一开始是如此。

怎能感受不到这些精神深处的亲缘关系呢？怎能看不到他们聚集在一处优先独特又痛苦得不再有希望的地方呢？我希望要么一切都向我解释清楚，要么就毫不作解释。而理性在这种内心的呐喊面前是无能为力的。精神被这诉求所唤醒，它去寻找，却只找到矛盾与胡言乱语。我所不明白的，就是没有道理的。世界充满着这些非理性的东西。这个世界不过就是一团巨大的非理性，而我并不明白它的独特意义。只要能说一次"这很清楚"，一切便都得救了。但这些人却争相宣称，没有什么是清楚的，一切都是混乱的；还宣称人类对于围住他们的墙保持着洞察力和确切的认识。

所有这些经验都是相符一致并且彼此印证的。到达了边界的精神，必须作出一个判断并选择它的结论。那便是自杀与答复之处。但我想将探求的顺序翻转过来，从智识的历险出发，并回到日常行为。这里提及的体验就诞生于那个注定无法离开的荒漠中。至少必须知道这些体验到了何处。人的努力至此，他便来到了非理性面前。他于自身中感到对幸福和理性的渴望。荒诞就诞生于人类的呼唤与世界非理性的沉默之间的这种对抗。这正是不应忘记的。这正是必须坚持的，因为人生的一切结果都可能于其中诞生。非理性，人的乡愁，以及由它们的对峙而涌现的荒诞，这些便是悲剧的三人物，这悲剧必须以"一种生存是可能的"逻辑结束。

哲学式自杀

尽管如此，荒诞感并不是荒诞观。荒诞感奠定了荒诞观的基础，仅此而已。荒诞感并未拘囿于荒诞观，除非在它对宇宙作出判断的那短暂瞬间。然后它继续前行得更远。荒诞感是活生生的，换言之，它要么必须死去，要么响彻远方。我们就这样聚集起这些主题。但再说一遍，在此使我感兴趣的，并非什么著作或者精神——对它们的批判需要另一种形式和另一个地方，而是发现它们的结论有什么共通点。也许各种精神从未如此不同。然而我们认出那片他们从中开始行动的精神风景是相同的。同样，尽管各种学科如此不相似，但是要结束他们 [各种科学] 行程的呼吁却以相同的方式喊出来。显然，刚才提及的那些思想家具有一种共同氛围。要说这种氛围就是肇事凶手，那这几乎就是玩弄辞藻。在这片令人窒息的天空下生活，迫使人们要么从中离开，要么留下来。问题是要知道，在第一种情况下如何从中离开，以及在第二种情况下为什么要留下来。我以此界定自杀的问题，以及生存哲学的结论可能具有的旨趣。

我想先偏离一会儿正道。到目前为止，我们是从外部来界定荒诞的。然而人们可以自问，这个观念到底包含着什么清晰的东西，并尝试通过直接分析，一方面发现它的意义，另一方面则找到它所带来的结果。

假如我指责一位无罪者犯下某种滔天罪孽，假如我断定一位有德性者曾经垂涎于他自己的姐姐，他将反驳我这是荒诞的。他的愤慨有其喜剧的一面。但它也有其深刻的道理。有德性者通过这个反驳表明，在我强加给他的行动与他的毕生原则之间存在着决定性的二律背反。"这是荒诞的"意味着"这是不可能的"，也意味着"这是矛盾的"。假如我看见一个人以冷兵器攻击一组机枪手，我将断定他的行为是荒诞的。然而，这不过是凭借他的意图与他将遭到的现实之间的不成比例，以及我所能把握的他的实际力量与他所设定的目标之间的矛盾得出的。当我们所作的判断看起来与现实所要求的判断相反时，我们便认为我们这个判断是荒诞的。同样，这是一种通过荒诞进行的演算，即比较这种推理的结果与人们想要设立的逻辑现实。在所有这些情况中，从最简单的到最复杂的，我进行比较的各项之间的差距越大，荒诞性便越大。有荒诞的婚姻、荒诞的挑战、荒诞的怨恨、荒诞的沉默、荒诞的战争，甚至还有荒诞的和平。对于其中任何一个而言，荒诞性都诞生于一种比较。因此我有理由说，对荒诞性的感觉并非源于对一种事实或一种印象的简单审视，而是从一种事实的状态与某种现实之间的比较当中涌出，从一种行动与超越此行动的环境之间的比较当中涌出。荒诞本质上是一种分离。它并不在各种比较因素的任何因素之中。它诞生于各种比较因素之间的对抗。

在智识的层面，我可以说荒诞并不在于人（假如这样的隐喻能有某种意义的话），亦不在于世界，而在于两者的共同存在。目前，荒诞乃是统一两者的唯一纽带。假如我想停留在自明的事情上，那么我知道人需要什么，我知道世界为其提供什么，而且现在我可以说我还知道是什么把他们连接起来的。我无须进一步挖掘。一种单一的确定性对于寻求者而言便足够了。问题仅在于从中汲取出所有后果。

直接后果同时也是一种方法准则。奇特的三位一体以这种方法揭示出来，它便绝不是那美洲大陆般的突然发现了。但它具有与经验数据相通的东西，因为它极其简单又极其复杂。在此方面，它的第一个特征便是：它是不可分割的。摧毁其中一项就是摧毁其整体。在人类精神之外不可能有荒诞。因此，就像万物一样，荒诞也结束于死亡。但是，在这个世界之外亦不可能有荒诞。正是基于这个基本准则，我断定荒诞观乃是根本性的，并认为它可以充当我的第一真相。上面提到的方法准则在此出现了。假如我断定一件事情是真的，我就必须维护它。假如我试图解决一个难题，我就不应通过其解决办法本身来遮掩这个难题的某方面。对我而言，唯一的已知数据就是荒诞。

问题在于知道如何脱离荒诞，以及从这种荒诞中能否推出自杀。第一个条件，实际上是我研究的唯一的条件，就是维护那将我压倒的东西，因此就是尊重其中我断定为根本性的东西。我刚才将之定义为一种对抗和一种不息的斗争。

将这种荒诞逻辑推至其极限，我就必须承认这场斗争意味着希望的完全离席（与绝望无关），不断地拒绝（不应与放弃相混淆），以及意识上的不满足（莫要联想到青春的焦虑不安）。一切摧毁、遮掩或盗走这些要求（首先是赞同消除分离）的东西都有损于荒诞，并贬低了可能由此提议的态度。荒诞只有在人们不赞同的情况下才有意义。

有一种自明的事实，似乎完全是道德上的，那便是一个人总是自身真相的猎物。这些真相一旦被承认，他便无法从中脱离。必须付出一点代价。一个人，一旦已经意识到荒诞，他就永远与之相连了。一个没有希望又意识到存在的人不再属于未来，这是正常的。他努力逃脱自己创造的世界，这同样是正常的。只有考虑到这种悖论，所有前述 [的说法] 才有意义。一些人——从一种理性主义批判出发——已经承认那种荒诞氛围；在这一点上，最富有教益的做法就是现在检验他们用以描述其后果的方法。

可是，由于我将自己限定在存在哲学上，我看到他们所有人都毫无例外地向我建议逃离。他们通过一种奇特的推理，从那种理性废墟之上的荒诞出发，在一个限制人类的封闭宇宙当中，将那些压迫他们的东西神明化，并从那些掠夺他们的东西中找出希望的理由。这种被迫的希望于众人而言具有宗教的本质。这值得关注。

在这里，我仅仅举例分析对舍斯托夫和克尔凯郭尔而言某些特殊的主题。但是，雅斯贝尔斯就是持这种态度的典型例子，而且他达到了夸张滑稽的程度。这样一来，其他人 [的做法] 就变得更清楚了。雅斯贝尔斯无力实现超验性，无法探究经验的深度，却意识到这个世界被失败扰乱了。他是否从那种失败中提出或者至少描绘出那个结论呢？他并没有带来任何新的东西。他在经验中没有发现任何东西，只是承认他的无能为力，以及没有任何借口推出任何令人满意的原则。然而，他未经验证——正如他自己所说——便贸然一口气断定超验性、经验的本质，以及生命的超凡意义，他写道："那种失败揭示出超越的存在，而不是虚无，而这种超越在一切可能的解释和阐释之上。"[1] 这

---

1 译者注：雅斯贝尔斯认为，当人们质疑现实时，就会面对经验或科学方法根本无法超越的边界。因此，个体将面临一种选择，要么沉入绝望而放弃，要么就进行一次信仰的飞跃，即雅斯贝尔斯所谓的"超越"（Transzendenz）。一旦实现这种飞跃，个体便从最低限度的此在（Dasein）进而获得自身无限的自由，并终于能够体验真正的存在，而雅斯贝尔斯则将之称为生存（Existenz）。

种存在——通过人类信念的一种盲目行动突然 [出现]——解释一切，他把它定义为："一般与特殊的不可思议的统一。"如此，荒诞就变成了神（就该词最广泛的意义而言），并且这种理解上的无能为力成为照亮万物的存在。从逻辑上讲，没有任何东西引得出这种推理。我可以称之为一种飞跃。矛盾的是，人们却理解到，雅斯贝尔斯的坚持与无限耐心，即他努力使超验性的体验无法实现。因为这种逼近越是不可捉摸，这个定义就越显得徒劳，这种超验性对他来说就越真实，因为他努力断定它 [超验性的体验] 存在的那种激情恰恰跟以下间距成正比，即他的解释能力与世界和经验的非理性之间的间距。由此看来，雅斯贝尔斯愈是顽强地消除理性的偏见，他对世界的解释便将愈发彻底。这位难堪思想的使徒，将在难堪的极端处，在它的最深处，发现那使得存在者重生的东西。

神秘思想使我们熟知了这些程序。它们就像任何精神态度那样合情合理。但就目前而言，我表现得似乎我在认真对待某个难题。我并不对这种态度的一般价值及其教育能力作出预判，我只想考虑它是否回应了我所自设的境遇，它是否与我所感兴趣的冲突相称。因此，我回到了舍斯托夫。一位评论家提到其话语中值得关注的一句，他说：

唯一真正的出路，就在人类判断没有出路的地方。否则，我们何必需要上帝呢？我们只是为了求得不可能的事情才转向上帝。至于那可能的，世人便足以应付了。

假如有一种舍斯托夫式哲学，我可以说，这种哲学完全可以用这句话来概括。因为在舍斯托夫热情洋溢的分析结束时，他发现了一切存在的根本荒诞性，他并没有说"这是荒诞"，而说"这是上帝：我们必须依赖他，哪怕他不符合我们的任何一种理性范畴"。为了不发生混淆，这位俄国哲学家甚至暗示，这位上帝可能是记仇的和可憎的、不可理解的和矛盾的，但只要上帝的面孔是最可怕的，就能确定他是最强大的。上帝的伟大就在于他的不一致性。他的证据就在于他的非人性。一个人必须跳到他那里，通过这种飞跃摆脱理性的幻象。如此，对于舍斯托夫而言，对荒诞的接受与荒诞自身乃是同生的。觉察荒诞就是接受荒诞，舍斯托夫思想的整个逻辑努力就在于提出荒诞，从而使荒诞所涉及的巨大希望同时迸发出来。再说一遍，这种态度是合情合理的。然而，我在此坚持考虑一个单独的难题及其所有后果。我不必去检验一种思想的悲怆，或者一种信仰行为的悲怆。我有一生的时间去做这样的事情。我知道，理性主义者对舍斯托夫的态度感到恼火。但我亦觉得舍斯托夫比理性主义者更有道理，而且我只想知道他是否对荒诞的命令保持忠诚。

然而，假如承认荒诞是希望的对立面，人们便发现，对于舍斯托夫而言，存在主义的思想是以荒诞为前提的，但证明荒诞只会消除荒诞。这种思想的微妙恰如魔术师的动人伎俩。当舍斯托夫将他的荒诞与流行的道德和理性对立起来时，他称它[荒诞]是真理与救赎。因此，就这种荒诞的定义而言，舍斯托夫从根本上是赞同荒诞的。假如承认这种观念的全部力量就在于它冲击我们基本希望的方式，假如觉得荒诞为了存留而要求人们别赞同它，那么便可以清楚地看到，它已然失去了它的真实面孔、它的人性与相关特征，从而进入一种既不可理解又令人满足的永恒性当中。假如有荒诞的话，那么它就在人间。荒诞观一旦将自己转入为永恒性的跳板，它便不再跟人的明晰性联系在一起了。荒诞不再是那种自明的东西，即人无须赞同便可以确定的东西。斗争被避开了。人融入荒诞，并在这种交融中使自身的本质特征——这些特征是对立、撕裂和分离的——消失了。这种飞跃乃是一种逃避。舍斯托夫欣然引用哈姆雷特的话："时代脱节了"[1]，他带着一种野蛮的，似乎尤其属于他的希望写下这话。因为哈姆雷特不是在这个意义上说它，莎士比亚也不是在这个意义上写它。对非理性的陶醉与心醉神迷的

1　译者注：此处出自《哈姆雷特》第一幕的最后部分，原文为："The time is out of joint: o cursed spite, that ever i was born to set it right." 朱生豪译本为："这是一个颠倒混乱的时代，唉，倒霉的我却要负起重整乾坤的责任！"

感召，使一个具有洞察力的精神背离了荒诞。对舍斯托夫而言，理性是徒劳的，但却有一些东西超出理性之外。对一个荒诞精神而言，理性是徒劳的，也没有任何东西超出理性之外。

这种飞跃至少能够让我们对荒诞的真实本质看得更清楚些。我们知道，荒诞仅仅在一种平衡中才是有价值的，它首先就存在于比较之中，而不是在这种比较的各项之中。但是，舍斯托夫恰恰只强调各项中的一项，从而破坏了平衡。我们对理解的渴望，我们对绝对的乡愁，恰恰只有在我们能够理解和解释的许多事情当中才是可以解释的。绝对否定理性是徒劳的。理性有自己的规则，它在此规则中是有效的。这正是人类经验的规则。因此我们才想要将一切都搞清楚。假如我们做不到这点，假如荒诞就诞生于这个场合，那么荒诞恰好产生于"有效却有限的理性"跟"不断重生的非理性"的相撞。然而，当舍斯托夫奋起反驳"太阳系的运动符合不变的法则，而这些法则就是它的理性"这种黑格尔[1]式命题时，当他倾尽所有激情去拆解斯宾诺莎[2]式的理性主义时，他其实断定一切理性皆喜好虚妄。从这里，通过一种自然的和不合理的反转，得出非理性的优越

1　译者注：黑格尔（Georg Wilhelm Friedrich Hegel，1770—1831），德国哲学家，近代德国古典哲学的代表人物之一，代表作包括《精神现象学》（*Phaenomenologie des Geistes*）与《逻辑学》（*Wissenschaft der Logik*）等。

2　译者注：斯宾诺莎（Benedictus de Spinoza，1632—1677），犹太裔荷兰哲学家，17世纪重要的理性主义者之一。作为一位泛神论者，斯宾诺莎基于定义与公理，通过逻辑推理得出结论，即世界只有一种实体、上帝或自然（Deus sive Natura），也就是作为整体的世界本身。

性。[1] 然而这条通道并不是自明的。因为在此处会介于限度观与层面观之间。自然法则在一定限度内是有效的，超过这个限度，它们就会转身反对自己，从而产生荒诞。或者，自然法则可以在描述的层面证明自己是合理的，而在解释的层面却不是因为该理由而证明自己是真实的。在这里，一切都为非理性而牺牲了，而且对清晰性的要求也魔术般消失了，荒诞随其比较项之一的消失而消失了。相反，荒诞之人并不进行这种平整化。他承认斗争，并不绝对蔑视理性，并且接受非理性。如此，他审视了所有的经验数据，在他搞清楚之前是不太愿意飞跃的。他只知道，在这种警觉的意识当中，希望不再具有一席之地。

在舍斯托夫那里可感知的东西，可能在克尔凯郭尔那里甚至更如此。当然，在一位如此游移不定的作者那里，很难辨别出明确的命题。但是，尽管人们从那本书始终可以感受到各种明显相反的论述，但是在化名、游戏与微笑之外，人们会预感（同时亦作为理解）到某种真理最终会在他的临终作品中迸发出来：克尔凯郭尔同样飞跃了。[2] 他童年曾经那么畏惧基督教，最终又

---

1 就例外这个概念来说，这尤其反对亚里士多德。

2 译者注：克尔凯郭尔将人的存在描述成三种不同层次，即感性、理性与宗教性。感性的人可能是享乐主义者，抑或是热衷于生活体验的人，他们主观而具创造力，对世界既无承担，亦无责任，觉得世间充满可能。理性的人则是现实的，对世界充满承担和责任，明白世间的道德与伦理规则。因此，有别于感性的人，理性的人知道这世界是具有边界的，充满着不可能与疑问。面对这些边界，理性的人只能选择放弃或否认，并永远为失去的东西感到悲伤。此时，个体只有通过"信仰的飞跃"（Leap of Faith）进入宗教性，以信念的力量超越疑问以及通常理性认为不可能的事情。唯有信仰，才能使人重获"一切皆有可能"的希望。

回来面对基督教最沉重的面孔。对他来说，矛盾和悖论同样成为宗教的准则。如此，那曾经使他对这生命的意义和深度产生绝望的东西，现在则赋予这生命以真理与清晰性。基督宗教是丑闻，克尔凯郭尔所坦率要求的就是依纳爵·罗耀拉[1] 所追求的第三种祭献，即让上帝最为喜悦的祭献："智识的祭献。"[2] 这种"飞跃"的效果很奇怪，但应当不再让我们感到惊讶。克尔凯郭尔以荒诞为彼岸世界的准则，而荒诞只不过是此岸世界之经验的某种残余物。克尔凯郭尔说："信徒在失败中找到了胜利。"

我并不想问与此态度相关的是何种感人的预言。我只想问那个荒诞的景象和荒诞自身的特性是否证明它[荒诞]是合理的。在这一点上，我知道那并非如此。重新考察荒诞的内容，人们便更加理解那启发了克尔凯郭尔的方法。在世界的非理性与对荒诞的逆反乡愁之间，他没有保持平衡。准确地说，他并不重视构成荒诞感的那种关系。他确信无法摆脱非理性，便希望自己至少能够跳出这种绝望的乡愁，这种乡愁在他看来是无结果和无意义的。但是，即便他对这点的判断是对的，他对这点的

1　译者注：依纳爵·罗耀拉（San Ignacio de Loyola，1491—1556），西班牙贵族，天主教耶稣会创始人。

2　人们可能会认为我在此忽略了根本问题、即信仰的问题。但是，我并不检验克尔凯郭尔或舍斯托夫的哲学，甚至是之后的胡塞尔哲学（应另寻地方和另选精神形态），我仅借用他们的一个主题，并检验其结果是否与已经确定的规则相符。这只是固执而已。

否定就不对了。假如他以一种狂热的拥护取代反抗的呐喊，那就会导致他对一直以来照亮着他的荒诞视而不见，并且会导致他将他此后唯一拥有的确定性——非理性——神明化。加利亚尼神父对德毕内夫人说[1]，重要的不是被治愈，而是与病痛一起生活。克尔凯郭尔则想治愈。治愈是他狂热的愿望，贯穿他的全部日记。他智识的所有努力都是为了摆脱人类境遇的二律背反。他越是刹那间意识到[人类处境的]虚妄，那种努力就越令人绝望，譬如当他谈论起自己，仿佛对上帝的敬畏和虔诚都不能使他安宁。如此，通过一种折磨人的遁词，他赋予非理性以荒诞的外表，并赋予上帝以荒诞的性质：不公正、不一致和不可理解。他身上仅有的智识试图扼杀人心深处的根本需要。既然什么都没有被证明，那么一切都可以被证明。

　　正是克尔凯郭尔本人向我们揭示了他所走过的道路。我并不想在此作出任何提议，然而在他的作品中，怎能读不出灵魂几近自愿伤残的诸迹象，以平衡那种荒诞[所带来]的伤残呢？这便是《日记》的主旨：

1　译者注：加利亚尼神父（Abbé Galiani）就是那不勒斯王国的国王费迪南多·加利亚尼（Ferdinando Galiani，1728—1787），他也是启蒙时期知名的意大利外交家、经济学家，著有《论货币》（*Trattato Della Moneta*）、《关于小麦贸易的对话》（*Dialoghisul Commer Cio Dei Grani*）等。德毕内夫人（Mme d'Epinay）是指启蒙时期的法国女作家、沙龙主人路易丝·德毕内（Louise d'Epinay，1726—1783），其位于巴黎的沙龙曾经接待过许多社会名流及知识分子，包括卢梭、伏尔泰、狄德罗和莫扎特等。

我所缺少的正是兽性，它本身亦是人类命运的组成部分……但得给我一副身体啊。

并在之后写道：

噢！尤其是在我年少时，我多么不应该被赋予成为一个人啊，哪怕六个月也好……我所缺乏的，归根到底，就是一副身体，就是生存的物质条件。

在别处，这同一个人仍然采用希望的高声呐喊，这呐喊已穿越了那么多个世纪，激励过那么多人心，却没有打动那位荒诞之人 [克尔凯郭尔] 的心：

但对基督徒而言，死亡绝不是一切的终结，它暗含着无尽的希望，比生活为我们暗含的希望更多，甚至超过那种溢满健康和力量的生活 [所暗含的希望]。

通过丑闻进行的调和仍然是调和。它或许允许一个人——正如我们所见——从希望的反面（即死亡）汲取希望。但即便同情心使人倾向于这种态度，也必须指出过度并不能证明任何东西是合理的。常言道，那超出人类尺度的，因此一定是超人的。但这个"因此"则是多余的。这里没有任何逻辑的确定性。此处亦没有实验的可能性。我所能说的就是，它确实超过了我的尺度。即便我无法从中得出一种否定，至少我不想在不可理解的领域寻找任何东西。我想知道的是，我是否可以凭借而且只凭借我知道的东西来生活。我还被人们告知，智识必须在此牺牲它的骄傲，并且理性必须弯腰低头。但即便我认识到理性的局限，我也不会因此否定它，而是承认理性的相对力量。我只想保持这种中间立场，其中智识能够保持清晰。假如这就是智识的骄傲，那我看不出有充分理由放弃它。再没有比这更为深刻的观点了：譬如，根据克尔凯郭尔的看法，绝望并不是一种事实，而是一种状态，即罪的状态本身。因为罪是远离上帝的。荒诞，即有意识者的形而上学状态，并不导向上帝。[1] 或许这个观念会变得清晰起来，假如我冒险说出这种奇谈怪论：荒诞就是无上帝的罪。

这种荒诞的状态，乃是关于在荒诞中生活。我知道这种状态建立在什么基础上，[那就是]这个精神与这个世界彼此依靠却无法相互拥抱。我请求这种状态的生活准则，结果却是要我忽略其基础，否定跟痛苦对立的诸项之一，要求我作出一种放弃。我询问我认作我自身的境遇会造成什么后果；我知道这境遇暗

1　我并没有说"排除上帝"，这仍然是肯定。

Abraham's Sacrifice

Rembrandt （1606-1669）

1655

Israel Museum

《亚伯拉罕的献祭》

伦勃朗

含着黑暗与无知；而且我确信这种无知说明一切，这黑夜就是我的光明。但我的意图在此并没有得到答复，这种振奋人心的抒情无法向我掩盖这悖论。因此必须转过身去。克尔凯郭尔也许会大声警告：

假如人没有永恒意识，假如一切事物之下只有一种野蛮和沸腾的力量，它在黑暗激情的风暴中产生万事万物，无论伟大的还是渺小的 [事物]，假如那无法填满的无尽空虚就藏匿在事物之下，那么，生命不是绝望又会是什么呢？[1]

这呐喊无法阻止荒诞之人。寻找真实的东西并不是寻找合乎愿望的东西。假如为了逃避 "生命会是什么呢？"这个令人焦虑的问题，就必须像傻驴一样以瑰丽幻象为食，那么荒诞的精神与其让自己听任于谎言，倒不如毫不畏惧地采纳克尔凯郭尔的答复："绝望。"总体而言，一个坚定的灵魂总会有办法解决问题。

我在此自由地将存在主义的态度称为哲学式自杀。但这并

---

1 译者注：此段为克尔凯郭尔的《恐惧与战栗》的亚伯拉罕颂开篇。

不意味着一种判断。这是一种指示如下活动的权宜之计，即一种思想通过这种活动来否定自身，并且倾向于在否定中超越自身。对于存在主义者而言，否定就是他们的上帝。确切地说，这位上帝只有通过人类理性的否定才能维持自身。[1] 但就像各种自杀一样，众神亦随着众人而变化。飞跃的方法有许多种，然而关键则在于飞跃。那些补偿性的否定，那些否定障碍——尚未被跃过——的终极矛盾，既能从某种宗教的启示中诞生，也能从理性的规则中诞生（这便是此推理所针对的悖论）。这些否定和矛盾总是企求永恒，唯有这样它们才做出飞跃。

必须重申，本书所遵循的推理完全抛开我们启蒙时代最流行的精神态度：那种 [启蒙的] 精神态度以一切皆理性为原则，旨在向世界作出一种解释。既然承认世界必须是清楚的，自然而然就给出一种明确的世界观。这即便是合理的，但跟我们于此接下来要遵循的推理无关。事实上，我们推理的目的乃是照亮精神的脚步，从一种 [主张] 世界无意义的哲学开始，最终在它当中找到一种意义与深度。这些步骤中最为动人的是宗教的本质；它在非理性的主题中名声大噪。然而，最矛盾和最重要的步骤则在于，将振振有词的理由赋予最初想象为没有指导原则的世界。无论如何，假如没有赋予这种乡愁精神的新收获以

---

1 再明确一遍：在此被质疑的并非对上帝的肯定，而是造成这种肯定的逻辑。

某种观念，就不可能得到使我们感兴趣的结果。

我将会只检验"意向"的这个主题，这个主题借由胡塞尔和现象学家而时尚了起来。本书曾经提及过它。原本，胡塞尔的方法否定经典的理性步骤。让我们重申一遍。思考并不是进行统一，不是披着一种大原则的外衣使得表象令人熟悉。思考就是重新学习观察、引导自己的意识，使每个形象都成为一处优先独特之地。换句话说，现象学拒绝解释世界，它只想成为一种对于实际体验的描述。现象学在其最初的宣言中就与荒诞的思想相交了，它宣称 [世上] 没有真理，只有各种真相。从夜晚的风到这只抚在我肩膀上的手，一切都有它的真相。意识通过关注真相来表明真相。意识并不构成其理解的客体，它仅仅聚焦，它是那种关注的行为，而且，套用一种柏格森[1]式的形象，它就像是投影设备，忽然聚焦在一个形象上。差别在于，那里没有任何剧本，只有一套连续却不连贯的幻灯片。在这只神奇的跑马灯里，所有形象都是优先独特的。意识在体验中悬置它所关注的对象。它通过其奇迹孤立这些对象。从此，这些对象便处在一切判断之外了。这就是那种刻画意识的"意向"。然而词语并不意味着任何定局的观念；它在其"方向"的意义上被使用，它仅具有地形学的价值。

---

1 译者注：亨利·柏格森，法国思想家，于 1927 年获得诺贝尔文学奖。他认为，物理现象乃是精神现象的投影，对于理解现实而言，直接经验与直觉过程比抽象的理性主义与科学更为重要。

乍看起来，似乎如此并没有什么与荒诞精神相悖。这种思想的外在谦逊就是荒诞的步骤，因为它仅限于描述它拒绝解释的东西，它进行自愿的训练以便矛盾地发展出极其丰富的经验，以及通过其冗长烦琐让世界获得重生。至少乍看之下是如此。因为思想的方法——在此情况下与其他情况一样——总是具有两面的，一面是心理学的，另一面则是形而上学的。[1] 由此它们藏着两种真相。假如这个关于意向的主题只想阐明一种心理态度，现实通过这种态度被耗尽，而不是存在得以解释，那么确实没有什么能够将它 [主题] 从荒诞精神那里分离出来。这种主题旨在列举它无法超验的东西。它仅仅断言，思想无需任何统一原则，仍然可以愉快地描述和理解体验的每副面孔。因此，此处所涉及的真相便是，这些面孔的每一副本质上都属于心理学范畴。这种真相只能证明现实可能呈现的"利害"。这是一种方法，可以唤醒一个沉睡的世界，并使这世界在精神当中鲜活起来。但假如有人想要扩展并合理建立起这种真相观，假如有人声称如此便发现了每一个知识对象的"本质"，那么这便让经验恢复了它的深度。对一位荒诞之人而言，这是不可理解的。然而，在意向态度中能够被感知到的，正是这种在谦逊与确信之间的平衡；而且这种现象学思想的闪光将比其他任何东西都

1　即便是最严格的认识论也以形而上学为前提，以致许多当代思想家的形而上学只包含一种认识论。

更好地阐明荒诞的推理。

胡塞尔也谈论由意向带来的"超时间本质"，这听起来像柏拉图[1]。所有事情并不是由一件事情来解释，而是由所有事情来解释。我看不出任何区别。当然，那些相或那些本质——即意识在每种描述之后所"执行"的[相和本质]——尚未被说成是完美的模式。但是人们断言，它们直接存在于每条感知数据中。不再有一个单一的相可以去解释一切，但有一种本质的无限性，它将意义赋予无限的对象。世界静止了，但是亮了起来。柏拉图式的实在论变成了直觉的，但这仍然是实在论。克尔凯郭尔沉溺于他的上帝，巴门尼德则在"整一"中沉淀思想。但在此处，思想将自己投入到一种抽象的多神论中。更有甚者：幻象与虚构亦成为"超时间本质"的一部分。在新的"相"的世界里，半人马物种与更谦逊的都市人携手合作了。

对荒诞之人而言，有一种真相，同时亦有一种苦涩，存在于在这种纯粹心理学的意见中，因为这种意见认为世界所有方面都是优先独特的。所谓一切都是优先独特的，就相当于说一切都是平等的。但这种真相形而上学的一面却将荒诞之人引得如此远，以至于通过一种基本的回应，他便觉得自己或许更接

---

1 译者注：柏拉图（Platon，前427—前347），古希腊哲学家，苏格拉底的学生，亚里士多德的老师。柏拉图提出了一种型（εἴδη）的理论，或相（ἰδέαι）的理论。这种理论认为，虽然自然界中有形的东西是流动的，但是存在一种永恒的相，它不存在于空间和时间中，因此是永恒不变的和静止的，乃是完美至善的模型。

近柏拉图了。他实际上被教导说，一切形象都预设一种同样优先独特的本质。在这个没有等级之分的理想世界中，正规军只由将军们组成。超越性可能被消除了。但是，一种突然的思维转向，将一种碎片式的内在本质重新引入世界，这种内在本质于宇宙中恢复了它的深度。

我恐怕在这个主题上——其创造者们 [现象学家] 所小心翼翼加工的主题——扯得太远了。我只是阅读胡塞尔的这些断言，它们的外表看似矛盾，但假如进入下述内容，便会从中感受到严谨的逻辑：

> 所谓真的就是绝对真的，就其自身而言；真理是一[1]，不论是哪种存在者去感知它，人类、怪物、天使或是诸神 [去感知]，它跟自身都是等同的。[2]

大写的理性凯旋了，并以此声音吹响了号角，我无法否认。胡塞尔的断言在这个荒诞世界中意味着什么？天使或神的感知对我而言是没有意义的。神圣的理性批准我的理性，而它的几

1　译者注：胡塞尔意义上的"真理"，在此所指的虽然是超越时空与个人的、绝对又普遍的客观存在，但并非本质直观或范畴直观下的被给予之物，而是感性直观下的被给予之物，后者乃是自明的，因此被称作真理。

2　译者注：参见舍斯托夫于 1940 年发表在《法国及外国哲学期刊》（ *Revue Philosophique de la France et de l'Étranger* ）上的《纪念伟大的哲学家埃德曼·胡塞尔》（ *A la Mémoire d'un Grand Philosophe Edmund Husserl* ）。

何学轨迹对我而言是永远不可理解的。在此，我又察觉到了一次飞跃，由于飞跃是在抽象中完成的，因此这对于我而言意味着遗忘那恰恰不想遗忘的事情。当胡塞尔进一步写道："假如受到引力影响，所有事物都消失了，引力法则并不会被摧毁，它仍然存在，只不过没有应用的可能罢了"，我便知道，我面对着的乃是一种慰藉的形而上学。假如我想要发现思想是在哪个转折点上离开了自明之路，我只需要重读与胡塞尔谈论精神的口吻相类似的推理：

假如我们能够清晰地凝视精神过程的确切法则，它们亦同样呈现为永恒且不变的，就像理论自然科学的基本法则。所以，即便没有任何精神过程，它们仍是有效的。

即便精神不在，精神法则依然会在！于是我便明白了，胡塞尔企图将一种心理的真相变为一种理性的准则：在否定人类理性的整合能力后，他便以此权宜之计飞跃至永恒的**大写的理性**。

因此，胡塞尔关于"具体宇宙"的主题并不使我感到惊讶。它告诉我，所有的本质都不是形式的，其中一些乃是物质的，前者是逻辑的对象，后者则是科学的 [对象]，这只是一个定义的问题罢了。有人向我保证，抽象指的不过是具体宇宙的一个部分，而这个部分本身是不稳定的。但前文已揭示出的摇摆不定，使我能够看清这些术语的混乱。因为这就可以说，我所关注的具体对象，这片天空，这摊水在大衣下的反光，只保存这种实在——我意在从世界中隔离开来的实在——的魅力。我不会否认它。但这便也可以说，这件大衣本身是普遍的，具有其特殊而充分的本质，属于形式世界。于是我明白了，人们只不过改变了程序的顺序罢了。这个世界在更高级的宇宙里不再有它的映像，但具有各种形式的天空却出现在大地的大量形象中。这于我并没有任何改变。我在这里所发现的，并不是对具体事物的爱好，也不是人类境遇的意义，而是一种智识主义，它肆无忌惮到足以将具象事物普遍化的程度。

人们徒劳地惊讶于这种表面的矛盾，它把难堪的理性与凯旋的理性这两条道路对立起来，以此引导思想自己否定自己。从胡塞尔那位抽象的上帝，到克尔凯郭尔那位闪闪发光的上帝，这距离并没有 [两种理性的距离] 那么大。理性与非理性带来同一种说教。实际上，道路并不那么重要，[具有] 抵达的意志便够了。抽象哲学家和宗教哲学家从相同的混乱出发，又在相同的焦虑中相互支持。但关键在于作出解释。乡愁在此比科学更加强烈。值得注意的是，当代思想既是最深刻的思想之一，它渗透着一种主张世界无意义的哲学，同时亦是最分裂的思想之一，它的各种结论 [四分五裂]。当代思想不断摇摆于两极之间，一方面是极端的现实理性化，即将现实分裂为各种标准理性；另一方面是极端的现实非理性化，它将现实神明化。但这种分离仅仅是表面上的。问题就在于和解，在前述两种情况中，飞跃足以达成和解。人们总是错误地认为，理性的观念是单向的。其实，无论它的抱负多么严密，这个概念跟其他概念一样是不稳定的。理性有一张十足的人类面孔，但它也懂得转向神明。自普罗提诺[1] 开始，他是第一个懂得将理性与永恒的氛围相调和的人，理性已经学会偏离其原则中最珍贵的东西，也就是矛盾，以便融入那最奇异并且十分神奇的分有原则。[2] 理性是思想的工具，而不是思想自身。一个人的思想首先就是他的乡愁。[3]

正如理性能够安抚普罗提诺的忧郁一样，理性也在熟悉的永恒场景中为现代焦虑提供各种自我平息的手段。荒诞精神则没那么幸运了。对它而言，世界既不是那么理性的，也不是那么非理性的。它是不合理的，仅此而已。在胡塞尔那里，理性终究是完全没有界限的。相反，荒诞确定其各种界限，因为它

1 译者注：普罗提诺（Plotinus，205—270），晚期古罗马哲学家，新柏拉图主义的奠基者之一，并对早期基督教的教父哲学具有重要影响，代表作为《九章集》（Enneas）。

2 A—在那个时期，理性要么必须适应，要么就死亡。理性适应了。随着普罗提诺，理性从逻辑的变为美学的。隐喻取代了三段论。
B—此外，这并不是普罗提诺对现象学的唯一贡献。这种形态已全然包含在对亚历山大学派思想家而言如此珍贵的观念之中，以至于不仅有一种世人的观念，还有了一种苏格拉底的观念。

3 译者注：此处可参考柏拉图的相论与回忆说。

无力平息其焦虑。另一方面，克尔凯郭尔则声称，只要有一个单一的界限就足以否定那种焦虑。但荒诞没有走得那么远。对荒诞而言，那种界限只是针对理性的各种抱负。关于非理性的主题，正如存在主义者所设想的那般，就是理性变得混乱并通过否认自身而逃离 [混乱]。荒诞是明晰的、注意到自身限度的理性。

正是在这条艰难道路的尽头，荒诞之人辨识出自己真正的理性。他比较自己内在的迫切需要与那些提供给他的东西，突然感到他要转身离开。在胡塞尔的宇宙中，世界变得清楚起来，而人心对熟悉性的孜孜以求变得毫无用处。在克尔凯郭尔的启示录里，假如渴望想要得到满足，就必须放弃对清晰性的渴望。罪与其说是认识（如果是这样，那么每个人都是无罪的），不如说是渴望去认识。确切地说，这才是荒诞之人能够感受到的唯一的罪，这罪既构成他的罪恶，也构成他的无辜。他被提议一种解决方案，即所有过去的矛盾只不过是各种论战游戏。但他对这些矛盾的感受并非如此。这些矛盾的真相必须得到保持，因为它无法得到满足。荒诞之人不想要说教。

我的推理想要忠诚于那种唤醒它（真理）的自明事物。那种自明事物就是荒诞。我的乡愁正是如下分离的统一，即怀着渴望的精神与使人失望的世界之间的分离，以及这个破碎的世界与各种整合它们的纽带的矛盾之间的分离。克尔凯郭尔消除了我的乡愁，胡塞尔聚合了这个世界。这并不是我所期待的。问题在于带着这些裂痕而活着和思考，在于知道应当接受还是拒绝。问题不可能在于遮蔽自明事物，或通过否认荒诞方程式的其中一项来消除荒诞。必须知道人们能否带着荒诞来生活，或者逻辑能否命令人们因荒诞而死。我并不是对哲学式自杀感兴趣，只是对自杀感兴趣。我只想纯化自杀的情感内容，从而了解它的逻辑性以及它的诚实性。其他一切立场，对于荒诞精神而言，都意味着搪塞，意味着精神在它自身所揭开的东西面前退却。胡塞尔说要遵从渴望，摆脱"根深蒂固的生活习惯和思考习惯，即在某些众所周知和方便的生存条件下的生活和思考"，但在他那里，最终一跃为我们恢复了永恒与它的安逸。这种飞跃并非如克尔凯郭尔所想那般是一种极端危险。相反，危险就在飞跃之前的微妙时刻中。能够屹立于这个令人眩晕的山脊之上，那就是诚实性，其余皆是托词。我也知道，无能为力从未激起诸如克尔凯郭尔那些动人的和弦。然而，如果无能为力在漠然无差的历史风景中占有其一席之地，那么它在一种已知是迫切需要的推理中则没有一席之地。

荒诞自由

现在最主要的完成了。我握着一些我无法分离的自明事物。我所知道的东西，确信可靠的东西，我无法否认的东西，我不能摒弃的东西，这便是重要的东西。我可以否定我这方面的一切，即凭靠不确定的乡愁而生活的一切，除了这种对统一的渴望，这种对解决问题的渴求，这种对清晰性和一致性的迫求。我可以驳斥我周遭世界的一切伤害我或使我狂喜的东西，除了这种混乱，这种至高无上的偶然，以及这种源于无序的神圣等价物。我不知道这个世界是否具有一种超越它（世界）的意义。但我知道，我并不认识这种意义，并且我现在也不可能认识它。超出我生存境遇之外的意义，对我而言意味着什么呢？我只能从人的角度去理解。我所触及的东西，抵制我的东西，那才是我所理解的东西。而我亦知我无法调和这两件确定无疑的事情：一方面我渴求绝对与统一，另一方面不可能将这个世界还原为一种理性的和合理的原则。假如不撒谎，又不诉诸一种我并没有的希望，即在我的生存境遇限度内毫无意义的希望，那么我还能认识其他什么真相呢？

假如我是丛林中的树，动物里的猫，那么这生命可能有一种意义，或毋宁说这个难题就不再有了，因为我就会成为这个世界的一部分。我**就是**现在跟我对立起来的这个世界，即我用我整个意识和整个对熟悉性的追求来与之对立的世界。正是这种荒唐可笑的理由，使我置身于所有创造的对立面。我不能把它一笔勾销。但凡我信以为真的，我必然因此加以维护。那对我而言如此自明的事物，哪怕是反对我的事物，我也必须支持它。假如不是我对它[自明事物]的意识，那么到底是什么造成这个世界与我精神之间的冲突和断裂呢？假如因此我想要维护它，那就要借助一种连续不断的意识，永远更新、永远清醒的[意识]。这便是目前我必须记住的。在此刻，荒诞——既如此显而易见又如此难以征服——返回一个人的生活中，并找到了自己的家园。也是在此刻，精神能够离开那条枯燥乏味、清醒努力的道路。那条道路现在通向日常生活。它遭遇匿名"者"的世界，然而人从此便带着他的反抗和他的洞察力进入这个世界。他已经忘却了希望。当前这片地狱最终成为他的王国。所有难题都重新露出它们的锋芒。抽象的自明事物在形式与色彩的抒情[诗]面前撤退了。精神冲突降临了，并返回人心这片悲惨又壮丽的庇护所。什么都没有解决。但一切都变了样。去死亡，通过飞跃来逃脱，依其自身尺度建构一所相和型的大厦？或是，与之相反，下一场令人心碎又奇妙无比的荒诞赌注？让我们为此作出最后的努力，并引出所有后果吧。身体、情感、创造、行动，人类的高贵，将在这个疯狂的世界中恢复它们的位置。人终将会在那里重新找到荒诞的美酒，漠然的面包，以此养育自身的伟大。

让我们再强调一下方法：这是有关坚持的问题。在人生道路上的某一点，荒诞之人是受到怂恿的。历史既不缺乏宗教，也不缺少先知，甚至不缺乏诸神。荒诞之人被要求做出飞跃。他只能这样答复：他不太理解，那样做 [飞跃] 并非自明之事。他只想做他全然了解的事情。人们硬对他说，"这是一种骄傲的罪"，但他并不懂得罪的观念；人们也许还硬对他说，"地狱就在最底端"，但他并没有足够的想象力去描绘这个奇异的未来；人们还硬对他说，"他失去了永恒的生命"，但在他看来那是无关紧要的。人们想让他承认他有罪。他则自感无罪。说真的，他感受到的乃是他无可挽回的无罪，仅此而已。这无罪允诺了他一切。因此，他对他自己的要求就是：仅仅依其所知而生活，如其所是地安顿自己，不掺杂那不确定的东西。他被告知，没有什么是确定的。但是，这至少是一种确定性。他就是与这种确定性打交道：他想知道能否不带召唤而生活。

现在我可以开始讨论自杀观了。人们已经感觉到能给予它什么解决方案了。在这一点上，这个难题被颠倒过来了。之前

Orpheus leading Euridice from the underworld
Illustration from the original edition of the score of Gluck's Orfeo ed
Euridice
Charles Monnet（1732–1808）
1764

《俄尔普斯从地下世界引领欧律狄克》
格鲁克歌剧《奥菲欧与尤丽狄茜》总谱封面
查尔斯·莫奈

的问题是了解生活是否必须具有意义才能过。此处看起来正相反，如果生活没有意义会过得更好。活出一种体验，活出一种命运，就是完全接受它。然而，谁也无法活出这种命运，并知道它是荒诞的，除非他竭尽全力去维持他跟前的荒诞，即意识所揭示的荒诞。他依赖对立面来生活，否定这对立面的某一项，就是逃避荒诞。废除有意识的反抗，就是回避那个难题。因此，关于持续革命的主题被转入个体经验中。活着就是使荒诞活着。使荒诞活着，首先就是正视荒诞。与欧律狄克[1]不同，荒诞只会在人们转身离它而去的时候死亡。因此，唯一连贯一致的哲学立场之一便是反抗。它是人与自身晦暗面的一种永久对抗。它是对一种不可能之透明度的追求。它时时刻刻质疑世界。正如危险向人提供了抓住反抗的唯一机会，形而上学的反抗也同样将意识扩展到整个经验。反抗对于人自身而言，就是人的一直在场。反抗不是热望，因为它没有希望。这种反抗只是一种破碎命运的确认，没有"必须陪伴命运"的顺从。

正是在此处，人们看到荒诞体验离自杀有多么遥远。人们也许认为自杀紧随反抗。但错了。因为自杀并不代表反抗的逻辑结果。自杀只是它所预设的赞同的对立面。自杀，正如飞跃，

1　译者注：欧律狄克（Euridice）是希腊神话中俄耳甫斯（Orpheus）的妻子。俄耳甫斯曾领着妻子试图走出地府，却因欧律狄克的埋怨而回头，导致她又一次被拉回了死亡，只为俄耳甫斯留下了两行泪珠。

就是对自身界限的接受。一切都消耗殆尽了，人返回他的根本历史当中。他的未来，他的唯一而可怕的未来，他识出并投入这未来。自杀以自身的方式解决了荒诞。自杀拖着荒诞同归于尽。但我知道，想要继续生活，荒诞就不能解决。若是意识到死亡的同时又拒绝死亡，那便逃脱了自杀。荒诞位于死刑犯临终思想的极限，它就是 [死刑犯的] 这根鞋带，他站在摇摇欲坠的边缘、于数米内摒除一切却唯独瞥见的鞋带。确切地说，自杀的对立面就是死刑犯。

这种反抗将自身的价值赋予生活。它始终贯穿整个生活，将它的伟大归还给生活。对于眼界开阔之人而言，最美的景观莫过于这种智识与超越智识的现实之间的搏斗了。人类傲慢的景观是无与伦比的。一切贬低都无济于事。这种精神自我支配的准则，这种被全副锻造而成的意志，这种面对面 [的斗争]，具有某种强力而独特的东西。现实的非人性造就人的伟大，使这种现实变得贫瘠，就无异于使自己变得贫瘠。我因此理解到，为何那些学说在向我解释一切的同时亦使我孱弱。这些学说将我从自身生命的重压中解脱出来，然而这重压却是我本应独自承受的。在此转折点上，我无法想象一种怀疑主义的形而上学会与一种弃世的道德结伴同行。

意识和反抗，这些拒绝就是弃世的对立面。一个人心中所有不屈不挠和充满激情的东西，反而都从他的生活中激励它们

[这些拒绝]。重要的是死不和解而不是死得甘愿。自杀乃是一种斩断。荒诞之人只能竭尽一切，竭尽自我。荒诞是他最为极致的张力，他一直孤身奋战维持这种张力，因为他知道，在那种意识与那种日复一日的反抗中，他证明自己唯一的真实，即挑战。这是第一个后果。

假如我坚持这种协同的立场，这种立场旨在描绘一种新发现的观念所带来的一切后果（仅后果而已），那么我便发现自己正面临着第二种悖论。为了忠于这种方法，我全然无涉形而上学之自由的难题。知道一个人是否自由，我对此不感兴趣。我只能体验我自身的自由。关于自身的自由，我不可能有一般性的观念，只有一些清晰的洞察。"自由本身"这个难题毫无意义，因为它完全是以另一种方式跟上帝的难题相连的。要知道人是否是自由的，就得知道他能否具有一位主人。此难题特有的荒诞之处就源于：那使自由难题成为可能的观念，恰恰也夺走了它 [自由难题] 的所有意义。因为在上帝面前，自由的难题不如恶的难题。人们知道二选一：要么我们不是自由的，以及全能的上帝对恶负责；要么我们是自由的和 [自己] 负责的，而上帝不是万能的。对于这种悖论的尖锐，所有学说的精妙既无法增加任何东西，亦无法减少任何东西。

这便是为何我不能迷失于对一种观念的颂扬或者只是下定义，因为一旦这个观念超出我个体体验的范围，便离我而去并失去了它的意义。我也无法理解一种更高级的存在者所赋予我的自由可能是什么样子。我已失去了等级感。我唯一能够把握的自由概念是囚徒的 [自由概念]，或者是身处国家当中的个体的 [自由概念]。我唯一知道的自由就是精神自由和行动自由。然而，假如荒诞摧毁了我得到永恒自由的一切机会，它反倒返还并激励我行动的自由。这种对希望与未来的剥夺，意味着人之无拘无束的增长。

在遇见荒诞之前，常人带着各种目的来生活，关心未来或者关心证明（至于是为了谁或是为了什么，则不是问题）。他估量着自己的运气，他指望着以后，指望着他的退休或者儿子们的工作。他仍然相信在他的生命中有某些东西能够引领他。的确，他表现得仿佛他是自由的，即便所有的事实都与这种自由相抵触。在荒诞之后，一切都动摇了。那种"我在"的想法，仿佛一切都有一种意义的我的行动方式（即便我偶尔说毫无意义），所有这些都被荒诞性——死亡的可能性——以头晕眼花的方式赋予了谎言。思考明天，设定一种目标，拥有各种爱好，所有这些都假定对自由的信仰，即便偶尔确定感受不到自由。但是，我在那时很清楚，这种更高级的自由，这种"存在"的自由——只有它能够建立一种真相的基础——并不存在。死亡在此才是唯一的现实。死亡之后，游戏便完了。我不再有永存的自由，而只是一个奴隶，尤其是没有永恒革命之希望的奴隶，无法求助于藐视的奴隶。既无革命又无蔑视的人还能做一个奴隶吗？没有永恒性的保证，还有什么自由能够在充分[自由的]意义上存在呢？

但同时，荒诞之人懂得，到目前为止，他与这种自由公设的联系都建立在他赖以生活的幻象之上。在某种意义上而言，这束缚了他。假如他为自己的生命想象一种目的，在这个层面上，他便调整自己，以便满足一个被实现之目的的各种追求，并成为他的自由的奴隶。因此，我行动起来只能像一家之父（或是工程师，或是人民领袖，或是邮局的临时雇员），而不是像我准备成为的那样。我相信我可以选择成为那样，而不是成为其他什么样子。诚然，我是下意识地这样认为的。但同时，我拥护我周围那些人的信仰的公设，拥护我的人类环境的各种假定的公设（其他人如此确定[自己]是自由的，而且这种正面心态是那么具有感染力！）。无论一个人能够与道德的或社会的假定保持多么遥远的距离，他多少都会受其影响，甚至——对于其中最好的假定（有好的也有坏的假定）会让自己的生活适应它们。如此，荒谬者就明白了，他原来真的并不自由。说得清楚些，假如我有所希望，假如我担忧一种我自身的真相，或者担忧一种存在或创造的方式，总之，假如我支配着我的生命，并由此证明我承认我的生活具有一种意义，那么我就为自己造出了栅栏，使我的生活陷于囹圄之中。我过得就像众多官僚一样，即那些在精神和心灵方面都让我恶心的官僚，我现在看清楚了，他们唯一干的事情就是认真对付人的自由。

荒诞在这一点上启发我：没有来日。从此这便是我内在自由的理由。我将在此做两个比较。首先，神秘主义者以献身找到了一种自由。他们沉溺于他们的神祇，接受神祇的规则，以此悄悄变得自由了。他们自发地赞同奴隶身份，从而重获一种更深层的独立性。但那种自由意味着什么呢？首先，可以认为，他们感到跟他们自己相关的自由，而且还没有到完全解放的自由 [程度]。同样，彻底转向死亡（死亡在此被视为最为明显的荒诞），荒诞之人感到从（集结在他身上的）"这种热烈关注"以外的一切东西中解脱出来。他品尝到一种涉及共同的规则的自由。人们在此看到，存在主义哲学的各种原初主题保存了它们的全部价值。返回意识，逃离日常沉睡，这便代表了荒诞自由的最初步骤。然而目的却在于存在主义的**布道**，那深处的精神飞跃随之逃脱了意识。以同样的方式（这是我的第二个比较），古代的奴隶并不属于自己。但他们却认识到这种自己全然不觉责任的自由。[1]死亡亦有尊贵之手，既碾压，亦解脱。

---

1 此处是对事实的一种比较，而不是对卑躬屈节的一种赞赏。荒诞之人与和解之人是相反的。

沉溺于这种无尽的确信中，感到跟自己的生活相当陌生，以便增进生活和不以爱人的近视来浏览生活，这里有一种解放的起因。这种新生的独立性是有期限的，就像一切行为的自由一样。它并不会为永恒开出支票[1]，但它取代了**自由**的种种幻象，即全都伴随死亡而终止的幻象。死刑犯——在某个拂晓监狱的大门敞开之前——的神圣有用性就在于，他对一切都持有不可思议的漠然 [态度]，除了对生命的纯粹火焰之外，这里的死亡与荒诞显然就是唯一合理自由的根源，即人心能够体验和生活的自由。这便是第二个结论。荒诞之人因此感知到灼热又寒冷、透明又有限的宇宙，在这个宇宙当中一切都是不可能的，但一切又是被给定的，在这个宇宙之上的就是崩溃与虚无。荒诞之人因此便可决定接受这种宇宙，从中描绘自己的力量，自己对希望予以拒绝，以及一种没有慰藉的生活的坚固证据。

然而，生命在这种宇宙中意味着什么呢？目前意味着的只不过是对未来的漠然，以及耗尽一切被给定事物的激情。对生命意义的信仰，总是意味着一种价值等级，一种选择，以及我们的偏好。对荒诞的信仰，根据我们的定义，则教导相反的东西。

---

1 译者注：即承诺永恒。

但是在这里停留是值得的。

知道一个人能否不带召唤而生活，这便是我所感兴趣的全部了。我一点都不想离开这片领域。这种被给予的生活面孔，我能够与之适应吗？当面对这种特殊的忧虑时，对荒诞的信仰又重新以体验的数量替代体验的质量。假如我说服自己 [相信] 这种生活除了荒诞之外并没有别的面孔，假如我觉得生活的整个平衡都取决于"我有意识的反抗"与"反抗挣扎所处的黑暗"之间的永久对立，假如我承认我的自由只有跟其有限的命运相关才是有意义的，那么我必须说重要的不是活得最好，而是活得最多。我不想知道这是平庸的还是恶心的，是优雅的还是糟糕的 [生活]。价值判断在此被彻底抛弃了，取而代之的是事实判断。我只需要从我能够看见的东西中得出结论，而不拿任何假设的东西去历险。假使这样生活是不诚实的，那么真正的诚实要求我是不诚实的。

活得最多；从广义上讲，这种生活准则毫无意义。必须将它表达明确。首先，这种数量观似乎并没有得到充分探究。因为它能够说明大部分的人类体验。一个人的道德，以及他的价值等级，只有通过他所累积的体验数量和体验种类才有意义。然而，现代生活的境遇对大多数人施加了相同的体验数量，并因此是相同的深刻体验。当然，还必须将个人自发性的贡献考虑进来，就是他身上"被给予"的东西。但我不能对此作出判断，再一次地，我这里的规则是处理直接的自明事物。因此我看到，一套共同道德的固有特征，与其说在于道德原则的完美重要性，毋宁说在于一种能够测量的体验标准。稍微延伸一点来说，希腊人有他们的娱乐道德，如同我们有每日工作八小时的道德。但已有许多人，包括那些最具悲剧性的人，使我们预感到一种更漫长的体验会改变这张价值表。这些人使我们想象，一位日常生活的历险家，他单凭体验的数量就打破所有的纪录（我故意使用这种体育术语），从而赢取他自己的道德。[1] 然而，让我们远离浪漫主义，让我们仅仅询问，对于一个决定下赌注并且严格观察他所认定的游戏规则的人来说，这种态度可能意味着什么。

打破所有纪录，就是尽最大可能首先和独一无二地面对世界，并且只面对世界。如何在没有矛盾和文字游戏的情况下做到这一点？因为荒诞一方面教导说，所有体验都是漠然无差的，而另一方面，它却朝向最多的经验数量推进。那么如何才能做到跟上述那么多人有所不同呢？选择什么样的生活形式才能给我们带来尽可能多的这种人的质料呢？另一方面，又如何引入一种人们声称要拒绝的价值等级呢？

---

[1] 数量有时候构成质量。假如我相信科学理论的最新发展，那么一切材料都是由能量中心（centres d'énergie）构成的。能量中心的数量越多或越少，就造成它的特殊性越多或越少。十亿离子与一个离子的区别不仅在于数量，也在于质量。相似之处在人类经验中很容易找到。

　　然而仍是荒诞及其矛盾的生命教导了我们。认为那种体验的数量取决于我们的生活环境，这种看法是错误的，因为它其实只取决于我们自己。在此必须是简单化的 [做法]。对于生活了同样多年的两个人来说，世界始终提供相同数量的体验。我们应当对此有所意识。感受他的生命，他的反抗，他的自由，越多越好，这就是生活，而且尽可能多地生活。在明晰性主宰的地方，价值等级就变得无用。让我们再简单一些。要说唯一的障碍，唯一的"利润损失"，那便是过早死亡造成的。此处所暗示的天地只能通过与一种恒定的抗辩相对立才得以存活，而这种恒定的抗辩就是死亡。如此，在荒诞之人的眼中，任何深度、情感、激情与祭献，都不能将四十年的有意识生活与持续六十年的明晰性对等起来（即便他希望如此）。[1] 疯癫与死亡就是他的无法挽回的 [东西]。人并不选择。荒诞及其生命增长**因而并不取决于人的意志**，而是取决于它的对立面，即死亡。[2]仔细思量这些话，这不过是一种运气的问题。必须懂得同意这一点。二十年的生活与体验，永远无可替代。

　　希腊人是如此警觉的民族，他们竟以一种奇怪的不连贯声

1　对一种与虚无思想如此不同的概念作同样的反思。它于现实并不会有丝毫增加或减少。在虚无的心理经验中，正是对两千年后会发生什么的考量，才让我们自身的虚无真正具有了它的意义。在其中一个方面，虚无正是由未来生活的总和造成的，而这些未来生活并不属于我们。

2　意志（volonté）在此只是代理人：它倾向于维护意识。它提供一种生活纪律，这是值得重视的。

称，那些年纪轻轻便死去的人们受到了诸神的宠爱。当且仅当人们承认，进入诸神可笑的世界，就是永远失去最纯粹的欢乐，即在这片土地上感受到的欢乐，那么上述 [希腊人的] 声称才是真的。在一个持续有意识的灵魂面前，现在，连续不断的现在，就是荒诞之人的理想。但此处的"理想"一词听上去并不对。理想并非荒诞之人的使命，而仅仅是他推理的第三个结论。有关荒诞的沉思，始于一种对非人性的焦虑意识，最终旅程就是返回到人类反抗的激情火焰之中。[1]

如此，我从荒诞得出三个结论，即我的反抗、我的自由和我的激情。仅通过意识的游戏，我便将死亡的邀请转化为生活的准则——而且我拒绝自杀。毫无疑问地，我知道这些日子所回荡的低沉共鸣。但我仅有一句话要说：那 [转化] 是必要的。当尼采写道：

---

1 重要的是一致性。在此，人们从一种对世界的共识出发。而东方思想则教导说，人们能够在选择与世界对立的同时，也致力于相同的逻辑努力。这也同样是正当的，并为本书提供了它的角度及其局限。但是，当同样严格地对世界进行否定时，人们有时对此会得出与某些吠檀多学派（écoles vedantas）相类似的结果，譬如"等无差别"（l'indifférence des œuvres）。在一部非常重要的作品，即《抉择》（*Le Choix*）中，让·格雷尼尔（Jean Grenier，1898—1971）便以这种方式创立了一种真正的"漠然无差的哲学"（philosophie de l'indifférence）。
[译者注：吠檀多学派（Vedānta）、印度婆罗门教六大哲学流派之一，以《梵经》（*Brahma-Sūtra*）为经典。早期学派理论是"不一不异论"、后逐渐产生"无差别不二论""差别不二论""二元论"等。]
（译者注：让·格雷尼尔，20 世纪法国哲学家与文学家。）

Preface for Le Morte d'Arthur
Aubrey Beardsley（1872–1898）
1893

《亚瑟之死前言》
奥伯利·比亚兹莱

显而易见，天上和地上的主要事情，就是长期朝着单一方向**顺从**：久而久之它便产生出某些东西，为了它而在这片大地上受苦生活是值得的，譬如德性、艺术、音乐、舞蹈、理性、精神，某些［让事物］改变面貌的东西，某些脆弱的、疯癫的，或神圣的东西。[1]

他阐释了一种极具风范的道德准则。但他亦指明了荒诞之人的道路。顺从那火焰既是最容易也是最困难的做法。然而，一个人——同困难较量时——偶尔评判自己是有好处的。唯有他自己能做此事。

"祈祷"，阿兰[2]说，"就是黑夜降临于思想的时刻。"——"但精神必与黑夜相逢"，神秘主义者与存在主义者回答。诚然，这不是闭上双眼所诞生的黑夜，不是仅仅凭借人类意志而诞生的黑夜——不是精神为了跳进去而召唤出的幽暗禁闭的黑夜。假如精神应当与一种黑夜相遇，那便毋宁是一种仍然明晰的绝望之夜，极地的黑夜，精神的不眠之夜；从中或许会升腾起洁白无瑕的光，依照智识来映照出每一个对象。在那个程度上，［精神的］等价物便与充满激情的理解相遇了。甚至不必再去评

1　译者注：此处出自尼采的《善恶的彼岸》（ *Jenseits von Gut und Böse* ）的第五部分《道德的自然史》（ *Zur Naturgeschichte der Moral* ）。

2　译者注：阿兰（Alain），即埃米尔-奥古斯特·沙尔捷（Émile-Auguste Chartier，1868—1951），法国哲学家、记者、作家、人道主义者。

判存在主义的飞跃。精神在人类态度的古老壁画中重新获得了自己的位置。对于观者来说，假如他是有意识的话，那么这种飞跃便仍是荒诞的。如果 [这种飞跃] 觉得解决了那个悖论，那它就原封不动地恢复了它 [那个悖论]。在这点上，它是令人激动的。在这点上，一切都重新获得了自己的位置，荒诞世界在它的辉煌与多样性中重生了。

然而就此止步是不好的，很难满足于一种单一的看法，很难满足于舍弃矛盾的做法，因为矛盾也许是一切精神力量当中最微妙的东西。以上所述仅仅摆出了一种思考方式。现在，问题在于生活。

荒诞之人

"假如斯塔夫罗金信神，他就不相信他信神；假如他不信神，他就不信他不信神。"——《群魔》[1]

"我的田地"，歌德说，"乃是时间。"这正是荒诞的话语。荒诞之人究竟是什么？就是那既不否认它 [时间]，亦不为永恒做任何事情的人。乡愁对他而言并非陌生。但他更喜爱他的勇气和他的推理。前者教会他不带召唤而生活，教会他知足，后者则告诉他自己的界限。他确信自己的自由有限，确信自己的反抗没有未来，确信自己的意识会消逝，他仍在自己生命的时间中继续他的历险。那里就是他的田地，他的行动——他摆脱了除他自己之外的一切对其行为的评判。一种更伟大的生活对他而言并不意味着另一种生活。那会是不诚实的。我在此甚至不谈论所谓后世的可笑永恒。罗兰夫人[2]曾寄望于它 [后世]。这种轻率得到了教训。后世很乐意引用这个词，但却忘了评判它。罗兰夫人对于后世而言是漠然无差的。

问题并不在于对道德进行剖析。我见过许多道德高尚但行为恶劣的人，我每天都发现诚实并不需要规则。荒诞之人能够

---

1 译者注：斯塔夫罗金（Nikolai Stavrogin）是《群魔》中的人物，被称为群魔的偶像。作为一位无所畏惧者，斯塔夫罗金相信，从极善和极恶中都会得到相同的体验，因此他被认为是到达了虚无主义的极致。

2 译者注：罗兰夫人（Madame Roland），即玛侬·菲力彭（Manon Jeanne Phlipon，1754—1793），法国大革命时期著名的政治家，吉伦特党（Girondist）的领导人之一。

承认的道德只有一种，那就是本身与上帝不分开的道德，即自我支配的道德。但他恰恰就生活于这位上帝之外。至于其他的道德（我也指不道德），荒诞之人在其中所见到的只是种种辩解，而他则没有任何要辩解的东西。在此，我从其无罪的原则出发。

这种无罪是令人生畏的。"一切都是被允许的"，伊凡·卡拉马佐夫惊叹道。[1] 这话也散发出它的荒诞。但并不是通俗层面所理解的境遇 [上的荒诞]。我不晓得是否已经充分表明：问题并不在于一种拯救与快乐的呐喊，而在于一种痛苦的察觉。确定性是一位上帝赋予生命的意义，它的诱惑力远超过做过坏事而不受惩罚的力量。选择并不困难。然而没有选择，于是痛苦就开始了。荒诞并不解放，而是捆绑。荒诞并不授权一切行为。"一切都是被允许的"并不意味着没有什么东西是被禁止的。荒诞只是签署那些与此行为之后果对等的东西。荒诞并不推荐犯罪，那会是幼稚的，但它把悔恨的徒然归还给悔恨。同样，假如所有体验都是漠然无差的，那么责任的体验就像其他体验一样合理。人们可以随心所欲地成为有德性的人。

所有的道德都基于一种观念，即行为具有使行为合理或取

---

1 译者注：此处出自陀思妥耶夫斯基的《卡拉马佐夫兄弟》(*The Brothers Karamazov*)。这部完成于 1880 年的长篇小说曾连载于《俄国导报》，并被认为是陀思妥耶夫斯基一生文学创作的巅峰作品。在作品中，伊凡·卡拉马佐夫（Ivan Karamazov）是老卡拉马佐夫的次子，是一位狂热的理性主义者。而小说作品中的这句话正与尼采的思想相得益彰，即"一切皆虚妄！一切皆允许！"(Alles ist falsch！ Alles ist erlaubt！)

消行为的各种后果。一个充满荒诞的精神只会这样判断：这些后果应当被平静地衡量。他已经准备好付出了。换句话说，从这个观念来看，也许有负责任的人，但是没有有罪的人。这种精神顶多同意把过去的经验作为其未来行动的基础。时间将滋养时间，生活将服务于生活。在这片既有界限又充满各种可能的田地里，他自身的一切，除了他的明晰性，对他而言似乎都是不可预见的。那么这种无理性的秩序能够产生什么准则呢？唯一似乎能够指导他的真相不是形式的 [真相]：这种真相就在人们之中活跃和敞开。因此，荒诞者在其推理的终点可能寻找的并非伦理准则，而是人类生活的种种图景与气息。接下来的一些形象便属于此类。这些形象给予荒诞的推理某种态度和他们的热忱，以此延长荒诞的推理。

我是否需要发展这种观念，即一个例子是不必遵循的例子（在荒诞的世界中——如若可能的话——甚至更不必遵循），因而这些实例并不是典范？除非一些特殊使命使然，否则在各方面条件相同的情况下，从卢梭[1]那里得出必须以四肢行走的结论，以及从尼采那里得出必须虐待母亲的结论，那便是可笑了。

---

1 译者注：卢梭（Jean-Jacques Rousseau，1712—1778），瑞士裔法国哲学家、作家与作曲家，欧洲启蒙运动的代表人物之一。在法国大革命时期，卢梭曾是雅各宾派（Société des Jacobins, amis de la liberté et de l'égalité）最具影响的思想家，并于去世后以国家英雄身份葬于巴黎先贤祠。卢梭的代表作包括《论人类不平等的起源与基础》（Discours sur l'origine et les Fondements de l'Inégalité Parmi les Hommes）、《社会契约论》（Du Contrat Social ou Principes du Droit Politique）以及小说《爱弥儿》（Émile）等。

一位现代作家写道："必须成为荒诞的，绝不当受骗者。"[1] 下面将要处理的各种态度，只有通过衡量它们的对立面才能够呈现其全部意义。一位邮局临时雇员无异于一位征服者，假如他们具有共同的意识。在这方面，所有体验都是漠然无差的。有些体验服务于人，有些体验则对人不利。假如人有意识的话，那么体验便服务于人。不然的话，体验也没什么重要的：一个人的失败所评判的是他自己，而不是环境。

我仅选择那些只是致力于竭尽自我的人，或是我认为只是竭尽自我的人。仅此而已。我暂时只想谈论一种世界，一种思想与生活同样被剥夺了未来的世界。一切使人们工作和激动的东西都利用希望。因此，唯一不撒谎的思想就是一种不结果的思想。在荒诞世界中，一种观念的价值，或一种生活的价值，是通过它的无果来衡量的。

---

1 译者注：此处出自法国散文家、小说家、剧作家亨利·德·蒙泰朗（Henry de Montherlant，1895—1972）的《无用的效劳》（*Service Inutile*），原文是"必须成为荒诞的，我的朋友，但绝不当受骗者，对受骗者没有同情。"（Il faut être absurde mon ami, mais il ne faut pas être dupe. Pas de pitié pour les dupes.）

唐璜主义

假如爱便足够，那事情就太简单了。爱得越多，荒诞就越牢固。唐璜辗转于女人堆里并不是因为缺爱。将他描绘成一位受到天启而寻求完整爱情的人是荒谬的。但这是不错的，因为他以一种同等的冲动去爱她们，并且每次都全身心爱她们，他必须重复这种赠予与这种深刻追求。由此，每个女人都希望带给他任何女人从未给过他的东西。每一次，她们都彻底错了，她们只是成功让他感到对这种重复的需要。"最终，"她们其中的一位喊道，"我已经把爱给了你。"人们会惊愕于唐璜对此的取笑吗？"最终？不，"他说，"不过是又多了一次。"为何非要爱得少才能爱得多呢？

唐璜是悲伤的吗？这不见得。我几乎不必诉诸编年史。这种取笑，胜利的傲慢，这种戏谑以及对剧场的喜爱，是清晰的和愉悦的。所有健康的生物都趋向于自我增长。唐璜亦如此。但此外，悲伤者们有两个悲伤的理由，要么是他们不了解，要

Don Juan and the Commendatore
Laurent Cars
1770

唐璜与指挥官
劳伦特·卡尔斯

么是他们抱着希望。唐璜是了解的，而且不作希望。唐璜让人
想到那些艺术家们，他们了解自己的界限，从不越过这些界限，
并且在这个安置他们精神的不稳定的区间里享受一切大师级的
精彩悠闲。那确实是天才：认识自身边界的智识之士。直到物
理死亡的边界，唐璜仍不知悲伤。从他知道悲伤的那一刻起，
他便放声大笑，并原谅了一切。他希望之日便是他悲伤之时。
现今，从这位女人的口中，他识别出那种独特学问才会带来的
苦涩且慰藉的味道。苦涩？几乎不：这种必要的不完美使幸福
是可感知的！

　　试图在唐璜身上看出一位饱读《传道书》之人，那就是一
种巨大的欺骗。因为对他而言，没有什么东西是浮云，除了对
另一种生活生命的希望。他证明了这一点，因为他打赌另一种
生活违背天堂本身。对迷失于享乐中的欲望之懊悔，这种无能
为力者的套路并不属于他。这完全适合浮士德[1]，他笃信上帝，
以致将自己出卖给魔鬼。对唐璜来说，事情更简单了。莫利纳
的"骗子"总是这样回敬地狱的威胁："你给我一个多么漫长
的缓刑期呀！"[2] 死后的事情是无意义的，对于那些懂得如何活

1　译者注：浮士德（Faust）是德国作家歌德（Johann Wolfgang von Goethe，1749—1832）创作
的诗剧《浮士德》中的主人公。作品首次出版于 1808 年，讲述了欧洲中世纪传说中的一位占星
师（或巫师）向魔鬼出卖灵魂以换取知识与权力的悲剧故事。

2　译者注：许多研究认为，最早有关唐璜的故事乃是来自西班牙剧作家蒂尔索·德·莫利纳（Tirso
de Molina，1579—1648）约创作于 1612 年至 1625 年的一部作品，即《塞维利亚骗子与石像客人》
（El Gurlador de Sevilla y Convidado de Piedra）。

Pauvre crane ride que ne vous la dire que bon groonent Hieraz

Faust dans son Cabinet

Eugene Delacroix（1798-1863）

1828

《浮士德在他的房间》

欧仁·德拉克洛瓦

着的人来说，一连串的日子还长着呢！浮士德渴望这个世间的财富：这不幸者原本只需伸出手去。他不懂得如何取悦自己的灵魂，这已然就是出卖他的灵魂了。相反，唐璜则要求满足。假如他离开一位女人，那绝对不是因为他不再渴望她。一位美丽的女人总是令人渴望的。但至于他是否渴望另外一位女人，则不是一回事。

这种生活使他满足，没有什么是比失去它更为糟糕的了。这疯子是一位伟大的贤者。然而，那些依靠希望生活的人们却很难适应这片天地，在那里善良让位于慷慨，柔情让位于雄性的沉默，宗教群体让位于离群索居的勇气。所有人都说："他曾是个弱者，一位理想主义者，或许是一位圣人。"必须收回这种使人感到冒犯的伟大。

唐璜的言论，以及他为所有女性送上的那句相同的话语（或是贬低他所爱之物的那种会意的笑），让人十分愤慨。但对于那些寻求欢愉数量的人来说，只有功效才是重要的。将那些经得起考验的密码复杂化又有什么好处呢？不论女人或男人，没有人聆听这些密码，他们不过是听到那说出密码的声音罢了。这些密码乃是规则、惯例和礼仪。它们被说出之后还有最重要的事情要去完成。唐璜对此已经准备好了。他为何要给自己设

置一个道德难题呢？他并不像米洛兹笔下的马纳拉[1]，后者渴望
成为一位圣人而诅咒自己。地狱对他而言乃是一个被引发的东
西。他唯一答复神明愤怒的东西是人类的荣誉："我有荣誉"；
他对指挥官[2]说："我履行我的诺言，因为我是骑士。"然而若
将他当作一个无道德主义者，也同样是错误的。在这方面，"他
就像大家一样"：他有他那同情或憎恶的道德。唐璜只有始终
参照他的世俗象征才能得到恰当理解：他是寻常的引诱者和拈
花惹草的人。他是一个寻常的引诱者。[3] 区别在于他是有意识的，
而正是因此，唐璜是荒诞的。一位变得明晰的引诱者不会因此
而改变。引诱即是他的状态。只有在小说里，人们才改变状态
或变得更好。然而人们可以说，什么都没有改变，同时一切都
变样了。唐璜付诸行动的是一种数量的伦理，相反，而圣人则
倾向于质量 [的伦理学]。不相信事物的深层意义，正是荒诞之
人所固有的。那些热情洋溢的或令人赞叹的面孔，他浏览它们，
储藏它们，焚毁它们。时间与他同行。荒诞之人是与时间不分

1　译者注：马纳拉（Mañara）是出生于立陶宛的法语诗人、剧作家与小说家奥斯卡·米洛兹（Oscar Vladislas de Lubicz Milosz，1877—1939）笔下的人物，出自 1913 年的戏剧《米格尔·马纳拉》（*Miguel Mañara*）。该作品描写了一位唐璜式的英雄马纳拉最终皈依于神无私的爱，寻找到精神慰藉的故事。

2　译者注：指挥官（le Commandeur），即贵族少女安娜（Doña Ana）的父亲冈萨罗（Don Gonzalo），因其女被唐璜引诱并抛弃而与其决斗却反被杀死，化为唐璜的亡命使者，作为石像幽灵将唐璜拉向地狱。

3　在充分意义上的"寻常"，连同他的缺陷。一种健康的态度亦包含缺陷。

离的人。唐璜并不想要"收集"女性。他耗尽她们的数量，也用她们来耗尽他生活的运气。收集，就是能够依靠他的过去而生活。但他拒绝悔恨，拒绝另一种希望形式。他是不会观看画像的。

他因此就是自私的吗？以他的方式，或许是吧。然而，问题还是在于相互了解。有些人生来是为生活，有些人生来则是为了爱。唐璜至少乐意将它说出来。但既然他可以选择，那他便可以选择一条捷径。因为人们在此所说的爱情披着永恒幻象的外衣。所有研究激情的专家们都教导我们，只有受挫的爱情，而没有永恒的爱情。没有斗争就没有激情。一种如此的爱情只有在死亡这个最终矛盾中才得以结束。必须要么成为维特[1]，要么成为无。又，有好几种自杀的方法，其中之一便是完全奉献和忘却自我。唐璜和其他人一样，知道这可以是动人心弦的。但他也是极少数知道这不是重要事情的人之一。他亦清楚地知道：那些由一种伟大爱情而背离全部个人生活的人或许会自我充实起来，但肯定会使那些被其爱情所选中的人贫瘠下去。一

1　译者注：维特（Werther）是歌德的小说《少年维特的烦恼》（*Die Leiden des Jungen Werthers*）的主人公。在书中，维特因为爱情的挫折而悲痛，之后又因与社会的格格不入，最终绝望自杀。

位母亲，一位激情洋溢的女人，她们必定有着干涸的心，因为这颗心背离了世界。一份唯一的情感，一个唯一的存在者，一张唯一的面孔，然而一切都被吞噬了。撼动唐璜的是另一种爱，这种爱就是解放者。它携带着世上各种各样的面孔，它的震颤来自它自知并不持久。唐璜选择成为无。

对他而言，重要的是看得清楚。我们仅仅从一种集体主义的视角，将那些把我们与某些存在者连接在一起的东西称之为爱，这种视角是书籍和神话负责提供的。然而我只知道爱是欲望、温情与智识的混合，它把我与某个存在者连接在一起。这种混合物是因人而异的。我无权以同样的名称涵盖所有体验，免得人们以同样的姿态对待它们。在此，荒诞之人再次增加了他不能统一的东西。如此，他发现了一种新的存在方式，这种存在方式至少解放他自己，正如解放那些亲近他的人一样。没有慷慨无私的爱，只有意识到自身既短暂又卓越的爱。正是所有这些死亡、这些重生为唐璜造出他生活的花束。这是他给予的方式，也是他过生活的方式。是否能说自私，我不置可否。

我在此想到所有那些绝对希望唐璜受到惩罚的人们。不仅在一种彼岸生活中，而且还要在此岸生活中 [受到惩罚]。我想到所有关于老年唐璜的那些故事、那些传说和那些嘲笑。但是唐璜已经准备好了。对于一个有意识的人而言，衰老和它所预示的东西并非一种意外。他只意识到，他并没有对自己隐藏衰老的恐惧。在雅典，曾经有一座献给衰老的神庙。儿童被带去那里。对于唐璜来说，人们越是笑他，他的形象就越突出。他由此拒绝浪漫主义者给予他的形象。这个被折磨且可怜的唐璜，没人想要取笑他了。他被怜悯，老天会救赎他吗？然而这并非如此。在唐璜窥见的世界中，可笑亦包含其中。他会觉得受到惩罚是正常的。这是游戏的规则。正是他的慷慨大方，接受了游戏的所有规则。但他知道，他是有道理的，并且不会有惩罚的问题。一种命运并不是一种惩罚。

这便是他的罪过，进而人们便理解那些追寻永恒的人对他提出惩罚。他触及一种没有幻象的学问，这种学问否定这些人所信奉的一切。爱与拥有，征服与耗尽，那是他的认识方式。（《圣经》将"认识"称为爱的行为，这个受人喜爱的词语含有深意。）假如他无视这些人，他就是他们最大的敌人。一位编年史学家报告说，真正的"骗子"是被方济各会所暗杀死亡了，他们希望"终止唐璜的越轨和亵渎，因为他的出身确保了他是不受惩罚的"。然后他们宣称老天击毙了他。没有人证实这种奇怪的结局，亦没有人做过相反的证明。然而，无需思忖这是否确有其事，我就可以说这是符合逻辑的。我只想在此抓住"出身"一词，并玩点文字游戏：正是活着确保了他的无罪。唯有死亡才为他画上了罪名，而这种罪现今已经成为传奇。

这位石像指挥官，这座冰冷的雕像，除了对那敢于思考的热血与勇气启动惩罚，还有什么别的意义呢？所有永恒理性、秩序、普遍道德的力量，以及一位易怒的上帝整个奇异的伟大，都集中于这座石像。这块巨大而没有灵魂的石头，仅仅象征着唐璜永远否定的力量。然而，指挥官的任务就到此为止了。闪电和雷暴从人为制造的老天被召唤出来，也可以重返这个老天。真正的悲剧在它们之外上演。不，唐璜并非死于这座石像之手。我甘愿相信那传奇式的虚张声势，相信那位健康之人用以挑衅一位不存在的上帝的疯狂笑声。而我尤其相信，唐璜在安娜家中等待的那个夜晚，指挥官并没有来，而午夜过后，这位渎神者必定感受到那些有理之人的极大痛苦。我更情愿接受这种有关他生活的记述，即他最终将自己深藏于一处修道院内。这个故事有教益的方面恰恰不能被视为真实可信的。向上帝恳求什么庇护呢？这无非象征一种全然浸透荒诞之生活的逻辑结果，以及一种转向了没有来日的欢愉之存在的残暴结局。享乐在此以苦行告终。必须明白它们［享乐与苦行］可以像是同一种匮乏的两副面孔。还期待什么更加令人恐惧的形象呢：一个人被他的身体所背叛，他没有及时死去，在等待剧终的过程中过着喜剧［的生活］，与那位他并不崇敬的神祇面对面，就像他服侍生活那般侍奉这位神祇，跪倒在虚无面前，伸开双臂朝向天空，他知道这片天空既无说服力也没有深度。

我在这些散落于山丘的西班牙修道院的一处小房间里看到了唐璜。假如他注视某些东西，那并非过往爱情的鬼魂，或许是透过炙热墙壁的一道缝隙望去，某处沉默的西班牙平原，一片壮丽却没有灵魂的大地，他就在那里认识了自己。是的，这个忧郁又灿烂的景象，必须止步于此了。最终的结局，被等待但从未被期盼过，最终的结局是不足为道的。

戏　剧

"这出戏，"哈姆雷特说，"就是我将捉住国王意识的陷阱。"[1] "捉住"说得好。因为意识要么溜得飞快，要么自我闭合。它必须在飞行时被捉住，就在意识向自己投下匆匆一瞥的那个难以察觉的时刻。常人并不喜欢逗留。相反，一切都在催促他。但同时，没有什么比他对自己更感兴趣的了，他尤其对他能够成为[什么样的人]感兴趣。他对戏剧和演出的兴趣从那里而来，戏中那么多的命运向他呈现，他从中接受诗意，但并不从中遭受痛苦。那里多少辨认出无意识之人，他继续匆忙赶往某种不知道为何的希望。荒诞之人则从这个人终结的地方开始，在那里，精神停止欣赏演戏，他想要加入其中。[荒诞之人]进入所有这些游戏生活，在其多样性中体验这些生活，这恰恰就是演出这些生活。我并不是说，演员普遍听从这种召唤，也不是说他们是荒诞之人，而是说，他们的命运是一种荒诞的命运，可能引

1　译者注：此处出自莎士比亚的《哈姆雷特》第二幕第二场，原文为 "The play's the thing wherein I'll catch the conscience of the king"。朱生豪译本为："凭着这一本戏，我可以发掘出国王内心的隐秘。"这出戏指的是哈姆雷特排练的《捕鼠器》（*The Mousetrap* / *The Murder of Gonzago*），而国王则指哈姆雷特的叔叔及杀父仇人，丹麦的国王克劳迪亚（Claudius）。

The Play Scene in 'Hamlet'
Daniel Maclise（1806–1870）
1842

《〈哈姆雷特〉的戏剧场景》
丹尼尔·麦克利斯

诱和吸引一颗有洞察力的心灵。这是必须提出的一点，以便无误地理解下文。

演员的生涯易逝。在所有荣光中，众所周知，演员的荣光是最为昙花一现的。至少在常谈中是这么说的。然而所有荣光都是昙花一现的。从天狼星的视角来看，歌德的作品将在万年之后成为尘埃，其名亦将被遗忘。[1] 一些考古学家也许会找寻我们时代的"见证"。这种观念一直都是有教益的。这种经过深思的观念将我们的烦躁还原为那深邃的高贵，即在漠然无差中发现的那种高贵。它尤其将我们的关切导向那最为可靠的东西，也就是说，导向当下。在所有荣光中，最不骗人的便是自我生活的荣光。

因此，演员选择了那不可胜数的荣光，那种自我奉献并且自我检验的荣光。一切终有一天必会消亡，正是演员从中得出的最佳结论。一位演员要么成功，要么失败。一位作家即便被埋没，亦保持一种希望。他设想他的作品将是他曾经所是的见证。演员最多只会为我们留下一张照片，而任何他的曾经，他的举动和他的沉默，他的喘息或他的爱情气息，将不会出现在我们

1　译者注：此处出自第二次世界大战期间德军第 71 师的指挥官冯·哈特曼将军（General von Hartmann，1890—1943）在 1943 年 1 月 24 日早上与菲佛将军（General Pfeiffer，1890—1944）之间的谈话内容，此处略有改动。"正如从天狼星看去那般，歌德的作品在千年中不过将是尘埃，第六军亦将是一个模糊的名字，无人理解。"（As seen from Sirius, Goethe's works will be mere dust in a thousand years' time, and the Sixth Army an illegible name, incomprehensible to all.）

面前。对演员而言，不为人所知就是不演戏，而不演戏就是死一百次，同时死去的还有原本将要扮演或复活的所有人。

一种易逝的荣光立足于最为昙花一现的创作，发现这种荣光有什么令人惊讶之处呢？演员有三个小时去演伊阿宋或阿尔切斯特，费德尔或葛罗斯特。[1] 在这短暂的章节中，演员在这五十平方米的舞台上让他们诞生和死亡。荒诞从未得到如此良好、如此长久的阐述。那些奇妙的生活，那些独特而完整的命运，在几个小时里，在四壁之间展开又结束，还期待什么比这更具启示性的缩影吗？下了舞台，西基斯蒙多[2] 就什么也不是了。两个小时后，人们看到他在城里用餐。这或许便是人生如梦。但在西基斯蒙多之后，又来了另一位。拿不定主意的主人公，取代了复仇之后咆哮的人。如此浏览许多世纪与各种精神，按照人物可能是谁和实际是谁来演他，演员便与那另一位荒诞人物，即旅行者汇合了。演员和旅行者一样，耗尽某样东西，不

1　译者注：伊阿宋（Iago）是《荷马史诗》中夺取金羊毛的英雄人物，阿尔切斯特（Alceste）在此处所指的应是法国戏剧家莫里哀（Molière, 1622—1673）于 1666 年创作的喜剧《恨世者》（Le Misanthrope）中的主角人物，费德尔（Phèdre）是古典主义戏剧大师拉辛（Jean Racine, 1639—1699）笔下的古希腊人物，葛罗斯特（Glocester）则出自莎士比亚的《李尔王》（The King Lear）。

2　译者注：西基斯蒙多（Sigismondo）是意大利作曲家、歌剧大师罗西尼（Gioacchino Rossini, 1792—1868）于 1814 完成的歌剧作品《西基斯蒙多》（Sigismondo）中的主人公。

停地浏览。他是时间的旅行者，而且他——在最好的情况下——是被灵魂追逐的旅行者。假如数量的道德能够找到食粮，那便是在这个奇异的舞台上 [找到的]。演员在多大程度上受益于这些角色人物，这很难说。但重要的并不在此。重要的仅仅在于演员在多大程度上把自己等同于那些不可替代的生活。实际上，有时候演员带着这些人物，稍稍超出他们诞生的时间与空间。他们陪伴着演员，后者不那么容易跟自己曾经是什么分离开来。有时为了拿起他的杯子，演员就会重现哈姆雷特举杯的动作。不，那段将演员与他注入生命的那些人物分离开来的距离并没有那么大。他每日每月大量地阐释那种意味悠长的真相，以至于在一个人想要成为什么人与他实际是什么人之间没有了边界。他始终致力于更好地再现，他要展示在何种程度上表象成为所是。因为这就是他的艺术——绝对地假扮，尽可能深入那些并非他自己的生活。在他努力的终点，他的使命变得清楚了：全心全意让自己变成无或是一些 [形象]。给予他创作人物的限制越是狭窄，他的天赋就越为必需。他将在今天属于他的面孔下，在三个小时里死去。他必须用三个小时体验并表达一种特殊的命运。这就是所谓的迷失自我以便发现自我。在这三个小时里，他将一直走到那没有出口的道路尽头，而台下的人要用一生去走完这条道路。

　　模仿易逝之物的模仿剧，演员仅仅通过表象来训练和完善他自己。戏剧的惯例就是，内心只通过姿态和身体——或者通过既出自灵魂亦发自身体的声音——进行自我表达并使人理解。这种艺术的法则想要一切都是夸张的，一切都有血有肉地流露出来。假如在舞台上必须像人们所爱的那样去爱，必须运用这种不可替代的内心声音，必须像人们沉思生活那样去审视生活，那么我们的言辞便是加密的。但是此处的沉默必须使自己被 [别人] 听见。爱提高声调，那本身静止不动的东西就变得引人入胜。身体即是国王。并非想成为就能够成为"戏剧的"，这个被错误地污蔑的词语涵盖着一整套美学和一整套道德。人生的一半是在暗示、转身和沉默当中度过的。演员在此是闯入者。他驱散那束缚灵魂的咒语，最终让激情涌上它们的舞台。激情以各种姿态言说，它们只通过大声喊叫而存在。如此，演员为了展示而创作他的人物角色。他描绘或塑造这些人物角色，悄悄进入他们的意象形式，并将自己的血液注入他们的幽灵。不消说，我谈论的是伟大的戏剧，即让演员有**机会**完全实现其身体命运的伟大戏剧。请看莎士比亚。这出戏剧的一开场，就是身体的狂热引导舞蹈。这些狂热解释一切。没有狂热，一切都会崩溃。没有那些流放考狄利娅和谴责埃德加的野蛮姿态，李尔王就永

El sueño de la razón produce monstruos
Francisco Goya（1746-1828）
1799

《理性沉睡　心魔生焉》
弗朗西斯科·戈雅

远不会奔赴那使他变得疯癫的约会。[1] 这出悲剧随后由疯狂所支配而展开是恰当的。灵魂被交给了魔鬼，被交给了他们的萨拉班德舞。至少有四个疯子，一个因职业而疯，另一个因意志而疯，最后两个则是被折磨疯的：四具混乱的身体，四张在同一种境遇下的难以描述的面孔。

人身体的尺度本身是不够的。那面具和厚底靴，那化妆——缩小并突出面容之基本元素的化妆，那夸张和简化的服装，这个戏剧的世界为了表象牺牲一切，只为眼睛 [观看] 而被制造出来。通过一种荒诞的奇迹，身体也带来认知。除非我扮演伊阿宋，否则我永远无法很好地理解他。光听见他是不够的，唯有我亲眼见到他才能捕捉到他。从荒诞人物那里，演员随之得到了单一调性，这种独特的令人眩晕的剪影，既陌生又熟悉，他带着这种剪影穿过他所有的主人公。在那里，伟大的戏剧作品亦有助于这种声调的统一。[2] 这正是演员自相矛盾的地方：相同却又如此多样，那么多灵魂汇总到一具身体。但这是荒诞自身的矛盾：一方面，这个个体想要获得一切和经历一切；另一方面，这种

1　译者注：在莎士比亚的《李尔王》（*The King Lear*）中，考狄利娅（Cordelia）是李尔王的小女儿，因拒绝谄谀献媚而被父亲驱逐出宫廷，后成为法兰西王后，最终却因援救父亲而死。埃德加（Edgar）是葛罗斯特伯爵（The Earl of Gloucester）的儿子，之后化名为汤姆·白德兰（Tom Bedlam）继续服侍他瞎眼的父亲，最后成为国王。

2　我在此也想到莫里哀的阿尔切斯特。一切都如此简单，如此明显，如此夸张。阿尔切斯特对抗（朋友）费南特（Philinte），赛莉麦娜（Célimène）对抗（表姐）艾莉昂特（Elianthe），荒诞中的一切主题，都是一种性格的结果，这种性格向其终点推进，而诗句本身，"拙劣诗句"（le mouvais vers），则刚刚顿挫地吟诵出性格的单一调性。

企图是徒劳的，这种坚持是无效的。那总是自我矛盾的东西不管怎样都会在他身上统一了起来。就在这个地方，身体与精神相互遇见并紧紧相拥，就在这个地方，厌倦了其失败的精神，转向了它最为忠诚的盟友。哈姆雷特说："而那有福者即是这些人——他们的感情与理智调整得如此适当，以至于命运不能随心所欲地将他像笛子一样玩弄于指间。"[1]

教会怎能不谴责演员的这般操作呢？教会斥责这种艺术中灵魂的异端增殖和情感的堕落，斥责一种精神的可耻傲慢，这种精神拒绝生活只有一种命运，从而猛然冲入所有的放纵中。教会禁止这种对当下的爱好，禁止这种普罗透斯[2]的胜利，这些皆是对其教导的全然否定。永恒不是一场游戏。一个精神愚蠢到喜爱喜剧而非永恒，它已然失去了他的救赎。在"无处不在"与"永远存在"之间，没有妥协。由此，这份饱受贬低的职业便可以激发出一种过度的精神冲突。尼采说，"最重要的，并不是永恒的生命，而是永恒的活力。"所有戏剧其实都处于这

---

1 译者注：此处出自《哈姆雷特》第三幕第二场。原文为"Blest are those, whose blood and judgment are so well commingled, that they are not a pipe for fortune's finger."朱生豪译本为："……能够把感情和理智调整得那么适当，命运不能够把他玩弄于指掌之间，那样的人是有福的。"

2 译者注：普罗透斯（Proteus）是希腊神话中的早期海神之一，即荷马称为"海洋老人"中的一员。他具有预知未来的能力，但具有变幻外形的能力，只有捕捉到他的人才能获得他的预言。

种选择之中。

阿德里安娜·勒库夫霍尔[1]，在她临终的床上，希望忏悔并领取圣餐，但拒绝发誓放弃她的职业。她由此失去了忏悔的好处。这难道不是优先选择她那吸引人的激情而非上帝吗？而这个临终痛苦的女人，流着泪拒不否认她所谓的艺术，这见证了一种伟大，这是她在成排的镁光灯前从未到达过的伟大。这是她最美丽的角色，也是最难把握的角色。在天堂与一种荒唐可笑的忠诚之间作出选择，喜爱自己胜过永恒或者沉浸于上帝，这是古老的悲剧，必须在其中作出她的选择。

那个时代的演员自知会被逐出教会。进入这个职业，就是选择地狱。教会在他们身上辨认出它最大的敌人。几位文学家愤愤不平："什么！拒绝给莫里哀临终圣礼！"但这是合理的，尤其对这样的人而言，即他死在舞台上，并且在演员的化妆下结束了那全都献给"消遣"的一生。关于他，人们冠以那种原谅一切的天才。但是，这种天才并不能原谅任何事情，恰恰是因为他拒绝这样做。

因此，演员知道什么样的惩罚为他存好了。但是，如此含混不清的威胁，与生活本身为他保留的最终惩罚相比，能有什

1　译者注：阿德里安娜·勒库夫霍尔（Adrienne Lecouvreur，1692—1730），被公认为18世纪最伟大的法国女演员。在她死后，天主教会拒绝为她举办基督教葬礼，而她的故事则成为许多剧作家、作曲家和诗人的灵感来源。

么意义呢？那最后的惩罚正是他事先认识到并且全盘接受的。对于演员，正如对于荒诞之人而言，一种夭折是无法补救的。没有什么可以弥补他原本所要浏览的那些面孔与世纪的总和。但无论如何，这涉及死。因为演员必然无处不在，但是时间也拖着他，并随着他产生效果。

只需要一点想象力，就可觉察到演员的命运意味着什么。正是在时间中，演员构造并列举他的人物。同样地，正是在时间中，演员学会去主宰它们。他生活过的不同生活越多，他就越能够与这些人物分离。当他必须死在那个舞台上，而且必须死于这个世界中时，时间便到了。他所生活过的就在他面前。他看得清楚。他感受到这场历险是令人心碎并且无可替代的。他知道了，现在可以死了。老演员有退休之家。

征　服

　　"不，"征服者说，"不要以为我喜欢行动，我就要忘掉思考。相反，我可以完美地定义我所相信的东西。因为我坚定地相信它，而且我确定并且清晰地看到它。要小心说这话的那些人：'这个，我知道得太清楚了，以至于都不能表达它。'因为假如他们不能表达，那就是他们不知道，或者是因为懒惰，他们停留在表皮上。"

　　我的见解不多。在一段生活的终点，人意识到他花费了多年才确认一条唯一的事实。然而一条唯一的事实——假如它是自明的话——就足以引导一种生存。对我而言，关于个体我肯定有一些话要说。必须粗暴地说出来，如有必要的话，还要带着适度的轻蔑。

　　一个人之所以成为一个人，更多的是鉴于他所沉默的东西，而非他所说的东西。有许多事情我会沉默。但是我坚信，所有那些对个体作出评价的人，他们为其判断建立依据的体验比我们少得多。智识，激动人心的智识也许预感到了它本应观察到的东西。然而这个时代及其废墟和鲜血以自明的事实将我们填

Les Grandes Misères de la guerre
Jacques Callot（1592–1635）
1633

《战争之大不幸》
雅克·卡罗特

满。古老的民族，甚至比较近代的、近到我们这个机械时代的民族，能够在社会美德与个体美德之间作出平衡，思索哪个应当服务于另一个。首先，这可能是因为人心执迷不悟，人类就是根据这种执迷不悟创造出来，要么去服侍 [他人]，要么被 [他人] 服侍。其次，这可能是因为社会和个体都尚未展示出他们的全部做事能力。

我曾见过雅士们赞叹荷兰画家的杰作，即那些在佛兰德斯战争 [1] 中诞生的荷兰画家，[也见过他们] 感动于西里西亚族神秘主义者的祈祷，即那些在可怕的三十年战争 [2] 中成长起来的神秘主义者。在他们惊讶的眼中，永恒价值幸存于世俗的动乱之上。然而时过境迁。今天的画家被剥夺了这种宁静。即便他们实际上具有一颗创造者所需的心，我指的是一颗干涸的心，这也无济于事，因为所有人，连同圣人自己都被动员起来了。这也许是我最深刻的感受。无论是在战壕中战败的每种形式当中，还是在钢铁之下粉碎的每个轮廓，隐喻或祈祷当中，于永恒都输掉了一局。我意识到不能与我的时间分离，便决定与时间成为一体。我之所以举这么多个体的例子，仅仅是因为个体在我

1　译者注：佛兰德斯战争（La guerre de Flandre）是指 1297 年至 1305 年发生于佛兰德伯国（le comté de Flandre）与腓力四世（Philippe IV le Bel, 1268—1314）的法兰西王国（le royaume de France）之间的战争。

2　译者注：三十年战争（La guerre de Trente Ans）是指使欧洲从 1618 年到 1648 年分崩离析的一系列武装冲突。战争始于波西米亚人对哈布斯堡家族（La maison de Habsbourg）的反抗，以后者战败而告结束。

看来是可笑和难堪的。我知道没有胜利的理由，我便对失败的理由有了兴趣：后者要求一种完整的灵魂，平等对待它的失败与它的短暂胜利。对于那些感到[自己]跟此岸世界之命运息息相关的人来说，文明之间的交锋有着一些令人焦虑的东西。当我想加入[交锋]时，我已经让这种焦虑成为我的[焦虑]。在历史与永恒之间，我选择了历史，因为我喜爱确定性。对于历史，至少我是确定的，怎能否认这种粉碎我的力量呢？

　　总会有一个时刻，一个人必须在沉思与行动之间作出选择。这就叫"成为一个人"。这些撕裂是可怕的。但对于一颗骄傲的心来说，没有妥协。要么是上帝，要么是时间，要么是这副十字架，要么是这把剑。此岸世界有一种更高的意义，它超越了其动荡，或者除了这些动荡没有任何东西是真实的。必须随时间而活，并随时间而死，或者为了一种更伟大的生活而摆脱时间。我知道人们可以妥协，可以生活在此岸世界又相信永恒。这就叫"接受"。但我厌恶这个词，我要么就要全部，要么就什么都不要。假如我选择行动，不要以为沉思对于我而言就像一块未知的土地。然而沉思无法给予我一切，而且被剥夺了永恒，我想与时间结成同盟。在我的账本上，我既不愿记下乡愁，也不想有苦涩，我只想清楚地观看它。我告诉你，明天你就会被动员起来。于你和于我，这乃是一种解放。个体无能为力，然而个体亦无所不能。在这种美妙的无拘无束中，你会明白为何我既提升个体又粉碎个体。是世界摧毁了他，是我解放了他。我将他所有的权利都赋予他。

　　征服者知道行动就其本身而言毫无用处。只有一种有用的行动，那便是重塑人与大地。我永远重塑不了人们。但必须"如此"去做。因为斗争的道路使我与肉身相遇。即便是难堪的，肉身也是我唯一的确定性。我只能依其生活。造物乃是我的故乡。这就是为何我选择这种既荒诞又徒劳的努力。这就是为何我站在斗争的一边。这个时代为此做好了准备，我已说过了。至此为止，一位征服者的伟大仍是地域性的。它是根据被征服领土的范围来衡量的。这个词 [征服者] 已改变了意义，不再表示凯旋将军，这不是没有理由的。伟大改变了营地。它位于抗议与没有未来的牺牲之中。它在那里并不是因为喜爱失败。胜利是令人期盼的。但只有一种胜利，这种胜利是永恒的。这种胜利是我永远不会拥有的胜利。那就是我磕磕碰碰又毫不退让的地方。一场革命总是通过对抗诸神来完成的，从普罗米修斯[1]的革命开始，他是第一位现代征服者。这是人对抗其命运的一种要求：

1　译者注：普罗米修斯（Prometheus），意为"先见之明"，是希腊神话中泰坦神族的神祇之一。他为人类偷盗火种而被宙斯捆绑于高加索山的悬崖上，并每日承受鹰啄的痛苦，后为赫拉克勒斯（Heracles）所救。

Prometheus in Chains

Frantisek Kupka（1871–1957）

1905

《枷锁中的普罗米修斯》

弗兰蒂泽克·库普卡

贫瘠者的要求不过是一种借口。但我只能在人的历史行动中抓住这种精神，而这正是我与其会合之处。然而不要以为我热衷于此：面对本质矛盾，我坚持我的人类矛盾。我将我的明晰性置于那否定它 [矛盾] 的东西之中。我在粉碎人的东西面前提升人，我的自由、我的反抗和我的激情则汇合于这种张力、这种明晰性和这种无法计量的重复中。

是的，人就是他自身的终点。他就是他唯一的终点。假如他想要成为什么，那便是在此生中。现在，其余的我都知道了。征服者们有时候谈论战胜与克服。然而它们总是指"克服自己"。你们很清楚这指的是什么。每个人，在某些时候都曾感到自己如神祇一般。至少人们是这么说的。但这是源自，他在灵光一闪当中感到人类精神的惊人伟大。征服者不过是在人群中的那些人，他们感到自己的力量足以确保他们总是生活在这种高度之上，并且充分意识到这种伟大。这多少是一道算术问题。征服者更有能力。但是，无论他们想要多大的能力，他们的能力也不比人自身更多。这就是为何他们即便扎进炙热的革命灵魂当中，也永远不会离开人的熔炉。

他们在那里找到残缺的造物，但他们在那里也找到那些他们所喜爱并欣赏的独有价值，即人与他的沉默。这既是他们的匮乏，也是他们的财富。他们只有一种奢侈，那就是人类各种关系的奢侈。一个人怎么会不明白，在这个脆弱的宇宙中，所有是且仅是人类的事情，都具有一种更为炽热的意义？紧绷的脸庞、受到威胁的兄弟会、人与人之间如此强烈又如此腼腆的友情，这些都是真正的财富，因为它们是易逝的。正是在这些财富中间，精神才能感受到它的力量与它的边界。这即是说，它的有效性。有些人谈到了天才。但是天才，这说来容易，我更喜欢智识之士。应当说后者可以是卓越的。智识之士照亮这片荒漠并主宰它。智识认识自己的各种束缚，并阐明它们。智识将与这副身体同时死去。而认识这一点便是它的自由。

我们并非不知道，所有的教会都反对我们。一颗心如此紧绷着躲避永恒，而所有教会——无论是神圣的还是政治的——都宣称永恒。幸福和勇敢，报酬或正义，于它们而言乃是次要的。这是教会带来的一种教条，而且人们必须赞同它。然而我不关心这些观念或那个永恒。那些符合我尺度的真相，用手便可以触及它们。我无法将自己与之分开。这就是为何你无法在我身上树立起任何东西的原因：征服者没有任何东西是持久的，连他的教条也不会持久。

在所有这些东西的尽头，无论任何东西，皆是死亡。我们还知道死亡终结一切。这就是为何这些遍及欧洲并且使我们当中一些人不得安宁的墓地是可憎的。我们只美化我们钟爱的东

Padova nell'anno 1300
Felice Celestino Zanchi（1836–1912）
c.1900

《1300 年的帕多瓦》
费利切·塞莱斯蒂诺·赞奇

西，而死亡则使我们反感，并使我们疲惫不堪。死亡亦要被征服。最后的卡拉拉[1]，一位帕多瓦城——这座城市被瘟疫耗尽并被威尼斯人包围——的囚犯，他喊叫着跑过他那荒芜的宫殿大厅：他召唤魔鬼，并向魔鬼请求死亡。这是一种克服死亡的方式。并且，这也是一种西方世界所特有的勇敢标志，也就是让死亡自视尊贵的地方变得如此可憎。在反抗者的宇宙中，死亡提升不公正。她是至高的滥用。

其他一些人，也没有妥协，他们选择了永恒，并且揭露了这个世界的幻象。他们的墓地在一片鸟语花香当中绽放微笑。这适合征服者，让他清楚看到他曾拒绝的图景。相反，他选择了黑铁栅栏或无名坟冢。信奉永恒之人当中最优秀的人，他们偶尔也会被一种恐惧所俘获，其中充满着对精神的敬意与怜悯，即那些能够跟这种死亡图景一起生活的精神。然而，那些精神由此［图景］得到他们的力量与他们的理由。我们的命运就在我们面前，而我们挑战的正是我们的命运。这出于我们的自尊，更出于我们的意识，即意识到我们的徒劳境遇。同样，我们有时亦会怜悯我们自己。这似乎是我们唯一能够接受的同情心：

1　译者注：卡拉雷西（Carraresi）或卡拉拉（Da Carrara）曾是 12 世纪至 15 世纪活跃于意大利北部的一个重要家族。此处所指的可能是弗朗切斯科·卡拉拉（Francesco Novello da Carrara，1359—1406），他曾是帕多瓦的领主（Lord of Padua），在威尼斯与帕多瓦的战争中被俘，后被处决。帕多瓦地处意大利北部，自 1318 年起曾一度由卡拉拉家族控制，但帕多瓦在 1405 年受威尼斯人入侵，被并入威尼斯共和国。

一种你也许难以理解并且似乎缺乏魄力的情感。然而我们当中最大胆的人才感受得到它。我们称那些明晰者为有魄力的，我们并不想要一种脱离了洞察力的力量。

　　再重复一遍，这些图景并不提议各种道德，也不涉及判断：它们是各种草图。它们只表现一种生活风格。情人、演员或历险家可以表演荒诞。但是，假如他们想的话，也可以是贞洁者、官员或共和国总统。只要明白和毫无掩饰就足够了。在意大利的博物馆里，人们有时会找到一些绘制的小幅屏板，牧师曾用它们去遮挡被处决者的面孔，以便遮掩绞刑架。各种形式的飞跃，匆忙跳入神圣或永恒，屈从于日常幻象或观念幻象，所有这些屏板都是遮掩荒诞。然而，有些官员没有屏板，他们正是我想谈论的那些人。

　　我选择了那些最极端的人。在此程度上，荒诞赋予他们一种王权。确实，这些王子们并没有王国。但是与其他人相比较，他们具有优势，即他们明白所有王位都是虚幻的。他们明白那正是他们全部的伟大，说什么他们隐藏的不幸或者心灰意冷都是废话。被剥夺了希望并不是绝望。大地的火焰完全比得上天堂的芬芳。不论是我还是任何人都不能在此判断他们。他们并不努力变得更好，他们只是试图变得前后一致。假如"贤者"

这个词适用于这种人，即他凭靠他拥有的东西为生，并不揣度他不拥有的东西，那么以上那些人就是贤者。他们当中的一员，一位精神领域的征服者，一位认识领域的唐璜，一位智识领域的演员，比任何人都更明白这点：

> 如果一个人不断地完善他那亲爱的、小小的、顺从的绵羊，那么他在地上和天上都不配享有任何优先权：他顶多继续做一头可笑的、亲爱的、小小的、有两只角的绵羊，仅此而已——还得假定他不会虚荣得要命，以及不会以他的审判者姿态引发丑闻。[1]

无论如何，必须为荒诞推理恢复更多热诚的面孔。想象力可以增添许多其他面孔，他们跟时间和流放密不可分，亦懂得在一个没有未来、没有缺陷的宇宙中如何有分寸地生活。因此，这个荒诞并且无神的世界，便充满着那些思想清晰并且不再希望的人们。我还尚未谈到最为荒诞的人物，即创造者。

1　译者注：此处或出自亨利·阿尔伯特（Henri Albert，1869—1921）根据德国莱比锡瑙曼出版社（C.G.Naumann）1901 年版《尼采全集》（*Nietsches Gesamtwerke*）所译法文版《强力意志：重估一切价值的尝试》（*La Volonté de puissance：Essai d'une transmutation de toutes les valeurs*）。引文参见第二部分《最高价值的批判》（*Critique des Valeurs Supérieures*）第一章《宗教作为颓废形式》（la religion comme expression de la décadence）中的"基督教的批判"（critique du christianisme）第 117 节。

荒诞创造

哲学与小说

　　所有那些靠稀薄的荒诞空气而维系的生活，假如没有某些深刻而持续的思想，以其 [思想的] 力量激励着它们，那么这些生活将根本无法自我维持。在此这就只能是一种奇异的忠诚感。人们已经见过一些有意识者，在那些最愚蠢的战争里完成他们的使命，却并不认为他们处于矛盾之中。因为重要的是毫不逃避。因此便有一种形而上学的幸福来支撑世界的荒诞性。征服或游戏，无数的爱情，荒诞的反抗，这些都是人在一场被提前打败的战役中为其尊严所做的致敬。

　　重要的仅仅是忠诚于战斗规则。这种思想足以滋养一种精神：它已经支持并且仍然全力支持诸文明。战争不能被否定掉。一个人必须死于战争，或者活于战争。荒诞亦如此：问题在于跟它共同呼吸；认识到荒诞的各种教训，并恢复其 [教训] 的血肉之躯。于此方面，荒诞的卓绝欢乐就是创造。"艺术，唯有艺术，"尼采说，"我们拥有艺术为的是不为真理而死。"[1]

1　译者注：此处出自尼采的《遗稿残篇》（*Nachgelassene Fragmente*，1887—1889），原文为"真理是丑的：我们拥有艺术为了不在真理中消亡。"（Die Wahrheit ist hässlich: wir haben die Kunst, damit wir nicht an der Wahrheit zugrunde gehen.）

在我试图从各种模式所描述和强调的各种经验当中，一种苦恼消逝的地方肯定会涌现另一种新的苦恼。对于遗忘的幼稚追寻，对于满足的召唤，现在没有了回响。然而，那种维持人面对世界的恒定张力，那种促使他迎接一切的有序兴奋，给他留下另一种狂热。因此，在这个世界中，作品便是维持其意识以及稳固其历险的唯一机会。创造就是活两次。一位普鲁斯特的摸索和焦虑的探寻，他对鲜花、挂毯与焦虑的细心收藏，并不意味着任何其他东西。同时，创造并不比演员、征服者和所有荒诞之人在日常生活中所从事的持续和细微的创造更有意义。所有人都试图模仿、重述并重新创造各自的现实。我们总是以获得各种自身真相的表象而结束。对于一个背离永恒的人来说，整个存在不过是一场戴着荒诞面具的大型模仿剧。创造就是伟大的模仿剧。

这些人首先明白，然后他们的全部努力都是为了浏览、扩大和丰富这座他们刚刚登陆的没有未来的岛屿。但是他们首先必须明白，因为荒诞的发现恰巧与一种逗留同时发生，而未来的激情正是通过这种逗留得到了准备和证明。即便人们没有福音也有他们的橄榄山。[1] 他们在各自的橄榄山上也不能入睡。对荒诞之人而言，问题不再是解释和解决，而是体验和描述。一

---

1 译者注：橄榄山（Mont des Oliviers）是耶路撒冷老城东部的一座山，得名于漫山的橄榄树。《圣经》中许多重要事件都发生在此。《撒加利亚书》提到，橄榄山将是末日到来时耶和华降临的地点。

Christ on the Mount of Olives
Albrecht Dürer （1471–1528）
1518

《耶稣在橄榄山上》
阿尔布雷希特·丢勒

切都始于清晰的漠然无差。

描述，这是一种荒诞思想最后的抱负。科学亦如此，待它到达其悖论的终点后，便不再提议，而是停下来去沉思和描绘那永远原始的现象。心灵由此懂得，当看到迎面而来的世界面貌时，我们会产生动人心弦的情感，而这种情感并不是源于世界的深度，而是源于世界的多样性。解释是徒劳的，但感觉存留了；只要有感觉，宇宙的持续召唤便会在数量上不可穷尽。在这点上，艺术作品的地位就得以理解。

艺术作品既标志一种经验的死亡，又标志这种经验的增倍。它是已被世界演绎过的那些主题的一种单调又热情的重复：身体，神庙山墙上数不完的形象，各种形式或颜色，数量或悲伤。因此，在创造者的壮丽又稚拙的宇宙中，再次找到本书的主旨，这并不是漠然无差的。若是在那里看出一种象征，并认为艺术作品最终可以被视为荒诞的一处避难所，那将是错误的。艺术作品本身就是一种荒诞现象，而且仅仅涉及荒诞现象的描述。它并没有为精神疾苦提供一种摆脱方式。相反，它是这种疾苦的表征之一，而这种表征使它 [疾苦] 在一个人的整个思想中回响。但是，艺术作品第一次使精神走出自身，并将精神置于他者的对面，这并非要让精神迷失其中，而是精准地向它指明那条所有人都已经踏入的没有出口的道路。在荒诞推理的时间中，创造遵循漠然无差与发现。创造标志着各种荒诞激情的起源点，以及推理止步的地方。它在本书中的地位就是通过这种方式得到证明的。

只需表明创造者与思想家共通的几个主题，便足以在艺术作品中发现那种涉及荒诞之思想的所有矛盾。其实，证明各种智识之士是相互关联的，与其说是相同的结论，不如说是他们共通的矛盾。思想与创造亦是如此。亦不消说，正是同一种苦恼把人推向这些态度。他们首先是在这个地方重合的。但是，在所有从荒诞出发的思想当中，我已经看到极少思想保持它 [荒诞]。正是由于思想的偏离与不忠诚，才使我更为确切地衡量出只属于荒诞的东西。与此同时，我应当自问：一种荒诞的作品是可能的吗？

不能太强调艺术与哲学之间的古老对立的武断性。假如从一种非常狭义的角度来看待它，那么这种对立肯定是虚假的。假如只想说这两门学科各有其特定的氛围，那么这可能是真的，但又模糊不清。唯一可以接受的论证就在于这个矛盾：哲学家封闭在自己的体系**之中**，而艺术家则处于自己的作品**之前**。虽然这对于某一种艺术形式与哲学形式来说是中肯的，但是我们在此认为它还是次要的。"艺术作品脱离其创造者"，这种观念不仅是过时的，更是虚假的。与艺术家相反，有人指出，从来没有任何哲学家作出好几套体系。确实如此，但是，也从来没有任何艺术家从不同方面表达一件以上的东西。艺术的瞬间完美，艺术更新的必要性，这只不过是通过偏见才能为真。因为艺术作品也是一种建构，每个人都知道那些伟大的创作者可以是多么的单调。艺术家与思想家一样，在自己的作品中从事他自己和成为他自己。这种相互渗透引起了最重要的美学难题。此外，对于任何深信精神的目的在于统一的人来说，没有什么比这些依据方法和对象所作的区别更加空洞了。人设立一门学科用于理解，设立另一门学科用于爱，这两门学科之间并没有界限。这些学科相互渗透，而且同样的焦虑使它们混合起来。

必须首先说出这一点。为了使一种荒诞作品成为可能，思想就必须以最明晰的形式介入其中。但同时，思想必须不在作品中显现，除非思想作为下命令的智识。这种悖论可以依据荒诞来解释。艺术作品诞生于智识拒绝对具体事物进行推理。它标志着物质方面的胜利。是明晰的思想激发了艺术作品，但这个思想恰恰以这个行动摒弃自己。思想不会屈服于这种诱惑，即为被描述的东西增添深刻意义，它知道这是不合法的。艺术作品体现一部智识的戏剧，但它只是间接地证明这一点。荒诞作品要求艺术家意识到这些边界，要求艺术中的具体事物除了表示自己之外不表示任何东西。它不能是一种生活的终点、意义和慰藉。创造，或者不创造，这并不会改变任何东西。荒诞的创造者并不停留于他的作品。他可以放弃它；他有时会放弃它。一个阿比西尼亚[1]就足够了。

与此同时，一种美学规则也可见于此。真正的艺术作品永远是符合人的尺度的。它基本上就是"少"说的作品。在艺术家的整体体验与反映这种体验的作品之间，在《威廉·迈斯特》[2]与歌德的成熟之间有着某种关系。当该作品宣称要在一种解释性文学的花边纸上献出全部体验时，这种关系是糟糕的。这种关系是好的，当该作品只不过是经验中的一个切片，只是钻石——其内部光彩无限缩聚——的一个切面时。在第一种情况下，是永恒的过载与自负。在第二种情况下，则是富有成效的作品，因为它暗含着一种被揣摩出丰富性的整体经验。荒诞艺术家的难题便在于获取这种超越做事能力的生活能力。最后，在此氛围中的伟大艺术家首先是一位伟大的生活家，这被理解为，在这里，生活就是体验和反思。因此作品体现一种智识戏剧。荒诞作品表明，思想宣布放弃其声望以及其顺从，以便只做那激发表象的智识，用形象掩盖没有理性的东西。假如世界是清

1　译者注：阿比尼西亚（Abyssinie），位于埃塞俄比亚帝国（Ethiopian Empire）。加缪在这里提及阿比尼西亚，或是因为法国诗人兰波（Jean Nicolas Arthur Rimbaud, 1854—1891）在生命的晚期曾在那里逗留，并于其后被引申为死亡的隐喻。

2　译者注：威廉·迈斯特出自歌德的散文小说系列，即《威廉·迈斯特的戏剧生涯》（*Wilhelm Meisters Theatralische Sendung*, 1777—1785）、《威廉·迈斯特的学徒时代》（*Wilhelm Meisters Lehrjahre*, 1795—1796）以及《威廉·迈斯特的漫游时代》（*Wilhelm Meisters Wanderjahre* 1821—1829），主人公迈斯特是一位不断追求人性完善和崇高社会理想的探索者。

Illutration of The Divine Comedy：*The Sculptures*
Gustave Doré（1832-1883）
1868

《神曲》插图之《雕塑》
古斯塔夫·多雷

楚的，那么艺术便不会存在。

我不会在这里谈论那些其中只有描述——以其壮观的质朴——占据优势的形式艺术或色彩艺术。[1] 表达始于思想结束之时。那些充斥于神庙和博物馆里面两眼空空的少年们[2]，他们的哲学通过他们的姿态表达出来了。对一位荒诞之人而言，它比所有图书馆都更富教益。从另一方面来看，音乐亦是如此。假如有一种艺术被剥夺了教益，那便是音乐了。音乐与数学太过相近，不会不借鉴到数学的无理由性。精神依据设定的和有尺度的法则与自己玩游戏，这场游戏在那个属于我们的洪亮空间中展开，而各种振动则在这个空间之外汇合于一个非人类的宇宙当中。没有更加纯粹的感觉。这些例子太过简单。荒诞之人将这些和谐与这些形式视为自己的 [和谐与形式]。

但我想在这里谈论一种作品，其中解释的诱惑力仍然是最大的，其中幻象自动产生，其中结论几乎是必然的。我要说的就是小说的创造。我想追问荒诞能否在那里维持自己。

思考，首先就是想要创造一个世界（或划定自己的世界，

---

1 我们惊讶地看到，最具智识的绘画作品，即力求将现实缩减至其基本要素的作品，最终却沦为一种眼睛的愉悦。它只为世界留下色彩。

2 译者注：此处意指雕塑作品。

这相当于同一件事）。它始于那种分离人及其经验的基本分歧，以便根据他的乡愁来发现一个共同点，[这个共同点是] 一个被理性束缚或被痛苦照亮的宇宙，但不管如何，这个宇宙提供了一个机会去解决这种难以忍受的分离。哲学家，即便他是康德，也是创造者。他有他的人物、他的象征以及他的隐秘情节。他有他的结局。反过来，撇开各种表象不谈，小说对诗歌与散文的主导作用仅仅在于它体现出一种更伟大的艺术智识化。说得清楚些，我谈的是最伟大的 [艺术作品]。一种文学形式的丰富性与重要性，通常是以其中存在的废料来衡量的。糟糕小说的数量绝不能使最优秀作品的伟大性被人遗忘。这些作品带着自己的宇宙跟它们 [糟糕小说] 一起。小说有它的逻辑、它的推理、它的直觉以及它的假设。小说对清晰性亦有它的要求。[1]

　　我在前面谈到的那种经典对立，在此特殊情况下，甚至不太合理。当哲学与其作者容易分离时，这种对立还是站得住脚的。今天，当思想不再宣称要追求普遍性时，当思想最优秀的历史或许是其自我悔改的历史时，我们便知道那套 [哲学] 体系——

1　想一想：这解释了那些最糟糕的小说。几乎所有人都相信自己有能力思考，并且在某种程度上，不论好坏，确实都在思考。相反，很少有人能够将自己想象成诗人或是语句的锻造者。然而一旦思想比风格更具价值，人群便蜂拥侵入了小说。
这并非一种如人所说的发发可危。这导致最优秀者对自己作出更多的要求。对于那些屈服者而言，则不配存活。

当它还有价值时——与其作者不能分离开来。《伦理学》[1]，从其中一个方面而言，本身不过是一部冗长而严密的自白。抽象的思想最终返回其肉体的支持者。同样，身体与激情的小说游戏遵循一种世界视野的迫切需求，对自身的规定就更多一点。作者不再讲"故事"了，而是创造他的宇宙。那些伟大的小说家乃是哲学式的小说家，也就是说，他们是主题作家的对立面。譬如巴尔扎克[2]、萨德[3]、梅尔维尔[4]、司汤达[5]、陀思妥耶夫斯基、普鲁斯特、马尔罗[6]、卡夫卡[7]便是如此，仅举几例。

然而，他们更喜欢用形象来写作，而不是用推理来写作，

1　译者注：《伦理学》（*Ethique*），即《用几何学方法作论证的伦理学》（*Ethica in Ordine Geometrico Demonstrata*），是荷兰哲学家斯宾诺莎（Baruch de Spinoza，1632—1677）出版于 1677 年的哲学著作。

2　译者注：巴尔扎克（Honoré de Balzac，1799—1850），19 世纪法国批判现实主义小说家，代表作为《人间喜剧》（*Comédie Humaine*）。

3　译者注：萨德（Marquis de Sade，1740—1814），法国贵族、作家，以情色描写及由此引发的社会丑闻而出名，代表作有《索多玛一百二十天》（*Les 120 Journées de Sodome*）等。

4　译者注：梅尔维尔（Herman Melville，1819—1891），美国浪漫主义小说家、散文家与诗人，其代表《莫比迪克》（*The Moby-Dick*），又名《白鲸》（*The whale*），讲述一位偏执至失去理性的捕鲸船长辗转世界，向白鲸莫比迪克寻仇的故事。

5　译者注：司汤达（Stendhal，1783—1842），本名马利 - 亨利·贝尔（Marie-Henri Beyle），19 世纪法国批判现实主义作家，代表作有《红与黑》（*Le Rouge et le Noir*）等。

6　译者注：马尔罗（André Malraux，1901—1976），法国作家、政治家，代表作包括《人的境遇》（*La Condition Humaine*）与《征服者》（*Les Conquérants*）等。《人的境遇》描述的是 1927 年发生在上海的四一二事件，以存在主义视角面对革命中的多样化人群，由此获得 1933 年龚古尔文学奖。而在《征服者》中，马尔罗以第一人称的方式描述了 1925 年省港罢工中的人物故事，并被称为一位存在主义者的革命日记。

7　译者注：卡夫卡（Franz Kafka，1883—1924），奥匈帝国时期出生于布拉格的犹太作家，被认为是 20 世纪最具影响力的作家之一，作品有《诉讼》（*Der Prozess*）、《变形记》（*Die Verwandlung*）以及《城堡》（*Das Schloß*）等。

这恰恰揭示出他们有某种共同的思想，即深信任何解释原则都是无效的，并确信可感外表包含教益信息。他们认为作品既是一种结束亦是一种开端。作品往往是一种尚未表达出来之哲学的结果，是这种哲学的阐明和完成。但它只有通过这种哲学的暗示才能完成。作品最终证明一个古老主题的变种是合理的，即少许思想远离生活，而许多思想回归生活。思想无法升华现实，只能模仿现实。此处涉及的小说乃是一种认识的工具，即那种既相对又无穷的认识，关于爱情的认识亦如此。关于爱情，小说创作有着原初的惊叹与丰富的反思。

这些至少是我起初在小说中看到的魅力。但我亦在那些拥有难堪思想的王子们——随后我得以见证他们的自杀——身上看到了这些魅力。令我感兴趣的正是了解和描述那种力量，那种将他们引回共通的幻象之大道的力量。我在此将使用同样的方法。既然我已经用过这种方法，那么我就能够缩短我的推理，径直总结它，无须在一个具体例子上拖延。我想知道，假如接受不带召唤而生活，人们还能否赞成不带召唤而工作和创造，以及什么道路通向这些自由。我想将我的宇宙从其幻象中释放出来，还想仅仅凭靠有血有肉的真相——我无法否认其存在——住在它 [宇宙] 里面。我可以做荒诞的作品，选择创造性的态度而不是另一种态度。然而，一种荒诞态度若是要始终如此，就必须对其无理由性 [的法则] 保持意识。作品亦是如此。假如荒诞的戒令没有得到尊重，假如作品没有阐明分离与反抗，假如作品迎合幻象和激起希望，那它就不再是无理由的。我不再能够超脱于作品。我的生活可以在作品中找到一种意义，但这种意义是微不足道的。作品不再是那种超然与激情的训练了，即那种完满实现人生之壮丽与无用性的激情。

在创造当中，最强烈的诱惑就是想去解释，那么人们能够克服这种诱惑吗？小说世界对现实世界有最敏锐的意识，但是在小说世界里面，我能够抵挡住想要去判断的欲望，对荒诞保持忠诚吗？在最后的努力中，还有许多问题需要考虑。人们必定已经明白这些问题意味着什么。这些乃是一种意识的最后的不安，害怕为了一种最终的幻象而放弃其最初和难得的教导。创造被视为意识到荒诞的人可能具有的态度**之一**，但凡适用于创造的，亦适用于呈现给他的所有生活风格。征服者或演员，创造者或唐璜，他们也许忘了，他们若是没有意识到它 [生活训练] 的疯狂特征，便无法进行生活训练。人们很快就变得习以为常。一个人为了快乐而想去赚取金钱，他的全部努力、他生活当中最美好的东西全都专注于赚取这种金钱。幸福被遗忘了，手段被当作了目的。同样，这位征服者的全部努力都会偏向抱负，而抱负不过是一条通往更伟大生活的道路而已。至于唐璜，他也将赞同于他的命运，满足于这种生存：他的伟大只有通过反抗才有价值。对一个人来说，这是意识；对另一个人来说，则是反抗；在这两种情况下，荒诞都消失了。人心中有那么多顽固的希望。最贫乏的人往往最终都赞成幻象。那种出于安宁的需求而作出的赞成，在内心上类似于对生存的赞同。如此便有了光明的诸神与泥塑的偶像。然而重要的是找到那条通往各种人之面孔的中间道路。

到目前为止，荒诞之迫切需求的种种失败，已经充分告诉我们什么是荒诞。同样，假如我们要被告知，那么只要注意到这点就够了，即小说创造跟某些哲学一样能够表现相同的模糊性。如此我便可以为我的阐明选择一部作品，这部作品包含所有指示荒诞意识的东西而且具有明确的开篇和清晰的氛围。它的种种结果将会教导我们。假如荒诞在其中没有受到尊重，我们也会知道幻象到底是通过什么迂回的花招溜进去的。一个具体例子、一个主题、一种创造者的忠诚，这些就足够了。这涉及之前已经详尽完成过的相同分析。

我将研究陀思妥耶夫斯基最喜爱的一个主题。我也本可以研究其他作品。[1] 然而在这部作品中，那个难题得到了直接探讨——在伟大与情感的意义上——正如各种存在主义思想 [家] 曾经讨论过的那样。这种类比有利于 [达成] 我的目的。

1　譬如，马尔罗的作品。但那就必须同时涉及社会问题，后者确实是无法以荒诞思想来避免的（虽然荒诞思想可以为社会问题提供几种迥然不同的解决方案）。然而必须适可而止。

基里洛夫

陀思妥耶夫斯基的所有主人公都自问生命的意义。正是于此方面，他们是现代的：他们不惧怕荒谬可笑的东西。现代感性与传统感性的区别就在于，后者沉浸于道德难题，而前者沉浸于形而上学难题。在陀思妥耶夫斯基的小说中，该问题被非常强烈地提出来，以至于只能采取极端的解决方案。生存**要么**是虚假的，**要么**是永恒的。假如陀思妥耶夫斯基满足于这种探究，那他便是哲学家。然而，他却阐明这些精神游戏可能会给一个人的生活带来种种后果，而正是在此方面，他是艺术家。在那些后果当中，他的注意力尤其被最后那个后果所攫住，即他本人在《作家日记》中所称的"逻辑式自杀"。在 1876 年 12 月的日记分册中，他确实设想了"逻辑式自杀"的推理。他深信，对于任何不信仰永生的人而言，人类的生存就是一种十足的荒诞，这位绝望者得出以下结论：

既然在答复我关于幸福的问题中，我被告知：通过我的意识媒介，我是无法幸福的，除非与那伟大整体同处于一种和谐[1]，而那个伟大整体是我无法感知的，并且永远无法感知的，这是自明的……

既然在这种事物的秩序中，我最终既承担原告的角色，也承担担保人、被告和法官的角色，既然我发觉这部打着自然名义的喜剧完全是愚蠢的，既然我甚至认为接受演出这部戏于我是难堪的……

我以原告和担保人、法官和被告的无可争议的身份，我谴责这个自然，它竟以一种如此无耻的放肆，使我生来受苦——我判处它跟我一起被消灭。[2]

在此立场中还有一点幽默。这位自杀者之所以自杀，是因为在形而上学的层面，他**被侮辱**了。在某种意义上，他应当得到洗雪。这是他证明别人"得不到他"的方式。然而人们知道，同样的主题——但以最令人钦佩的广度——出现在《群魔》的基里洛夫那里，他也是"逻辑式自杀"的鼓吹者。工程师基里洛夫在某处宣称，他想要自取性命，因为"这是他的观念"[3]。显然，这个词语必须从恰当层面去理解。正是为了一种观念、

1　译者注：即基里洛夫所谓的"世界和谐"。

2　译者注：参见《作家日记》1876年12月，第359页。

3　译者注：参见［俄］费奥多尔·陀思妥耶夫斯基，《群魔》，南江译，北京：人民文学出版社，1983年，第692页。

Illustration of The Possessed
Fritz Eichenberg（1901–1990）
1959

《群魔》插图
弗里茨·艾什伯格

一种思想，他酝酿着死亡。这是高级自杀。随着基里洛夫的面具在一系列场景中逐渐被揭开，那鼓动他的致命思想逐渐地向我们显露出来。工程师确实重拾了《作家日记》的推理。他觉得上帝是必要的，而且上帝必定存在。但他知道，上帝并不存在，也不可能存在。"你怎么不明白，"他喊道，"这正是杀死自己的充分理由？"[1] 这种态度在他那里同样带来了某些荒诞的后果。通过漠然无差，他接受让他的自杀适用于他所鄙视的动机的有利条件。"我这晚决定了，我无所谓了。"他终于在一种反抗与自由的混合感情中准备他的行动了。"我将自杀，以维护我的不服从，我崭新和可怕的自由。"[2] 问题不再是报复，而是反抗。因此，基里洛夫是一位荒诞人物——他以这种根本性的保留杀死自己。但他自己解释了这种矛盾，并因此同时揭示了最为纯粹之荒诞的秘密。事实上，他为其致命的逻辑增加了一种非凡的抱负，这种抱负将其全部视野赋予人物：他想要杀死自己，以成为神。

这个推理具有一种传统的明晰性。假如上帝不存在，基里洛夫就是神。假如上帝不存在，基里洛夫必须杀死自己。因此，基里洛夫必须杀死自己，以成为神。这种逻辑是荒诞的，但这

---

1 译者注：参见 [俄] 费奥多尔·陀思妥耶夫斯基，《群魔》，南江译，北京：人民文学出版社，1983 年，第 694 页。

2 译者注：参见 [俄] 费奥多尔·陀思妥耶夫斯基，《群魔》，南江译，北京：人民文学出版社，1983 年，第 698 页。

正是所必需的东西。然而有趣之处却在于：赋予这种被带回大地的神性以一种意义。这相当于澄清此前提："假如上帝不存在，我就是神"，这个前提仍然是相当晦涩的。重要的是首先要意识到，那个炫耀这种疯狂宣言的人，的确是属于此岸世界 [的人]。他每天早上都做体操以保持他的健康。他为沙托夫[1]与其妻子重逢的喜悦而感动。在他死后被发现的一张纸上，他想要绘制一个向"他们"吐舌头的形象。他稚气而愤怒、热情、有条理又敏感。从超人那里，他只得到了逻辑与固执的观念，从人那里，则得到了整本册子。然而，正是他平静地谈论其神性。他不是疯子，否则陀思妥耶夫斯基就是疯子了。因此，刺激他的并不是一种自大狂的幻象。而且，这一次，从 [他说的] 那些词语的特殊含义来看，这是荒谬的。

基里洛夫本人帮助我们理解。在斯塔罗夫金的一个问题上，基里洛夫表明，他所谈论的不是神样的人。[2] 人们可能会认为这是为了他本人与基督的区分。但实际上这是要兼并基督。其实，基里洛夫一度设想，当耶稣死去的时候**并没有在天堂里面发现**

1　译者注：沙托夫（Chatov）是《群魔》中的人物，后被彼得的五人小组所杀害。

2　译者注：参见 [俄] 费奥多尔·陀思妥耶夫斯基，《群魔》，南江译，北京：人民文学出版社，1983 年，第 270 页。

　　基里洛夫："谁若是教导人们说人人都好，他就会消灭这个世界。"

　　斯塔罗夫金："教导过人们的那个人被钉在十字架上了。"

　　基里洛夫："他会来的，他的名字将是人神。"

　　斯塔罗夫金："是神人吧？"

　　基里洛夫："人神，区别就在这儿。"

他 [耶稣] 自己。他便认识到，他的酷刑乃是无用的。"自然法则，"工程师说，"让基督生活在谎言中，而且为一种谎言而死。"[1] 仅仅在这个意义上，耶稣才真正体现全部人类悲剧。他是完人，是那种实现了最荒诞之条件的人。他不是神样的人，而是人样的神。和他一样，在某种程度上，我们每个人都可能被钉在十字架上，被愚弄。

因此，上述神性完全是人间的。"费了三年，"基里洛夫说，"我寻找属于我的神性品质，然后我找到了它。属于我的神性品质就是独立。"[2] 由此可见基里洛夫式前提的意义："假如上帝不存在，我就是神。"成为神不过是在这片大地上是自由的，不侍奉一位不朽的存在者。当然，关键在于，所有结论都从这种痛苦的独立中汲取出来。假如上帝存在，一切皆取决于他，我们不能违背他的意志。假如他不存在，则一切取决于我们。对基里洛夫而言，如同对尼采而言，杀死上帝，就是自己成为神——这就是在这片大地上实现《福音书》所说的永恒生命。[3]

但假如这种形而上学的犯罪足以成就人类，为何要加入自杀

1　译者注：参见 [俄] 费奥多尔·陀思妥耶夫斯基，《群魔》，南江译，北京：人民文学出版社，1983 年，第 697 页。

2　译者注：参见 [俄] 费奥多尔·陀思妥耶夫斯基，《群魔》，南江译，北京：人民文学出版社，1983 年，第 698 页。

3　"斯塔罗夫金：你相信彼岸的永恒生命吗？基里洛夫：不，但相信此岸的永恒生命。"（译者注：参见 [俄] 费奥多尔·陀思妥耶夫斯基，《群魔》，南江译，北京：人民文学出版社，1983 年，第 268 页。）

呢？为何要在赢得自由之后杀了自己，并离开此岸世界呢？这是矛盾的。基里洛夫对此很清楚，他补充道："假如你感觉到那个，你就是一位沙皇，你非但不会杀死自己，还会顶着荣光而生活。"然而人们一般不明白这点。他们感觉不到"那个"。就像在普罗米修斯的时代，他们满怀盲目的希望。[1] 他们需要有人指路，并且离不开布道。因此，基里洛夫必须为了人道之爱而自杀。他必须向他的兄弟们指出一条既尊贵又困难的道路，而他则是踏上这条道路的第一位。这是一种教学式的自杀。于是，基里洛夫牺牲自己。但假如他被钉在十字架上，他也不会被愚弄。他仍然是人样的神，深信一种没有未来的死亡，沉湎于福音书式的悲怆。"我，"他说，"是不幸的，因为我**有责任**去伸张我的自由。"[2] 而他死了，人们最终明了智，这片大地将会住满沙皇们，将被人类的荣光所照亮。基里洛夫的一声枪响将成为最后革命的信号。因此，将他推向死亡的并不是绝望，而是为了他自身的邻人之爱。在他于鲜血之中终止一场无法形容的精神历险之前，基里洛夫说了一句跟人类苦难一样古老的话："一切都好。"

因此，在陀思妥耶夫斯基那里，这种自杀主题确实是一种荒

---

1 "人毫无作为，不过是发明了上帝，为了不自杀。这就是迄今为止全部世界史的总结。"（译者注：参见 [俄] 费奥多尔·陀思妥耶夫斯基，《群魔》，南江译，北京：人民文学出版社，1983年，第696页。）

2 参见 [俄] 费奥多尔·陀思妥耶夫斯基，《群魔》，南江译，北京：人民文学出版社，1983年，第698—699页。

诞主题。在接着说下去之前，我们只需注意一点，即基里洛夫又重现其他人物，这些人物重新掀起荒诞的主题。斯塔罗夫金和伊凡·卡拉马佐夫在实践生活中试行各种荒诞真相。他们正是基里洛夫之死所解放的人。他们试图成为沙皇。斯塔罗夫金过着一种"嘲讽式"生活，而且这种生活是众所周知的。他在他的周围引起仇恨。然而，这个人物的关键词就在他的诀别信中："我完全无法憎恨。"他是漠然无差中的沙皇。伊凡亦是，因为他拒绝放弃精神的王权。对于那些像他的兄弟一样的人——他们用他们的生活证明为了信仰就必须卑躬屈节，他能够答复道：这条件是可耻的。他的关键词就是，"一切都被允许"，带着恰当的忧伤情调。当然，就像尼采这位刺杀上帝的最著名刺客一样，他死于疯狂。但这是一种必须正视的冒险，在这些悲剧结局的面前，荒诞精神的根本性冲动是追问"这证明什么呢？"

如此，小说——像《作家日记》一样——提出那个荒诞的问题。小说创建逻辑，直至死亡、激昂、"可怕的"自由、沙皇荣光成为人。一切都好，一切都被允许，没有什么是可憎恨的——这些都是荒诞判断。然而，这些是多么不可思议的创造啊，其中那些火与冰的存在者在我们看来再熟悉不过了！那漠然无差的激昂世界在他们的心中轰鸣作响，在我们看来一点都不骇人听闻。

我们从中认出我们的日常焦虑。大概没有人像陀思妥耶夫斯基那样，善于赋予荒诞世界如此亲近又如此令人苦恼的魅力。

然而他的结论是什么呢？两段引文将显示完整的形而上学的翻转，这种翻转将作者引至其他的启示。那个进行逻辑式自杀的人的推理曾经引起批评家的抗议，陀思妥耶夫斯基在随后的《作家日记》分册中详述了他的立场，并这样总结道："假如信仰不朽对于人类是如此必要（以至于没有它，人就会杀死自己），那么它就是人性的正常状态。既然如此，人类灵魂的不朽无疑是存在的。"[1]另一处，在他最后一部小说的最后几页，在这场与上帝的巨大战斗结束时，孩子们问阿辽沙[2]："卡拉马佐夫，宗教说，我们会从死中复活，我们会再次见到彼此，这是真的吗？"阿辽沙回答道："当然，我们会再相见的，我们将愉快地告诉对方所发生的一切。"

如此，基里洛夫、斯塔夫罗金和伊凡被打败了。《卡拉马佐夫兄弟》回答了《群魔》。这确实是一个结论。阿辽沙的情况并不像梅诗金公爵[3]的情况那般含糊不清。梅诗金公爵生活在

1　译者注：参见《作家日记》1876 年 12 月，第 367 页。括号内部分为加缪所注。

2　译者注：阿辽沙（Alyosha），即阿列克塞・费多罗维奇・卡拉马佐夫（Alexei Fyodorovich Karamazov）《卡拉马佐夫兄弟》中的人物之一，老卡拉马佐夫最小的儿子。在作品中，他被称为故事中的英雄，并充当其兄弟与其他人之间的传话者或是目击者。

3　译者注：梅诗金公爵（Muichkine）是陀思妥耶夫斯基出版于 1868 年的小说《白痴》中的人物，在他面对世界的精神中蕴含着作者所认可的观念，因此被认为具有一定的自传性。

一种永恒的当下，他在生病时也会面带着微笑与漠然的表情，而这种有福的状态可能就是公爵所说的永恒生活。与之相反，阿辽沙则清楚地说："我们会再相见的。"这不再有任何有关自杀与疯狂的问题了。这对于确信不朽以及其欢乐的人而言有什么好处呢？人用他的神性去交换幸福。"我们将愉快地告诉对方所发生的一切。"于是，基里洛夫的手枪在俄国的某处扣响了，然而世界依旧转动其盲目的希望。人们没有明白"那个"。

因此，与我们谈话的并不是一位荒诞小说家，而是一位存在主义小说家。此处，那种飞跃也是动人心弦的，它将其伟大赋予那激发它的艺术。这是一种令人感动的认同，充满着怀疑、不确定与殷切之情。谈到《卡拉马佐夫兄弟》时，陀思妥耶夫斯基写道："这整本书要探讨的主要问题，正是我一生有意或无意地折磨我的问题：上帝的存在。"很难相信，一部小说足以将一生的苦难转化为幸福的确定性。一位评论家[1]公正地指出，陀思妥耶夫斯基站在伊凡这边，而且《卡拉马佐夫兄弟》那些肯定 [上帝存在] 的章节花费了他三个月的努力写作，而他所谓"亵渎神灵"的章节则是在激昂状态下用三周时间写就的。在他的人物当中，每个人身上都有那根刺入肉体的刺，都对这根

---

1 指的是鲍里斯·德·施略泽。[译者注：施略泽（Boris de Schözer，1881—1969），俄裔法国作家、翻译家以及音乐学家、十月革命之后移居法国，并于 1969 年在巴黎逝世。]

刺感到恼火，都从感觉中或不朽中寻求一种治疗。[1] 无论如何，让我们保持这份怀疑。就是这样一部作品——其中的一种忽明忽暗比白日光线更加吸引人——使我们能够把握人类对抗其希望的斗争。到了最后，这位创造者选择对抗他笔下的人物。这种矛盾使我们能够引入一种细腻变化。此处涉及的并不是一部荒诞作品，而是一部提出荒诞难题的作品。

陀思妥耶夫斯基的回答是屈辱，斯塔罗夫金的回答则是可耻。相反，一部荒诞作品并不提供回答，这便是全部的差异。最后请我们仔细注意这一点：在这部作品中，驳斥荒诞的东西并不是其基督徒人物，而是其宣告未来的生活。人可以既是基督徒又是荒诞的。有些基督徒并不相信未来生活，这是有例子的。至于艺术作品，因而能够去明确指出荒诞分析——可见于前述篇幅——的种种方向之一。此方向提出"福音书的荒诞性"。它点明这种观念——富含在种种后果当中——即确信并不妨碍怀疑。反过来，人们看得很清楚，《群魔》的作者熟悉这些道路，他在结局处采取了一条截然不同的道路。创造者对他笔下的人物作出令人惊讶的答复，即陀思妥耶夫斯基对基里洛夫的答复，其实可以归纳如下：存在是虚假的，**而且**它是永恒的。

---

1 纪德好奇又深刻地评论道："几乎所有的陀思妥耶夫斯基的主人公们都是一夫多妻（polygames）的。"（译者注：安德烈·纪德（André Gide, 1869—1951），法国作家，于1947年获得诺贝尔文学奖。）

没有来日的创造

因此，我在此意识到，希望不可能永远被回避，并且它可能纠缠那些想要摆脱它的人们。这是本书讨论至今我找到的兴趣点。至少在创作方面，我可以列举一些真正荒诞的作品。[1] 但一切都有一个开端。这种研究的对象是某种忠诚。教会之所以曾经对异教徒如此苛刻，仅仅是因为教会认为，没有比一个迷途小孩更加糟糕的敌人了。然而，诺斯替教[2] 的厚颜无耻的历史，以及摩尼教[3] 的坚持不懈，比所有祈祷都更有助于正统教条的建构。相对而言，这对于荒诞亦是一样的。一个人发现那些偏离荒诞的道路，借此认出他的路线。在荒诞推理的最后，从其 [推理] 逻辑所决定的各种态度之一来看，这种发现并不是漠然无差的：发现希望又带着最动人的面孔回来了。这表明荒诞苦行的艰难。这尤其表明必须要不断保持一种警觉意识，进而契合本书的整

1　譬如梅尔维尔的《白鲸》。

2　译者注：诺斯替教（gnosticisme），又称"灵智派""神知派"，该教派于公元 2 世纪至 3 世纪从古代诺斯替教演变而来，是基督教的异端派别之一。

3　译者注：摩尼教（Manichéisme），又称牟尼教、明教，是公元 3 世纪中期由波斯先知摩尼创立的混合哲学体系，属于波斯体系中诺斯替二元论。

体框架。

但假如现在列举荒诞作品还为时过早，那么至少可以就创造态度作出一个结论，这种 [创造] 态度是那些能够完成荒诞生存的态度之一。艺术唯有通过一种否定的思想才能得到如此精心的照料。它那黑暗与难堪的方法是理解一部伟大作品的必要条件，正如黑是理解白的必要条件一样。这就是荒诞思想所准许的苛刻智慧："无为"而工作和创造[1]；用黏土来雕塑；明白他的创造没有未来；看到他的作品在某天被摧毁，同时意识到这 [作品] 根本不比流传数百年的建造更重要。而通往荒诞创造者的道路是这样的：同时处理这两项任务，即一边否定一边提升。他必须给予虚无以其色彩。

这便带来了一种特殊的艺术作品的概念。人们往往将一位创造者的作品视为一系列孤立的见证。因此艺术家与文学家被混淆了。一种深邃的思想乃是处于一直生成的状态，它贴合某种生活的体验并使自身习惯于这种体验。同样，一个人独特的创造在其（他的作品）相继又复杂的面孔中得到强化。接二连三，它们互相补充，互相修正或攻击，也相互矛盾。假如某件事情终止了创造，那并非盲目艺术家之胜利和虚幻的呐喊："我全都说了"，而是创造者的死亡，这封闭了他的经验，以及他的

---

1 译者注：朱光潜在《美是无所为而为的玩索》中提出，"至高的善"就是"无所为而为的玩索"，因为后者是唯一的自由活动，所以成为最上的理想。

天才之书。

那种努力，那种超人的意识对于读者而言未必是显而易见的。人类创造中并无神秘。意志造就此奇迹。但至少，没有秘密就没有真正的创造。诚然，一系列作品可能只是同一种思想的一系列近似物。然而人们可以设想另一类使用并列法的创造者。他们的作品似乎彼此无关。在某种程度上，作品还是矛盾的。但从总体上看，作品恢复它们的布局。由此，它们从死亡获得其决定性的意义。它们从作者自身的生命那里领受它们最明亮的光。在此时刻，他随后的作品不过是一部失败集。然而，假如那些失败都保持相同的共鸣，创造者便已懂得重述他自身境遇的形象，并记下他所持有的那无果的秘密。

在这里，作者全力以赴地支配作品。然而人的智识可以作出更大的努力。只是清楚地表明创造的自愿方面。我曾在别处指出，人类意志除了保持意识之外别无其他目的。但是，没有训练便无法做到这点。就所有忍耐与清醒的教育而言，创造是最有效的 [教育]。它也是证明人类独有之尊严的令人震惊的证据：顽强反抗其境遇，就算努力白费也要坚持不懈。创造需要一种日常的努力，自制力，对真实界限的准确理解，尺度以及力量。它构成一种苦行。所有这些都是"无为"，以便重述和标记时间。但伟大的艺术作品本身也许没有那么重要，更重要的则在于它迫求一个人 [经受] 的考验，在于它为这个人所提供的机会，以便他能够战胜他的幽灵，稍微接近他那赤裸的现实。

　　莫要误解美学。这里并不是对我所呼吁的一个主题进行耐心探究，以及持续无果的阐述。相反，假如我解释清楚了的话。那种主题小说，那种进行证明的作品，那种最令人讨厌的东西，就是那种常常最容易由一种**满足的**思想所激发的东西。人们展示他确信拥有的真相。但那些东西恰恰是人们发出的观念，而且观念则是思想的对立面。这些创造者是那些可耻的哲学家。相反，我所谈论或想象的是那些明晰的思想者。在思想回归自身的某个地方，他们树立自己作品的形象，把它们当作一种有限、致命和反叛之思想的明显象征。

　　这些作品也许可以证明某些事情。但那些证据总体上是小说家为他们自己提供的证据，而不是为世界提供的证据。重点是，他们在具体事物中获得了胜利，而这便是他们的伟大。这种全然肉体的胜利，乃是让抽象力量感到蒙羞的思想为他们备下的。当他们完全这样做时，肉身便立即让创造绽放出它全部的荒诞光芒。正是反讽的哲学造就了激情四射的作品。

　　所有摒弃了统一的思想都会激发出多样性。而多样性就是艺术之地。那种唯一解放精神的思想，就是那种不干涉精神、确信精神之边界和临近终点的思想。没有任何教条挑唆它 [精神]。它等待作品成熟与生活成熟。一旦瓜熟落地，这部作品就再次向某个灵魂——永远摆脱希望的灵魂——发出几乎听不到的声音。或者它不向任何东西发出声音，假如创造者厌倦了他的游戏，意欲转身离开。这是同等有效的。

如此，我要求荒诞创作做到我追求思想的东西，即反抗、自由与多样性。随后它将显示出它深刻的无用性。在那种智识与激情彼此交织和转移的日常努力中，荒诞之人发现了一种训练，这种训练将形成他最主要的力量。于是，[他]所需要的勤勉、坚持不懈和洞察力就类似于征服者的态度。去创造，就像去赋予某人命运以某种形式。对于[作品的]所有这些人物而言，他们的作品确定他们不亚于该作品由他们所确定。演员教导我们这点：表象与存在之间并无界限。

再重复一遍。这一切都没有实在意义。在这条通往那种自由的道路上，仍然需要更上一层楼。对于这些相似的精神、创造者或征服者而言，最后的努力就是懂得让自己摆脱自己的事业：在承认那件作品本身——无论是征服、爱还是创造——可能不存在之后；从而完成任何个体生活的深刻无用性。这甚至让他们更容易完成这件作品，正如意识到生活的荒诞性，使他们得以毫无节制地投身其中。

剩下的便是一种只有死路一条的命运了。除了死亡这唯一的必死性，一切——欢乐或者幸福——都是自由的。世界依旧是人作为其唯一主人的世界。曾束缚他的乃是彼岸世界的幻象。他的思想的出路——不再是自我否认的——在各种形象当中活跃起来。他的思想确实在神话中游戏，然而这些神话除了具有人类痛苦的深度，不再具有其他深度，而是像它[人类痛苦]那样是用之不竭的。不是供人娱乐和使人蒙蔽的神圣寓言，而是地上的面孔、姿态和悲剧，汇聚出一种艰难的智慧，一种没有来日的激情。

西西弗神话

诸神曾判决西西弗[1]将一块岩石不断地滚上一座山的顶点，而石头则因其自重从那里回落下来。他们曾以某种理由认为，没有比无用和无望的劳动更可怕的惩罚了。

假如人们相信荷马的说法，西西弗就是有死者之中最聪明和最谨慎的人。但根据另一种传说，他倾向于做强盗行当。我于其中看不出矛盾。关于他由于什么缘故而成为地狱的无用劳动者，意见各异。首先，他被指控对诸神有某种轻佻。他泄露了诸神的秘密。阿索波之女爱琴纳被朱庇特掳走了。[2]这位父亲对这场失踪感到震惊，并向西西弗抱怨此事。已知悉绑架内情的西西弗，向阿索波告知实情，条件是这位河神将水赐予科林斯城。比起上天震怒，西西弗更喜爱水的恩赐。他因此被判入地狱受罚。荷马还告诉我们，西西弗曾锁住了死神。普鲁托[3]无法忍受他的帝国荒芜沉寂的景象。他派遣出战神，后者从死神的征服者手中解放了死神。

又据说，西西弗弥留之际曾鲁莽地想要考验他妻子的爱。他命令妻子将他未入殓的尸体丢在公共广场的中央。西西弗重

1　译者注：西西弗（Sisyphus），相传是埃菲拉（Ephyra）的创始者与第一位国王，埃菲拉或是科林斯城的原名。西西弗积极提倡航海与商业，但同时也是一位贪婪者，善于欺骗，甚至在对旅行者的屠戮中感到快乐。

2　译者注：阿索波（Asope），河神伊索普斯（Aesopus）。爱琴纳（Egine），即伊琴娜（Aegina）是河神伊索普斯之女。朱庇特（Jupiter），古罗马神话中的众神之王，相对应于古希腊神话中的宙斯（Zeus）。

3　译者注：普鲁托（Pluton），罗马神话中的冥王，相对应于希腊神话中的哈德斯（Hades）。

临地狱。在那里，他被一种如此违背人类之爱的顺从所激怒，他获得普鲁托的许可，重返大地，以便惩罚他的妻子。然而，当他重新看见这世界的面貌，水与阳光，温热的石头和大海，他便不再愿意返回阴冷地狱中了。各种召唤、愤怒与警告，对他毫无用处。他又面向海湾的曲线、灿烂的大海与大地的微笑活了许多年。诸神不得不下了一份逮捕令。墨丘利[1]前来抓住这大胆狂徒的领子，剥夺他的欢乐，并将他强行带回地狱，在那里他的岩石都已准备好了。

人们已然了解，西西弗是荒诞的英雄。他之所以如此，既是鉴于他的激情，亦是出于他的痛苦。他对诸神的蔑视，他对死亡的憎恨，以及他对生命的激情，都为他招来了这无法形容的酷刑，终日用力而一事无成。这是对这片大地的激情所必须付出的代价。我们并未被告知任何有关西西弗在地狱里的事情。神话被造出来，乃是为了让想象力将它们变得生动活泼。人们只看到一副紧绷的身体竭尽全力举起巨石，滚动它，推它上那覆辙百次的斜坡；人们看到他面孔缩紧，脸颊紧贴石头，一只肩膀顶住沾满泥土的庞然大物，一只脚撑住它，重新撑开手臂，满是泥土的双手中有着十足人性的笃定。他的漫长努力是通过没有天顶的空间和没有深底的时间来衡量的，经过这漫长努力

---

1 译者注：墨丘利（Mercure），罗马神话中传递信息的使者，相对应于希腊神话的赫尔墨斯（Hermes）。

之后，目标达到了。然后，西西弗看着石头在顷刻之间朝着那低处的世界滚去，他又不得不重新从那里将它推向山顶。他又下山至平原。

然而，我对西西弗感兴趣的，正是这种返回，这种停顿。一张如此贴近石头的痛苦脸庞，已然就是石头本身！我看见这个男人以一种沉重却均匀的脚步再次下山，走向他不知尽头的苦难。这个时刻如同一次呼吸，就像他的不幸肯定会再次到来，这个时刻便是意识的时刻。当他离开山顶渐渐走向诸神的巢穴，每逢这些时刻，他都比他的命运更加优越。他比他的岩石更加坚硬。

假如这个神话是悲剧的，那便是因为神话的英雄是有意识的。假如每一步都有成功的希望支撑着他，那么他的痛苦又会在何处呢？今天的工作者，生活的每天都从事同样的任务，这种命运同样荒诞。但只有在它［命运］开始有意识时，它［命运］才是悲剧的。西西弗是诸神的无产者，他无能为力却叛乱反抗，他知晓其悲惨境遇的整个范围：这正是他在下山路上所思考的东西。洞察力造就他的折磨，同时亦造就他的胜利。没有哪种命运是不能被蔑视所战胜的。

假使这样的下山在有些日子里是痛苦的，它亦可能是欢乐的。这话并未言过其实。我还想象着西西弗重返他的岩石，而痛苦已在开始处了。当大地的各种形象过于强烈地攫住记忆，当幸福的召唤太过急迫，悲伤便在人的心中升腾而起：这是岩石的胜利，这就是岩石本身。巨大的悲痛太沉重而无法承受。这些就是我们的客西马尼之夜[1]。然而，各种粉碎的真相一旦被认识到便立即消逝了。因此，俄狄浦斯先是顺从命运而并不知悉。从他知晓的那一刻起，他的悲剧便开始了。但就在同一时刻，他失明了，也失望了，他认识到一位女孩[安提戈涅]鲜活的手，才是连接他与世界的唯一纽带。于是一句骇人的话语响起："尽管历经磨难，我的高龄与我灵魂的伟大让我作出判定，一切都好。"索福克勒斯的俄狄浦斯[2]，正如陀思妥耶夫斯基的基里洛夫，就这样为荒诞的胜利开出处方。古老的智慧与现代的英雄主义相遇了。

一个人若是没有被怂恿去编写一本幸福手册，他便不会发现荒诞。"呃！什么，通过如此狭窄的途径吗？……"然而，只有一个世界。幸福与荒诞是同一片大地的两个儿子。它们是

---

1 译者注：客西马尼之夜（nuits de Gethsémani），《福音书》中所记载的故事之一，当耶稣被钉十字架时，黑暗曾降临大地。"那时约有午正，遍地都黑暗了，直到申初，日头变黑了：殿里的幔子从当中裂为两半。耶稣大声喊着说：'父啊！我将我的灵魂交在你的手里。'说了这话，气就断了。"

2 译者注：索福克勒斯（Sophocles，前496—前406），古希腊悲剧作家的代表人物之一，与埃斯库罗斯（Aeschylus，前525—前456）、欧里庇得斯（Euripides，前480—前406）并称古希腊三大悲剧诗人。俄狄浦斯（Oedipus）则出自《俄狄浦斯王》（Oedipus Rex），后者是索福克勒斯根据希腊神话中的俄狄浦斯故事而创作的希腊悲剧。

不可分的。要说幸福必然生于荒诞的发现，那将是错误的。有时候荒诞感亦生于幸福。"我判定，一切都好，"俄狄浦斯说，而此话是神圣的。它回响在那野蛮而有限的人类宇宙。它教导说，一切尚未被耗尽，也未曾被耗尽。它将一位神祇从这个世界驱走，这位神祇曾带着不满进入这个世界；它也将一种对无用之苦的爱好从这个世界驱走。它将命运变为人的事情，人的事情就应当在人们当中解决。

西西弗那无声的喜悦全在于此。他的命运属于他。他的岩石是他的事物。同样，荒诞之人，当他沉思他的折磨时，让所有偶像都沉默了。在忽然恢复寂静的宇宙中，升起千百道大地上的微弱惊叹声。无意识的、秘密的召唤，来自所有面孔的邀请，这些是必不可少的胜利反转和胜利代价。没有无阴影的太阳，必须认识黑夜。荒诞之人说"是"，进而他的努力将不会停止。假如有一种个人命运，那便没有更高的命运，或者即便有，也不过是一种被他判定为必死的、令人蔑视的命运。至于其他，他自知是自己岁月的主人。就在人回头瞥见他的生活这个微妙时刻，西西弗一边重新走向他的巨石，一边沉思这一系列毫不相关的行动，即那些成为他的命运、由他所创造、在他记忆的眼皮底下汇聚、很快又被他的死亡所封印的行动。如此，坚信一切人类的[事物]皆有全然人类的根源，盲人渴望看到，谁知道黑夜没有尽头，他依然忙忙碌碌。巨石依然在滚动。

Sisyphos

Franz Xaver Stöber（1795–1858）

1816

《西西弗》

弗朗兹·克萨韦尔·斯多贝尔

我将西西弗留在山脚下吧！人总是重新找到他的重负。然而，西西弗却教授更高的忠诚，这忠诚否定诸神并举起各种岩石。他还判定，一切都好。这个宇宙从此没有主人，它在他看来既非贫瘠亦非沃土。这块石头的每颗砂砾，这座黑夜笼罩的山峰的每片矿物闪片，本身就构成一个世界。冲向山顶的斗争本身就足以充实一个人的心。必须想象西西弗是幸福的。

附 录

原编者注

我们在附录中发表的关于弗兰茨·卡夫卡的研究，已经在《西西弗神话》的第一版中，被《陀思妥耶夫斯基与自杀》一章所取代。然而，这份研究由《弩》杂志于1943年发表了。

从另一个角度来看，人们在其中会重新发现对荒诞创造的批判。这种批判在关于陀思妥耶夫斯基的篇章中已经进行过了。

弗兰茨·卡夫卡作品中的希望与荒诞

卡夫卡的全部艺术都在于强迫读者去重读。其艺术的各种结局，或者各种结局的缺席，都暗示着解释，但这些解释并没有被明确地揭示出来；为了证明这些解释是有根据的，就必须从另一种角度重读那个故事。有时候，诠释具有一种双重可能性，这就表明阅读两遍是有必要的。这便是作者想要的 [效果]。但想要将卡夫卡作品的细节完全解读出来，这将是错误的。一个象征总是笼统的，不论其翻译是多么精准，一位艺术家只能将其生动归还给它：没有逐字逐句的翻译。此外，没有比领会一部象征作品更加困难的了。一个象征总是超越那位使用象征的人，并使他实际所说的比他有意表达的更多。在此方面，把握象征的最可靠方法是不要挑起它，不以先入为主的精神进入作品，以及不要探求其隐含的暗流。尤其是对于卡夫卡而言，适当的做法是：认同他的手法，从戏剧的表象切入戏剧，从小说的形式切入小说。

第一次浏览，以及对于一位超然的读者来说，它们 [作品]是令人不安的历险，里面有令人惶恐且固执的人物，他们琢磨那些他们永远搞不明白的难题。在《诉讼》中，约瑟夫·K被起诉了。[1]但他不知道因何被起诉。他无疑想为自己辩护，但他不懂缘由。律师觉得他的案子难办。其间，他没有忽略爱、吃喝或者阅读报纸。接着他被审判了。然而法庭非常昏暗。他不是很明白。他只是猜想他被判了，但至于判了什么，他几乎没有寻思。他有时也同样疑虑，而他继续生活。过了挺长时间，两位穿着考究和彬彬有礼的男士来找他，并请他跟他们走。他们用最有礼貌的方式带他到一处破落的郊区，把他的头按在一块石头上，然后割了他的喉咙。临死之前，这位被处决者只是说："像条狗一样。"

　　这个故事最明显的性质恰好就是自然性，可见，在这个故事当中是很难谈论象征的。然而自然性却是一个难以理解的范畴。有些作品，其中的事件对读者而言似乎是自然的。然而，另一些作品（确实比较罕见），其中的人物认为他身上发生的事情是自然的。通过一种奇特又明显的悖论，人物的历险越是不同寻常，故事的自然性就越明显：我们在如下两方面之间感受到的分歧是成正比的，一方面是一个人的生活的奇异性，另一方面是那个人用以接受这奇异的单纯性。这种自然性似乎就

1　译者注：《诉讼》（*Der Prozess*），又译作《审判》，是卡夫卡的一部长篇小说，写作于1914年至1915年，发表于1925年。小说的主人公约瑟夫·K（Josef K）莫名其妙地陷入一场官司中，却无从知晓自己的罪名。最终，约瑟夫·K在自己生日的前一天于黑夜中被带走，并被秘密处死。

是卡夫卡的自然性。确切地说，人们清楚感受到《诉讼》想要说的东西。人们曾经谈论过人类境遇的一种形象。毫无疑问。但是这更简单又更复杂。我的意思是，对于卡夫卡而言，这部小说的意义是更特殊和更个性化的。在某种程度上，他就是那位说话者，即便他是向我们忏悔。他活着而且被判决了。他在小说开头那几页就知道这点，他纠缠于这个世界，假如他试图对其进行补救，那便不足为奇了。他绝不会因为缺乏这种惊讶而十足惊讶。正是鉴于这些矛盾，这部荒诞作品的最初迹象才被辨识出来。精神将其精神悲剧投射到具体 [事件] 中。而且这只能借由一种永久的悖论来实现，这种悖论赋予那种表达虚空的能力以各种色彩，并赋予那转化永恒抱负的力量以日常姿态。

同样，《城堡》[1] 也许是一部行动的神学，但它首先是一个灵魂寻求其恩典的个人历险，是一个男人向这个世界万物追问它们至高秘密的个人历险，以及那些神迹在身的女人们的个人历险。至于《变形记》[2]，它则肯定体现着一种有关明晰性之伦理学的可怕形象。但这也是那种无比惊讶的产物，即人意识到他毫不费力就变成野兽时感到的无比惊讶。卡夫卡的秘密就在

1　译者注：《城堡》（*Das Schloß*）是卡夫卡写作于 1922 年 1 月至 9 月的一部长篇小说，在作者去世后由其友人代为整理出版。作品中的主人公 K 用尽心机，却徒劳无益，至死都没能进入城堡之中。

2　译者注：《变形记》（*Die Verwandlung*）是卡夫卡发表于 1915 年的一部中篇小说。作品讲述的是主人公一觉醒来，发现自己变成了一只巨大的甲壳虫，其后开始遭遇荒诞的悲剧故事。

Relativity lattice

M.C. Escher （1898-1972）

1953

《相对性》

莫里兹·柯尼利斯·爱舍尔

于这种基本的模糊性中。这些在自然与奇异、个体与普遍、悲剧与日常、荒诞与逻辑之间的永久摇摆，贯穿卡夫卡的全部作品，既使作品引起共鸣，又赋予作品意义。为了理解荒诞作品，必须列举的便是这些悖论，必须强化的就是这些矛盾。

事实上，一个象征意味着两个层面，即两个观念与感觉的世界，以及一部衔接这两个世界的词典。最难建立的就是这张词汇表了。然而，意识到这两个面面相觑的世界，就是将自己置于此二者秘密关系的道路中。在卡夫卡那里，这两个世界，一边是日常生活，另一边则是超自然的焦虑不安。[1] 我们在此似乎见证了一种对于尼采话语的无穷运用："伟大的难题在街道上。"[2]

在人类的境遇中，既有一种根本性的荒诞，又有一种难以改变的伟大，这就是所有文学的老生常谈。这两者交叠重合，仿佛是自然而然的。再重复一遍，这两者都出现在荒唐可笑的分离当中，即那种将我们灵魂的放纵与身体那易逝的欢乐分割开来的分离。荒诞就是那属于这副身体之灵魂却又无比超出灵魂的东西。谁想要表现这种荒诞性，就必须在一系列平行的对

---

1 请注意，人们可以以同样合理的方式，在一种社会批判的意义中解读卡夫卡的作品（譬如《诉讼》）。再者说来，这并无选择。两种解读都是好的。用荒诞的话来说，我们已经看到，对世人的反抗亦是针对上帝的：伟大的革命总是形而上的。

2 译者注：此处出自尼采的《瓦格纳事件：一个音乐家的问题》（*Der Fall Wagner: Ein Musikanten-Problem*），1888 年都灵通信部分的第 1 节。

立中去赋予它生命。正是如此，卡夫卡通过日常来表达悲剧，并通过逻辑来表达荒诞。

　　一位演员为一个悲剧人物注入的力量越大，他就越小心不要夸大它。假如他演得有分寸，他所引起的惊恐就会超出分寸。在此方面希腊悲剧是富有教益的。在一部悲剧作品中，命运总是以逻辑与自然的面孔让人们更好地感觉到 [它]。俄狄浦斯的命运是事先就被宣告了的。他被超自然地决定了，即他要犯下谋杀和乱伦。剧本的一切努力都是为了展示那逻辑体系，从演绎到演绎，耗尽主人公的不幸。仅仅向我们宣告这种不同寻常的命运，这并没有什么可怕的，因为这是不太可能发生的事情。然而，假如在日常生活、社会、国家、亲近情感的框架中向我们揭示它的必然性，那么可怕便油然而生了。在这场令人震撼并使他说出"那是不可能的"的反抗中，就已经有着令人绝望的确定性了，即确定"那"是可能的。

　　这正是希腊悲剧的整个秘密，或者至少是秘密的各方面之一。因为还有另一方面，即通过一种相反的方法，使我们能够更好地理解卡夫卡。人心有一种令人不安的倾向，只将那粉碎内心的东西称作命运。但是，类似地，幸福按照它的方式是无需理由的，因为幸福是不可避免的。然而，一旦现代人不忽视幸福，他便觉得这幸福是自己的功劳。相反，关于希腊悲剧的各种特权命运，关于那些在传奇故事中受到 [命运] 青睐的人，譬如尤利西斯[1]陷于最糟糕的历险中也从命运手中得救了，关于这些东西可以说的就多了。

　　总之，必须记住，正是这种秘密的共谋将逻辑与日常统一到悲剧当中。这便是为何萨姆沙[2]——《变形记》中的主人公——就是一位旅行推销员。这便是为何，在他变成一只害虫的奇异历险当中，唯一让他感到烦扰的事情，就是他的老板会对他的缺勤而不快。他长出了爪子和触角，他的脊柱拱起，他腹部布满白色斑点——我不会说这不并使他感到惊讶，那样会缺少了效果——但这给他造成一种"轻微的苦恼"。卡夫卡的全部艺术就在这种细腻变化中。在他的核心作品里，即《城堡》，正是日常生活的各种细节脱颖而出，然而在这部奇怪的小说中，没有任何结果，一切都周而复始，小说塑造的正是一个灵魂寻求其恩典的必要历险。这种将难题融入行为的转换，这种一般与特殊的巧合，可见于所有伟大创造者的小手法。在《诉讼》中，主人公可能被称作施密特或弗兰茨·卡夫卡。但他名叫约瑟夫·K，这不是卡夫卡，然而这就是卡夫卡。这是一位普通的欧洲人。他就像所有人一样。但他也是那个实体 K，那个将 x（未知项）写入这个有血有肉的方程式中的人。

1　译者注：尤利西斯（Ulysses），即希腊英雄奥德修斯（Odysseus），相传他曾经参加了特洛伊战争，之后辗转漂泊十年，经历各种磨难得以返回故乡以萨卡（Ithaca），并与儿子一起杀死了盘踞在家中的妻子的求婚者们，终与家人团聚。

2　译者注：萨姆沙（Gregor Samsa），《变形记》中变成虫子的主人公。

同样，假如卡夫卡想要表达荒诞，那他会运用连贯性。人们知道疯子在浴缸钓鱼的故事。一位持有精神病治疗观念的医生问他："它上钩了吗？"却得到了严厉的答复："当然不会，傻瓜，因为这是一只浴缸嘛。"这个故事属于古怪一类。但人们从中明显看出，荒诞效果与一种逻辑过剩之间的联系是多么的紧密。卡夫卡的世界，实际上是一种难以名状的世界，在那里，人在浴缸里钓鱼，给自己带来大量折磨，明明知道毫无结果。

因此，我在这里辨识出一部以荒诞为原则的作品。譬如，就《诉讼》而言，我便可以说它是完全成功的。肉体胜利了。什么都不缺，既不缺没有表达出来的反抗（然而正是反抗在写作），也不缺明晰而缄默的绝望（然而所创造的正是绝望），亦不缺那种非凡风度的自由，即小说的人物至死都在诠释的风度。

然而这个世界并非如它所显示的那样封闭。卡夫卡进入这片毫无发展的宇宙中，他用一种奇特的形式引入希望。在此层面，《诉讼》和《城堡》并没有走向同一个方向。它们相互补充。从一篇[《诉讼》]到另一篇[《城堡》]存在着难以察觉的进展，这种进展象征着在逃避领域中的一种极大征服。《诉讼》提出了一个难题，而《城堡》则在某种程度上解决了这个难题。前者按照一种准科学的方法进行描述，并且不作结论。后者则在某种程度上进行解释。《诉讼》进行诊断，而《城堡》则想象一种治疗方法。但这里提出的药方治不了病。它只会将疾病带入日常生活。它帮助人们接受疾病。在某种意义上（让我们想想克尔凯郭尔），药方使人们珍爱疾病。土地测量员 K 除了想着那个折磨他的忧虑，想象不出另一种忧虑。他四周那些人被这种空虚与无名的痛苦所吸引，好像此处的苦难获得了一种优先独特的面孔。"我多么需要你，"弗丽达对 K 说，"……自从我认识你以来，每当你不在我身边，我就感到自己被遗弃了。"[1] 这种微妙的药方，使我们爱上那粉碎我们的东西，并使得希望在一个没有出路的世界中诞生出来，这种突如其来的"飞跃"使一切发生改变，这 [飞跃] 便是存在主义革命的秘密，以及《城堡》自身的秘密。

很少有作品在故事发展方面能够比《城堡》更严密。K 被任命为城堡的测量员，他来到了村里。但从村庄到城堡，是无法通行的。在数百页篇幅中，K 顽固地找寻他的道路，采取所有措施，诡计花招，转弯抹角，从不愤怒，还带着一种令人困惑的信念，他想去担任那委任给他的职务。每一章都是一次失败，也是一次新的开始。这并非出自逻辑，而是追索的精神。这种顽固的程度造就了作品的悲情。当 K 给城堡打电话时，他察觉

1　译者注：弗丽达（Frieda）是《城堡》中的人物之一。她曾是克拉姆（Herrenhof）的情妇，后被 K 勾引，最后却与 K 的助手私奔而离开了 K。

到含混嘈杂的声音，模糊的笑声，遥远的呼唤。这足以维系他的希望，就像这些出现在夏日天空中的寥寥迹象，或者那些构成我们生活理由的黄昏之约。人们在此找到了卡夫卡特有的忧伤秘密。事实上，同样的忧伤在普鲁斯特的作品或在普罗提诺式的风景中也能感觉得到：对逝去天堂的乡愁之情。"我变得十分忧郁，"奥尔嘉[1]说，"当巴纳巴斯[2]早上跟我说他要去城堡的时候：那或许是没用的路程，那或许要白费一天，那或许是一场空的希望。"或许，卡夫卡将全部作品都压在了这种细腻变化上。然而什么都没作出来，对永恒的追寻在作品中是谨小慎微的。这些有灵感的机器人，即卡夫卡的人物们，给我们提供的形象正是我们自己的写照，就像我们被剥夺了消遣[3]，蒙受神明的彻底侮辱。

　　在《城堡》中，这种对于日常的顺从成了一种道德。K最大的希望就是城堡接纳他。既然无法独自达到这点，那么他的全部努力便是，通过成为村庄里的一名居民，通过抛掉那种所有人都让他感到他是局外人的异类品质，从而获得这种恩典。

1　译者注：奥尔嘉（Olga）是《城堡》中信使巴纳巴斯的姐姐，她帮助K完成任务，并教他一些乡村习俗。

2　译者注：巴纳巴斯（Barnabé）是《城堡》中K的信使。

3　在《城堡》中，帕斯卡尔意义上的"消遣"，几乎是通过那些助手们表现出来的，他们"转移"（détournent）K的烦恼。弗丽达之所以最终成为其中一名助手的情妇，便是因为她偏爱假象多过真实，喜爱日常生活胜过与人分担的忧虑。

他想要的，是一份职业，一个家庭，一种正常和健康的人生。他再也忍受不了他的疯癫了。他想要成为合理的。他想要摆脱使他成为村庄局外人的怪异诅咒。在此方面，弗丽达的插曲是意味深长的。这个女人曾认识一名城堡官员，K 之所以将她当作情妇，乃是由于她的过去。他从她身上汲取了某些超越他的东西，同时他也意识到她身上那些永远配不上城堡的东西。人们在此想起，克尔凯郭尔对雷吉娜·奥尔森的奇异爱情。[1] 在某些人身上，永恒之火吞噬他们，强烈到足以烧焦身边之人的心。致命的错误就在于，将不属于上帝的也归于上帝，这也是《城堡》这一段插曲的主题。然而对于卡夫卡来说，这似乎并不是一个错误。这是一种教义与一种"飞跃"。没有什么是不属于上帝的。

更加意味深长的是这个事实：土地测量员跟弗丽达分手，以便去追求巴纳巴斯姐妹。因为巴纳巴斯家族是村里唯一既被城堡也被村庄完全遗弃的家族。妹妹阿玛莉娅拒绝了其中一名城堡官员向她提出的无耻提议。[2] 随之而来的不道德的诅咒，使她永远被上帝之爱所排斥。无法为上帝丢失她的荣耀，就不配上帝的恩典。人们辨认出一道为存在主义哲学所熟悉的主题：

---

1 译者注：雷吉娜·奥尔森（Régine Olsen），即出生于丹麦奥尔森的雷吉娜·施勒格尔（Regine Schlegel, 1822—1904），她曾于 1840 年 9 月至 1841 年 10 月与克尔凯郭尔订婚，并对后者的思想产生了重要影响。

2 译者注：阿玛莉娅（Amalia）是巴纳巴斯家中最小的妹妹，在严厉拒绝了城堡官员的求欢之后，遭到了村里人的侮辱。

真理对立于道德。在这里，事情就走得远了。因为卡夫卡的主人公所完成的道路，那条从弗丽达到巴纳巴斯姐妹的道路，正是那条从充满信心的爱到荒诞神圣化的道路。在这里，卡夫卡的思想再次与克尔凯郭尔重聚了。"巴纳巴斯的故事"放在全书结尾处便不足为奇了。土地测量员的最终尝试，就是通过否认上帝的东西来重新找回上帝，并非依据我们关于善与美的范畴，而是从上帝的漠然无差、不公与憎恨所呈现的虚空与可怖的面孔后面来认出上帝。这位要求城堡接纳他的异乡人，在其旅程最后却被流放得更远了，因为他这一次不忠诚于他自己，摒弃道德、逻辑与精神真相，以便仅凭他那满腔无理智的希望，试图进入神圣恩典的荒漠。[1]

希望一词在此并不荒谬。相反，卡夫卡所报道的境遇越具有悲剧性，这种希望就变得越发强硬和撩人。《诉讼》越是真正荒诞，《城堡》激昂的"飞跃"就越显得动人心弦和不合情理。但是，我们在此再次发现处于纯粹状态中的存在主义思想的悖论，正如克尔凯郭尔所表达的那般："一个人必须完全粉碎尘世的希望，

---

1 这显然只适用于卡夫卡为我们留下的未完成的《城堡》版本。然而，作者是否会在最后几章中打破小说的风格统一性，便不得而知了。

唯有如此，才能用真正的希望进行自我拯救。"[1] 而这可以翻译为："一个人必须先写下《诉讼》，以便着手写《城堡》。"

大多数谈到过卡夫卡的人，实际上都将他的作品定义为一种绝望的呐喊，即为人类一无所依而呐喊。但此话需要修正。那里有着一个又一个的希望。在我看来，亨利·波尔多[2] 先生的乐观作品就非常令人沮丧。这是因为这些作品完全摈除了那些心里有些困难的人。相反，马尔罗的思想总是令人振奋的。但在这两种情况下，涉及的并非同样的希望或绝望。我只看到，荒诞作品本身会导致我想要避免的不忠诚。这部作品只是对贫瘠境遇的无效重复，对易逝事物的敏锐讴歌，它在此便成为种种幻象的摇篮。它作出解释，为希望披上一种形式。创造者就再也不能与之分离了。它不是它想要成为的那种悲情游戏。它赋予作者的生命以某种意义。

无论如何，令人称奇的是，那些灵感相关的作品终究导致这种对于希望的无垠呐喊，譬如卡夫卡、克尔凯郭尔或者舍斯托夫的作品，简单说来，就是那些存在主义小说家和哲学家的完全指向荒诞及其后果的作品。

他们拥抱那吞噬他们的上帝。通过卑躬屈节，希望溜了进

---

1 内心纯洁。

2 译者注：亨利·波尔多（Henry Bordeaux，1870—1963），法国作家、律师，他的作品大多抱有当时传统天主教社区的价值观，并常常讨论对家庭、国家与宗教的忠诚主题，譬如《生活的恐惧》（*La Peur de Vivre*）与《罗奎维拉尔一家》（*Les Roquevillard*）等。

来。因为这位存在者的荒诞向他们保证更多一点的超自然现实。假如这条生命的道路通向上帝，那么便有了一种出路。而克尔凯郭尔、舍斯托夫和卡夫卡的主人公用以重蹈他们旅程的执着与顽固，乃是这种振奋人心的确信力的奇异保证。[1]

卡夫卡不承认其神祇的伟大道德、自明、仁慈、一致性，但这是为了更好地投身于他的怀抱。荒诞被承认，被接受，人皈依其中，从这一刻起，我们便知道，荒诞不再是荒诞的了。在人类境遇的边界之内，还有什么希望比能逃离这种境遇的希望更伟大呢？我又一次看到，存在主义思想在这方面（对立于通常的意见）沉浸在一种无尽希望中，正是这种希望自身，与早期基督教和救世福音一起，曾经掀翻了古代世界。然而，在这种刻画出一切存在思想之特征的飞跃中，在这种执着中，在这种对不露面的神灵的估量中，怎么会看不到一种摒弃自我的明晰性的标记呢？人们非要说这是一种为了自救而摒弃的傲慢。这种放弃将是富有成效的。但这种 [放弃] 并不改变那种 [无果]。在我眼中，将明晰性说成像所有傲慢一样无果，这并不会降低明晰性的道德价值。因为一种真实，根据其自身定义，亦是无果的。所有自明之事都是如此。在一个一切都是给定的而且没有什么东西得到解释的世界里，一种价值的丰饶多产或一种形

1　《城堡》唯一不抱希望（sans espoir）的人物是阿玛莉娅。土地调查员最为强烈反对的就是她。

而上学的丰饶多产乃是一种空无意义的观念。

无论如何，在此可以看出卡夫卡作品是在哪种思想传统当中发生的。事实上，如果认为从《诉讼》到《城堡》是严格的发展过程，这种看法又是不明智的。约瑟夫·K 和土地测量员K 只不过是吸引着卡夫卡的两极。[1] 我用他的话来说就是，他的作品或许不是荒诞的。但这并不妨碍我们看到它 [作品] 的伟大与它的普遍性。这种伟大与普遍性来自：他懂得以如此的广度用形象表现日常生活，即从希望到痛苦，从绝望明智到自愿盲从。他的作品是具有普遍性的（一部真正荒诞的作品并不是普遍的），因为它描述了那逃避人性之人的动人面貌，这个人从其矛盾中得出信仰的理由，从其丰硕的绝望中得出希望的理由，并将生活称为其可怕的死亡见习。他的作品是普遍性的，因为其灵感是宗教性的。就像在所有宗教中那样，人在其中释放了自己生活的重负。但是，假如我清楚这一点，假如我也能够欣赏它，我也知道所寻求的并不是普遍性的东西，而是真实的东西。两者可能并不会吻合。

上述看法将会得到更好理解，假如我说真正绝望的思想恰好是由相反的标准来确定的，假如我说悲剧性的作品可能是那

1　关于卡夫卡思想的这两个方面，请比较《在流判地》（*Au Bagne*）与《城堡》中"莫墨斯的报告"（rapport de Momus）的一个片段。前者为："罪（理解为人之罪）从来是无可怀疑的。" [La culpabilité（entendez de l'homme）n'est jamais douteuse.）后者为："土地测量员 K 的罪是难以确立的。"（La culpabilité de l'arpenteur K. est difficile à établir.]

种作品，即在一切未来希望都被驱逐了的情况下描述对一位快活之人的生活。生命越是令人振奋，失去生命的想法便越是荒诞。这也许是人们在尼采作品中感受到的那种华美之荒芜的秘密所在。在这种观念的范畴中，尼采似乎是唯一从一种大写的荒诞美学中得出各种极端后果的艺术家，因为他的终极使命就栖身于一种并无果却具征服性的明晰性，以及一种对所有超自然慰藉的顽固否定中。

上述内容足以显示出，卡夫卡作品在本书框架中的头等重要性。在这里，我们被运带到人类思想的边界。在这个词 [边界] 的充分意义上，可以说这部作品中的一切都是本质性的。无论如何，作品将荒诞的难题全盘托出了。假如想要将这些结论与我们最初的评注相对照，将内容与形式相对照，将《城堡》的隐秘意义与它得以涌出的自然艺术相对照，将 K 充满激情并且桀骜不驯的寻觅与这种寻觅所涉足的日常布景相对照，人们便会懂得其 [《城堡》] 伟大可能是什么了。因为，假如说乡愁是人类的标志，那么或许还没有谁曾赋予这些遗憾的幽灵这种肉身与鲜明 [形象]。但同时人们也会意识到，荒诞作品所要求的是怎样奇异的伟大，而这种伟大或许在此处是找不到的。假如艺术的本义就是寓普遍于特殊，寓一滴水珠之易逝的永恒性于水珠烁烁光芒的游戏，那么依据荒诞作家介绍这两个世界的距离的能力来评估他的伟大便更加真实。他的秘密就在于，他能够在这两个世界最大的

Italienische Landschaft Mit Don Quichotte

Joseph Anton Koch（1768-1839）

c.1800

《有堂吉诃德的意大利风景》

约瑟夫·安东·科赫

不协调中找到两者相互汇合的准确切点。

说实话,这种人与非人的几何学切点,纯洁的心灵能够在任何地方都看到它。假如浮士德和堂吉诃德是杰出的艺术创造,那便是由于他们以其世间的双手向我们展示那种无量的伟大。然而,这个时刻总是在精神否定这些触手可及的真相时才会到来。这个时刻在创造不再被视为悲剧的时候便到来了:创造仅仅是被严肃对待了。于是人便开始关心希望了。但这又与他无关。他要做的乃是离开遁词。然而,这正是我在卡夫卡向整个世界提起猛烈诉讼的末尾处所找到的东西。最终,卡夫卡不可思议的判决,宣告这个令人厌恶、令人发指、连鼹鼠都想要希望的世界无罪。[1]

---

1 以上所提出的显然是对卡夫卡作品的一种解释。但要补充一句才公平,即不论作出何种解释,都不会妨碍从纯粹审美的角度对作品进行考量。譬如,格勒图森(B. Grœthuysen)在他为《诉讼》所作的非凡序言中,他比我们更加睿智地限制自己,仅仅去追求那些痛苦的想象,即被他以一种惊人方式称为"一位醒着的睡眠者"的痛苦想象。正是这部作品的命运或者伟大,提出了一切,却什么也不确认。(译者注:格勒图森(Bernard Grœthuysen, 1880—1946),法国作家、历史学家、哲学家,曾于两次世界大战期间在法国出版了卡夫卡和荷尔德林的作品。)

译后记

加缪（1913—1960）是 20 世纪中期西方世界最负盛名的思想家与作家之一，其主要作品包括《局外人》《鼠疫》和《堕落》这三部小说，以及《西西弗神话》和《反抗者》这两部哲学随笔。1957 年，加缪获得诺贝尔文学奖。1960 年，年仅 46 岁的加缪与出版社友人米歇尔·伽利玛在一场车祸中逝世。加缪的作品曾是战后欧洲青年人的必读书目，对存在主义思想的发展产生了重要影响。

在此之前，西方社会曾普遍相信一个真理，即人生是有意义的，并且这种生命的概念乃是被提前给予的。然而，从克尔凯郭尔至尼采、胡塞尔、海德格尔，再至萨特，加缪却沿着一系列现代思想家的反思道路，对人生并无预定意义的存在主义命题作出了独特论述。在加缪看来，我们并非由某种超人类的神祇设立于这个世界，所有人都生活在一种弥漫四处的荒诞中，既无法相信有人生的特定命运，也无法证实有来世的灵魂解脱，人类日复一日在有限生命中走向死亡，就像是西西弗永远滚动着的巨石，一次又一次落回山下。然而即便如此，加缪仍要求我们诚实面对个体存在的荒诞，以自身卓越的激情与智慧，对抗寻求安逸的谎言与虚妄，在负重的路途上活出人生的选择，在此岸中成就生命的问心无愧，"必须想象西西弗是幸福的。"

每个人心里都住着一份荒诞，但真正的勇士敢于直面惨淡的人生。优先独特，漠然无差，活得最多，不仅是一种精神态度，更是一种生活。阅读加缪的严肃思考，透过他的游戏人生，看见自身之中推着巨石不断前行的西西弗。在毫无希望中寻找希望，像创造艺术品一样创造自己。

本书直接依据法文原本（Albert Camus, *Le Mythe de Sisphe：Essai sur l'Absurde*, Gallimard, 2018）译出，并参考了相关英译本（Albert Camus, *The Myth Of Sisyphus And Other Essays*, Translated by Justin O'Brien, New York：Alfred A. Knopf, 1955）和中译本（[法]阿尔贝·加缪，《西西弗神话》，杜小真译，北京：商务印书馆，2017；[法]阿尔贝·加缪，《西西弗神话》，沈志明译，上海：上海译文出版社，2010）。已有中译本有开启山林之功，只是囿于时代、语言和研究等不利因素，仍然存在诸多错译、漏译和误译之处。本译本几经易稿，凡遇不同之处则反复推敲，力求做到"信达雅"，以飨读者；本书是加缪的随笔集，具有很大的随意性，因此本书也无法做到尽善尽美，还望方家指正。

　　至此，我要感谢本书的校者何祥迪博士，只有对加缪和存在主义思想的热爱，才有那些直至午夜的激烈讨论，共同锤炼出这一版译本，也锤炼出一段新的友谊。此外，我还要特别感谢邹炆璟博士的友爱支持，郑朗博士的热诚交流，Anthony Bonin 的悉心指教，以及 Emanuele Bini 的细致关怀。感谢许多于此期间为我付出的人，从夏至冬，译成一本小书，将一生中的一段时光埋进去，作为纪念。

佛罗伦萨

2018.11.11

ALBERT CAMUS

LE MYTHE DE SISYPHE

ESSAI SUR L'ABSURDE

(1942)

A
PASCAL PIA

« O mon âme, n'aspire pas à la vie immortelle, mais épuise le champ du possible. »

Pindare—3ᵉ *Pythique.*

Les pages qui suivent traitent d'une sensibilité absurde qu'on peut trouver éparse dans le siècle—et non d'une philosophie absurde que notre temps, à proprement parler, n'a pas connue. Il est donc d'une honnêteté élémentaire de marquer, pour commencer, ce qu'elles doivent à certains esprits contemporains. Mon intention est si peu de le cacher qu'on les verra cités et commentés tout au long de l'ouvrage.

Mais il est utile de noter, en même temps, que l'absurde, pris jusqu'ici comme conclusion, est considéré dans cet essai comme un point de départ. En ce sens, on peut dire qu'il y a du provisoire dans mon commentaire : on ne saurait préjuger de la position qu'il engage. On trouvera seulement ici la description, à l'état pur, d'un mal de l'esprit. Aucune métaphysique, aucune croyance n'y sont mêlées pour le moment. Ce sont les limites et le seul parti pris de ce livre. Quelques expériences personnelles me poussent à le préciser.

UN RAISONNEMENT

ABSURDE

L' ABSURDE ET LE SUICIDE

Il n'y a qu'un problème philosophique vraiment sérieux : c'est le suicide. Juger que la vie vaut ou ne vaut pas la peine d'être vécue, c'est répondre à la question fondamentale de la philosophie. Le reste, si le monde a trois dimensions, si l'esprit a neuf ou douze catégories, vient ensuite. Ce sont des jeux : il faut d'abord répondre. Et s'il est vrai, comme le veut Nietzsche, qu'un philosophe, pour être estimable, doit prêcher d'exemple, on saisit l'importance de cette réponse puisqu'elle va précéder le geste définitif. Ce sont là des évidences sensibles au cœur, mais qu'il faut approfondir pour les rendre claires à l'esprit.

Si je me demande à quoi juger que telle question est plus pressante que telle autre, je réponds que c'est aux actions qu'elle engage. Je n'ai jamais vu personne mourir pour l'argument ontologique. Galilée, qui tenait une vérité scientifique d'importance, l'abjura le plus aisément du monde dès qu'elle mit sa vie en péril. Dans un certain sens, il fit bien[1]. Cette vérité ne valait pas le bûcher. Qui de la terre ou du soleil tourne autour de l'autre, cela est profondément indifférent. Pour tout dire, c'est

---

[1] Du point de vue de la valeur relative de la vérité. Au conlraire, du point de vue de la conduite virile, ta fragilité de ce savant peut prêter á sourire.

une question futile. En revanche, je vois que beaucoup de gens meurent parce qu'ils estiment que la vie ne vaut pas la peine d'être vécue. J'en vois d'autres qui se font paradoxalement tuer pour les idées ou les illusions qui leur donnent une raison de vivre (ce, qu'on appelle une raison de vivre est en même temps une excellente raison de mourir). Je juge donc que le sens de la vie est la plus pressante des questions. Comment y répondre ? Sur tous les problèmes essentiels, j'entends par là ceux qui risquent de faire mourir ou ceux qui décuplent la passion de vivre, il n'y a probablement que deux méthodes de pensée, celle de La Palisse et celle de Don Quichotte. C'est l'équilibre de l'évidence et du lyrisme qui peut seul nous permettre d'accéder en même temps à l'émotion et à la clarté. Dans un sujet à la fois si humble et si chargé de pathétique, la dialectique savante et classique doit donc céder la place, on le conçoit, à une attitude d'esprit plus modeste qui procède à la fois du bon sens et de la sympathie.

On n'a jamais traité du suicide que comme d'un phénomène social. Au contraire, il est question ici, pour commencer, du rapport entre la pensée individuelle et le suicide. Un geste comme celui-ci se prépare dans le silence du cœur au même titre qu'une grande œuvre. L'homme lui-même l'ignore. Un soir, il tire ou il plonge. D'un gérant d'immeubles qui s'était tué, on me disait un jour qu'il avait perdu sa fille depuis cinq ans, qu'il avait beaucoup changé depuis et que cette histoire « l'avait miné ». On ne peut souhaiter de mot plus exact. Commencer à penser, c'est commencer d'être miné. La société n'a pas grand-chose à voir dans ces débuts. Le ver se trouve au cœur de l'homme. C'est là qu'il faut le chercher. Ce jeu mortel qui mène de la lucidité en face de l'existence à l'évasion hors de la lumière, il faut le suivre et le comprendre.

Il y a beaucoup de causes à un suicide et d'une façon générale les plus apparentes n'ont pas été les plus efficaces. On se suicide rarement (l'hypothèse cependant n'est pas exclue) par réflexion. Ce qui déclenche la crise est presque toujours incontrôlable. Les journaux parlent souvent de « chagrins intimes » ou de « maladie incurable ». Ces explications sont valables. Mais il faudrait savoir si le jour même un ami du désespéré ne lui a pas parlé sur un ton indifférent. Celui-là est le coupable. Car cela peut suffire à précipiter toutes les rancœurs et toutes les lassitudes encore en suspension [1].

Mais, s'il est difficile de fixer l'instant précis, la démarche subtile où l'esprit a parié pour la mort, il est plus aisé de tirer du geste lui-même les conséquences qu'il suppose. Se tuer, dans un sens, et comme au mélodrame, c'est avouer. C'est avouer qu'on est dépassé par la vie ou qu'on ne la comprend pas. N'allons pas trop loin cependant dans ces analogies et revenons aux mots courants. C'est seulement avouer que cela « ne vaut pas la peine ». Vivre, naturellement, n'est jamais facile. On continue à faire les gestes que l'existence commande, pour beaucoup de raisons dont la première est l'habitude. Mourir volontairement suppose qu'on a reconnu, même instinctivement, le

---

[1] Ne manquons pas l'occasion de marquer le caractère relatif de cet essai. Le suicide peut en effet se rattacher à des considérations beaucoup plus honorables. Exemple : les suicides politiques dits de protestation, dans la révolution chinoise.

caractère dérisoire de cette habitude, l'absence de toute raison profonde de vivre, le caractère insensé de cette agitation quotidienne et l'inutilité de la souffrance.

Quel est donc cet incalculable sentiment qui prive l'esprit du sommeil nécessaire à sa vie ? Un monde qu'on peut expliquer même avec de mauvaises raisons est un monde familier. Mais au contraire, dans un univers soudain privé d'illusions et de lumières, l'homme se sent un étranger. Cet exil est sans recours puisqu'il est privé des souvenirs d'une patrie perdue ou de l'espoir d'une terre promise. Ce divorce entre l'homme et sa vie, l'acteur et son décor, c'est proprement le sentiment de l'absurdité. Tous les hommes sains ayant songé à leur propre suicide, on pourra reconnaître, sans plus d'explications, qu'il y a un lien direct entre ce sentiment et l'aspiration vers le néant.

Le sujet de cet essai c'est précisément ce rapport entre l'absurde et le suicide, la mesure exacte dans laquelle le suicide est une solution à l'absurde. On peut poser en principe que pour un homme qui ne triche pas, ce qu'il croit vrai doit régler son action. La croyance dans l'absurdité de l'existence doit donc commander sa conduite. C'est une curiosité légitime de se demander, clairement et sans faux pathétique, si une conclusion de cet ordre exige que l'on quitte au plus vite une condition incompréhensible. Je parle ici, bien entendu, des hommes disposés à se mettre d'accord avec eux-mêmes.

Posé en termes clairs, ce problème peut paraître à la fois simple et insoluble. Mais on suppose à tort que des questions simples entraînent des réponses qui ne le sont pas moins et que l'évidence implique l'évidence. A priori, et en inversant les termes du problème, de même qu'on se tue ou qu'on ne se tue pas, il semble qu'il n'y ait que deux solutions philosophiques , celle du oui et celle du non. Ce serait trop beau. Mais il faut faire la part de ceux qui, sans conclure, interrogent toujours. Ici, j'ironise à peine : il s'agit de la majorité. Je vois également que ceux qui répondent non agissent comme s'ils pensaient oui. De fait, si j'accepte le critérium nietzschéen, ils pensent oui d'une façon ou de l'autre. Au contraire, ceux qui se suicident, il arrive souvent qu'ils étaient assurés du sens de la vie. Ces contradictions sont constantes. On peut même dire qu'elles n'ont jamais été aussi vives que sur ce point où la logique au contraire paraît si désirable. C'est un lieu commun de comparer les théories philosophiques et la conduite de ceux qui les professent. Mais il faut bien dire que pour les penseurs qui refusèrent un sens à la vie, aucun, sauf Kirilov qui appartient à la littérature, Peregrinos qui naît de la légende [1] et Jules Lequier qui relève de l'hypothèse, n'accorda sa logique jusqu'à refuser cette vie. On cite souvent, pour en rire, Schopenhauer qui faisait l'éloge du suicide devant une table bien garnie. Il n'y a point là matière à plaisanterie. Cette façon de ne pas prendre le tragique au sérieux n'est pas si grave, mais elle finit par juger son homme.

Devant ces contradictions et ces obscurités, faut-il donc croire

---

1 J'ai entendu parler d'un émule de Peregrinos, écrivain de l'après-guerre, qui après avoir terminé son premier livre se suicida pour attirer l'attention sur son œuvre. L'attention en effet fut attirée mais le livre jugé mauvais.

qu'il n'y a aucun rapport entre l'opinion qu'on peut avoir sur la vie et le geste qu'on fait pour la quitter ? N'exagérons rien dans ce sens. Dans l'attachement d'un homme à sa vie, il y a quelque chose de plus fort que toutes les misères du monde. Le jugement du corps vaut bien celui de l'esprit et le corps recule devant l'anéantissement. Nous prenons l'habitude de vivre avant d'acquérir celle de penser. Dans cette course qui nous précipite tous les jours un peu plus vers la mort, le corps garde cette avance irréparable. Enfin, l'essentiel de cette contradiction réside dans ce que j'appellerai l'élision parce qu'elle est à la fois moins et plus que le divertissement au sens pascalien. Eluder, voilà le jeu constant. L'élision type, l'élision mortelle qui fait le troisième thème de cet essai, c'est l'espoir. Espoir d'une autre vie qu'il faut « mériter », ou tricherie de ceux qui vivent non pour la vie elle-même, mais pour quelque grande idée qui la dépasse, la sublime, lui donne un sens et la trahit.

Tout contribue ainsi à brouiller les cartes. Ce n'est pas en vain qu'on a jusqu'ici joué sur les mots et feint de croire que refuser un sens à la vie conduit forcément à déclarer qu'elle ne vaut pas la peine d'être vécue, En vérité, il n'y a aucune mesure forcée entre ces deux jugements. Il faut seulement refuser de se laisser égarer par les confusions, les divorces et les inconséquences jusqu'ici signalées. Il faut tout écarter et aller droit au vrai problème. On se tue parce que la vie ne vaut pas la peine d'être vécue, voilà une vérité sans doute— inféconde cependant parce qu'elle est truisme. Mais est-ce que cette insulte à l'existence, ce démenti où on la plonge vient de ce qu'elle n'a point de sens ? Est-ce que son absurdité exige qu'on lui échappe, par l'espoir ou le suicide, voilà ce qu'il faut mettre à jour, poursuivre et illustrer en écartant tout le reste. L'Absurde commande-t-il la mort, il faut donner à ce problème le pas sur les autres, en dehors de toutes les méthodes de pensée et des jeux de l'esprit désintéressé. Les nuances, les contradictions, la psychologie qu'un esprit « objectif » sait toujours introduire dans tous les problèmes, n'ont pas leur place dans cette recherche et cette passion. Il y faut seulement une pensée injuste, c'est-à-dire logique. Cela n'est pas facile. Il est toujours aisé d'être logique. Il est presque impossible d'être logique jusqu'au bout. Les hommes qui meurent de leurs propres mains suivent ainsi jusqu'à sa fin la pente de leur sentiment. La réflexion sur le suicide me donne alors l'occasion de poser le seul problème qui m'intéresse : y a-t-il une logique jusqu'à la mort ? Je ne puis le savoir qu'en poursuivant sans passion désordonnée, dans la seule lumière de l'évidence, le raisonnement dont j'indique ici l'origine. C'est ce que j'appelle un raisonnement absurde. Beaucoup l'ont commencé. Je ne sais pas encore s'ils s'y sont tenus.

Lorsque Karl Jaspers, révélant l'impossibilité de constituer le monde en unité, s'écrie : « Cette limitation me conduit à moi-même, là où je ne me retire plus derrière un point de vue objectif que je ne fais que représenter, là où ni moi-même ni l'existence d'autrui ne peut plus devenir objet pour moi », il évoque après bien d'autres ces lieux déserts et sans eaux où la pensée arrive à ses confins. Après bien d'autres, oui sans doute, mais combien pressés d'en sortir ! A ce dernier tournant où la pensée vacille, bien des hommes sont arrivés et parmi les plus humbles. Ceux-là abdiquaient alors ce qu'ils avaient de plus cher qui était leur vie. D'autres, princes parmi l'esprit, ont abdiqué aussi, mais c'est au suicide de leur pensée, dans sa révolte la plus pure, qu'ils ont procédé. Le véritable effort est de s'y tenir au contraire, autant que cela est possible et d'examiner de près la végétation baroque de ces contrées éloignées. La ténacité et la clairvoyance sont des spectateurs privilégiés pour ce jeu inhumain où l'absurde, l'espoir et la mort échangent leurs répliques. Cette danse à la fois élémentaire et subtile, l'esprit peut alors en analyser les figures avant de les illustrer et de les revivre lui-même.

LES MURS ABSURDES

Comme les grandes œuvres, les sentiments profonds signifient toujours plus qu'ils n'ont conscience de le dire. La constance d'un mouvement ou d'une répulsion dans une âme se retrouve dans des habitudes de faire ou de penser, se poursuit dans des conséquences que l'âme elle-même ignore. Les grands sentiments promènent avec eux leur univers, splendide ou misérable. Ils éclairent de leur passion un monde exclusif où ils retrouvent leur climat. Il y a un univers de la jalousie, de l'ambition, de l'égoïsme ou de la générosité. Un univers, c'est-à-dire une métaphysique et une attitude d'esprit. Ce qui est vrai de sentiments déjà spécialisés le sera plus encore pour des émotions à leur base aussi indéterminées à la fois aussi confuses et aussi « certaines », aussi lointaines et aussi « présentes » que celles que nous donne le beau ou que suscite, l'absurde.

Le sentiment de l'absurdité au détour de n'importe quelle rue peut frapper à la face de n'importe quel homme. Tel quel, dans sa nudité désolante, dans sa lumière sans rayonnement, il est insaisissable. Mais cette difficulté même mérite réflexion. Il est probablement vrai qu'un homme nous demeure à jamais inconnu et qu'il y a toujours en lui quelque chose d'irréductible qui nous échappe. Mais *pratiquement*, je connais les hommes et je les reconnais à leur conduite, à l'ensemble de leurs actes, aux conséquences que leur passage suscite dans la vie. De même tous ces sentiments irrationnels sur lesquels l'analyse ne saurait avoir de prise, je puis *pratiquement* les définir, *pratiquement* les apprécier, à réunir la somme de leurs conséquences dans l'ordre de l'intelligence, à saisir et à noter tous leurs visages, à retracer leur univers. Il est certain qu'apparemment, pour avoir vu cent fois le même acteur, je ne l'en connaîtrai personnellement pas mieux. Pourtant si je fais la somme des héros qu'il a incarnés et si je dis que je le connais un peu plus au centième personnage recensé, on sent qu'il y aura là une part de vérité. Car ce paradoxe apparent est aussi un apologue. Il a une moralité. Elle enseigne qu'un homme se définit aussi bien par ses comédies que par ses élans sincères. Il en est ainsi, un ton plus bas, des sentiments, inaccessibles dans le cœur, mais partiellement trahis par les actes qu'ils sous-entendent et les attitudes d'esprit qu'ils supposent. On sent bien qu'ainsi je définis une méthode. Mais on sent aussi que cette méthode est d'analyse et non de connaissance. Car les méthodes impliquent des métaphysiques, elles trahissent à leur insu les conclusions qu'elles prétendent parfois ne pas encore connaître. Ainsi les dernières pages d'un livre sont déjà dans les premières. Ce nœud est inévitable. La méthode définie ici confesse le sentiment que toute vraie connaissance, est impossible. Seules les apparences peuvent se dénombrer et le climat se faire sentir.

Cet insaisissable sentiment de l'absurdité, peut-être alors pourrons-nous l'atteindre dans les mondes différents mais fraternels, de l'intelligence, de l'art de vivre ou de l'art tout court. Le climat de l'absurdité est au commencement. La fin, c'est l'univers absurde et cette attitude d'esprit qui éclaire le monde sous un jour qui lui est propre, pour en faire resplendir le visage privilégié et implacable qu'elle sait lui reconnaître.

*

Toutes les grandes actions et toutes les grandes pensées ont un commencement dérisoire. Les grandes œuvres naissent souvent au détour d'une rue ou dans le tambour d'un restaurant. Ainsi de l'absurdité. Le monde absurde plus qu'un autre tire sa noblesse de cette naissance misérable. Dans certaines situations répondre : « rien » à une question sur la nature de ses pensées peut être une feinte chez un homme. Les êtres aimés le savent bien. Mais si cette réponse est sincère, si elle figure ce singulier état d'âme où le vide devient éloquent, où la chaîne des gestes quotidiens est rompue, où le cœur cherche en vain le maillon qui la renoue, elle est alors comme le premier signe de l'absurdité.

Il arrive que les décors s'écroulent. Lever, tramway, quatre heures de bureau ou d'usine, repas, tramway, quatre heures de travail, repas, sommeil et lundi mardi mercredi jeudi vendredi et samedi sur le même rythme, cette route se suit aisément la plupart du temps. Un jour seulement, le « pourquoi » s'élève et tout commence dans cette lassitude teintée d'étonnement. « Commence », ceci est important. La lassitude est à la fin des actes d'une vie machinale, mais elle inaugure en même temps le mouvement de la conscience. Elle l'éveille et elle provoque la suite. La suite, c'est le retour inconscient dans la chaîne, ou c'est l'éveil définitif. Au bout de l'éveil vient, avec le temps, la conséquence : suicide ou rétablissement. En soi, la lassitude a quelque chose d'écœurant. Ici, je dois conclure qu'elle est bonne. Car tout commence par la conscience et rien ne vaut que par elle. Ces remarques n'ont rien d'original. Mais elles sont évidentes : cela suffit pour un temps, à l'occasion d'une reconnaissance sommaire dans les origines de l'absurde. Le simple « souci », comme dit Heidegger est à l'origine de tout.

De même et pour tous les jours d'une vie sans éclat, le temps nous porte. Mais un moment vient toujours où il faut le porter. Nous vivons sur l'avenir :« demain », « plus tard », « quand tu auras une situation », « avec l'âge tu comprendras ». Ces inconséquences sont admirables, car enfin il s'agit de mourir. Un jour vient pourtant et l'homme constate ou dit qu'il a trente ans. Il affirme ainsi sa jeunesse. Mais du même coup, il se situe par rapport au temps. Il y prend sa place. Il reconnaît qu'il est à un certain moment d'une courbe qu'il confesse devoir parcourir. Il appartient au temps et, à cette horreur qui le saisit, il y reconnaît son pire ennemi. Demain, il souhaitait demain, quand tout lui-même devrait s'y refuser. Cette révolte de la chair, c'est l'absurde [1].

Un degré plus bas et voici l'étrangeté : s'apercevoir que le monde est « épais », entrevoir à quel point une pierre est étrangère, nous

---

[1] Mais non pas au sens propre. Il ne s'agit pas d'une définition, il s'agit d'une *énumération* des sentiments qui peuvent comporter de l'absurde. L'énumération achevée, on n'a cependant pas épuisé l'absurde.

est irréductible, avec quelle intensité la nature, un paysage peut nous nier. Au fond de toute beauté git quelque chose d'inhumain et ces collines, la douceur du ciel, ces dessins d'arbres, voici qu'à la minute même, ils perdent le sens illusoire dont nous les revêtions, désormais plus lointains qu'un paradis perdu. L'hostilité primitive du monde, à travers les millénaires, remonte vers nous. Pour une seconde, nous ne le comprenons plus puisque pendant des siècles nous n'avons compris en lui que les figures et les dessins que préalablement nous y mettions, puis-que désormais les forces nous manquent pour user de cet artifice. Le monde nous échappe puisqu'il redevient lui-même. Ces décors masqués par l'habitude redeviennent ce qu'ils sont. Ils s'éloignent de nous. De même qu'il est des jours où sous le visage familier d'une femme, on retrouve comme une étrangère celle qu'on avait aimée il y a des mois ou des années, peut-être allons-nous désirer même ce qui nous rend soudain si seuls. Mais le temps n'est pas encore venu. Une seule chose : cette épaisseur et cette étrangeté du monde, c'est l'absurde.

Les hommes aussi sécrètent de l'inhumain. Dans certaines heures de lucidité, l'aspect mécanique de leurs gestes, leur pantomime privée de sens rend stupide tout ce qui les entoure. Un homme parle au téléphone derrière une cloison vitrée, on ne l'entend pas, mais on voit sa mimique sans portée : on se demande pourquoi il vit. Ce malaise devant l'inhumanité de l'homme même, cette incalculable chute devant l'image de ce que nous sommes, cette « nausée » comme l'appelle un auteur de nos jours, c'est aussi l'absurde. De même l'étranger qui, à certaines secondes, vient à notre rencontre dans une glace, le frère familier et pourtant inquiétant que nous retrouvons dans nos propres photographies, c'est encore l'absurde.

J'en viens enfin à la mort et au sentiment que nous en avons. Sur ce point tout a été dit et il est décent de se garder du pathétique. On ne s'étonnera cependant jamais assez de ce que tout le monde vive comme si personne « ne savait ». C'est qu'en réalité, il n'y a pas d'expérience de la mort. Au sens propre, n'est expérimenté que ce qui a été vécu et rendu conscient. Ici, c'est tout juste s'il est possible de parler de l'expérience de la mort des autres. C'est un succédané, une vue de l'esprit et nous n'en sommes jamais très convaincus. Cette convention mélancolique ne peut -être persuasive. L'horreur vient en réalité du côté mathématique de l'événement. Si le temps nous effraie, c'est qu'il fait la démonstration, la solution vient derrière. Tous les beaux discours sur l'âme vont recevoir ici, au moins pour un temps, une preuve par neuf de leur contraire. De ce corps inerte où une gifle ne marque plus, l'âme a disparu. Ce côté élémentaire et définitif de l'aventure fait le contenu du sentiment absurde. Sous l'éclairage mortel de cette destinée, l'inutilité apparaît. Aucune morale, ni aucun effort ne sont *a priori* justifiables devant les sanglantes mathématiques qui ordonnent notre condition.

Encore une fois, tout ceci a été dit et redit. Je me borne à faire ici un classement rapide et à indiquer ces thèmes évidents. Ils courent à travers toutes les littératures et toutes les philosophies. La conversation de tous les jours s'en nourrit. Il n'est pas question de les réinventer. Mais il faut s'assurer de ces évidences pour pouvoir s'interroger ensuite sur la question primordiale. Ce qui m'intéresse, je veux encore le répéter, ce ne sont pas tant les découvertes absurdes. Ce sont leurs conséquences. Si l'on est assuré de ces faits, que faut-il conclure, jusqu'où aller pour ne rien éluder ? Faudra-t-il mourir volontairement, ou espérer malgré tout ? Il est nécessaire auparavant d'opérer le même recensement rapide sur le plan de l'intelligence.

*

La première démarche de l'esprit est de distinguer ce qui est vrai de ce qui est faux. Pourtant dès que la pensée réfléchit sur elle-même, ce qu'elle découvre d'abord, c'est une contradiction. Inutile de s'efforcer ici d'être convaincant. Depuis des siècles personne n'a donné de l'affaire une démonstration plus claire et plus élégante que ne le fit Aristote :« La conséquence souvent ridiculisée de ces opinions est qu'elles se détruisent elles-mêmes. Car en affirmant que tout est vrai, nous affirmons la vérité de l'affirmation opposée et par conséquent la fausseté de notre propre thèse (car l'affirmation opposée n'admet pas qu'elle puisse être vraie). Et si l'on dit que tout est faux, cette affirmation se trouve fausse, elle aussi. Si l'on déclare que seule est fausse l'affirmation opposée à la nôtre ou bien que seule la nôtre n'est pas fausse, on se voit néanmoins obligé d'admettre un nombre infini de jugements vrais ou faux. Car celui qui émet une affirmation vraie prononce en même temps qu'elle est vraie, et ainsi de suite jusqu'à l'infini. »

Ce cercle vicieux n'est que le premier d'une série où l'esprit qui se penche sur lui-même se perd dans un tournoiement vertigineux. La simplicité même de ces paradoxes fait qu'ils sont irréductibles. Quels que soient les jeux de mots et les acrobaties de la logique, comprendre c'est avant tout unifier. Le désir profond de l'esprit même dans ses démarches les plus évoluées rejoint le sentiment inconscient de l'homme devant son univers : il est exigence de familiarité, appétit de clarté. Comprendre le monde pour un homme, c'est le réduire à l'humain, le marquer de son sceau. L'univers du chat n'est pas l'univers du fourmilier. Le truisme « Toute pensée est anthropomorphique » n'a pas d'autre sens. De même l'esprit qui cherche à comprendre la réalité ne peut s'estimer satisfait que s'il la réduit en termes de pensée. Si l'homme reconnaissait que l'univers lui aussi peut aimer et souffrir, il serait réconcilié. Si la pensée découvrait dans les miroirs changeants des phénomènes, des relations éternelles qui les puissent résumer et se résumer elles-mêmes en un principe unique, on pourrait parler d'un bonheur de l'esprit dont le mythe des bienheureux ne serait qu'une ridicule contrefaçon. Cette nostalgie d'unité, cet appétit d'absolu illustre le mouvement essentiel du drame humain. Mais que cette nostalgie soit un fait n'implique pas qu'elle doive être immédiatement apaisée. Car si franchissant le gouffre qui sépare le désir de la conquête, nous affirmons avec Parménide la réalité de l'Un (quel qu'il soit), nous tombons dans la ridicule contradiction d'un esprit qui affirme l'unité totale et prouve par son affirmation même sa propre différence et la diversité qu'il prétendait résoudre. Cet autre cercle vicieux suffit à étouffer nos espoirs.

Ce sont là encore des évidences. Je répéterai à nouveau qu'elles ne sont pas intéressantes en elles-mêmes, mais dans les conséquences qu'on peut en tirer. Je connais une autre évidence : elle me dit que l'homme est mortel. On peut compter cependant les esprits qui en ont tiré les conclusions extrêmes. Il faut considérer comme une perpétuelle référence, dans cet essai, le décalage constant entre ce que nous imaginons savoir et ce que nous savons réellement, le consentement pratique et l'ignorance simulée qui fait que nous vivons avec des idées qui, si nous les éprouvions vraiment, devraient bouleverser toute notre vie. Devant cette contradiction inextricable de l'esprit, nous saisirons justement à plein le divorce qui nous sépare de nos propres créations. Tant que l'esprit se tait dans le monde immobile de ses espoirs, tout se reflète et s'ordonne dans l'unité de sa nostalgie. Mais à son premier mouvement, ce monde se fêle et s'écroule : une infinité d'éclats miroitants s'offrent à la connaissance. Il faut désespérer d'en reconstruire jamais la surface familière et tranquille qui nous donnerait la paix du cœur. Après tant de siècles de recherches, tant d'abdications parmi les penseurs, nous savons bien que ceci est vrai pour toute notre connaissance. Exception faite pour les rationalistes de profession, on désespère aujourd'hui de la vraie connaissance. S'il fallait écrire la seule histoire significative de la pensée humaine, il faudrait faire celle de ses repentirs successifs et de ses impuissances.

De qui et de quoi en effet puis-je dire : « Je connais cela ! » Ce cœur en moi, je puis l'éprouver et je juge qu'il existe. Ce monde, je puis le toucher et je juge encore qu'il existe. Là s'arrête toute ma science et le reste est construction. Car si j'essaie de saisir ce moi dont je m'assure, si j'essaie de le définir et de le résumer, il n'est plus qu'une eau qui coule entre mes doigts. Je puis dessiner un à un tous les visages qu'il sait prendre, tous ceux aussi qu'on lui a donnés, cette éducation, cette origine, cette ardeur ou ces silences, cette grandeur ou cette bassesse. Mais on n'additionne pas des visages. Ce cœur même qui est le mien me restera à jamais indéfinissable. Entre la certitude que j'ai de mon existence et le contenu que j'essaie de donner à cette assurance, le fossé ne sera jamais comblé. Pour toujours, je serai étranger à moi-même. En psychologie comme en logique, il y a des vérités mais point de vérité. Le « connais-toi toi-même » de Socrate a autant de valeur que le « sois vertueux » de nos confessionnaux. Ils révèlent une nostalgie en même temps qu'une ignorance. Ce sont des jeux stériles sur de grands sujets. Ils ne sont légitimes que dans la mesure exacte où ils sont approximatifs.

Voici encore des arbres et je connais leur rugueux, de l'eau et j'éprouve sa saveur. Ces parfums d'herbe et d'étoiles, la nuit, certains soirs où le cœur se détend, comment nierais-je ce monde dont j'éprouve la puissance et les forces ? Pourtant toute la science de cette terre ne me donnera rien qui puisse m'assurer que ce monde est à moi. Vous me le décrivez et vous m'apprenez à le classer. Vous énumérez ses lois et dans ma soif de savoir je consens qu'elles soient vraies. Vous démontez son mécanisme et mon espoir s'accroît. Au terme dernier, vous m'apprenez que cet univers prestigieux et bariolé se réduit à l'atome et que l'atome lui-même se réduit à l'électron. Tout ceci est bon et j'attends que vous continuiez. Mais vous me pàrlez d'un invisible système planétaire où des électrons gravitent autour d'un noyau. Vous m'expliquez ce monde avec une image. Je reconnais alors que vous en êtes venus à la poésie : je ne connaîtrai jamais. Ai-je le temps de m'en indigner ? Vous avez déjà changé de théorie. Ainsi cette science qui devait tout m'apprendre finit dans l'hypothèse, cette lucidité sombre dans la métaphore, cette incertitude se résout en œuvre d'art. Qu'avais-je besoin de tant d'efforts ? Les lignes douces de ces collines et la main du soir sur ce cœur agité m'en apprennent bien plus. Je suis revenu à mon commencement. Je comprends que si je puis par la science saisir les phénomènes et les énumérer, je ne puis pour autant appréhender le monde. Quand j'aurais suivi du doigt son relief tout entier, je n'en saurais pas plus. Et vous me donnez à choisir entre une description qui est certaine, mais qui ne m'apprend rien, et des hypothèses qui prétendent m'enseigner, mais qui ne sont point certaines. Etranger à moi-même et à ce monde, armé pour tout secours d'une pensée qui se nie elle-même dès qu'elle affirme, quelle est cette condition où je ne puis avoir la paix qu'en refusant de savoir et de vivre, où l'appétit de conquête se heurte à des murs qui défient ses assauts ? Vouloir, c'est susciter les paradoxes. Tout est ordonné pour que prenne naissance cette paix empoisonnée que donnent l'insouciance, le sommeil du cœur ou les renoncements mortels.

L'intelligence aussi me dit donc à sa manière que ce monde est absurde. Son contraire qui est la raison aveugle a beau prétendre que tout est clair, j'attendais des preuves et je souhaitais qu'elle eût raison. Mais malgré tant de siècles prétentieux et par-dessus tant d'hommes éloquents et persuasifs, je sais que cela est faux. Sur ce plan du moins, il n'y a point de bonheur si je ne puis savoir. Cette raison universelle, pratique ou morale, ce déterminisme, ces catégories qui expliquent tout, ont de quoi faire rire l'homme honnête. Ils n'ont rien à voir avec l'esprit. Ils nient sa vérité profonde qui est d'être enchaîné. Dans cet univers indéchiffrable et limité, le destin de l'homme prend désormais son sens. Un peuple d'irrationnels s'est dressé et l'entoure jusqu'à sa fin dernière. Dans sa clairvoyance revenue et maintenant concertée, le sentiment de l'absurde s'éclaire et se précise. Je disais que le monde est absurde et j'allais trop vite. Ce monde en lui-même n'est pas raisonnable, c'est tout ce qu'on en peut dire. Mais ce qui est absurde, c'est la confrontation de cet irrationnel et de ce désir éperdu de clarté dont l'appel résonne au plus profond de l'homme. L'absurde dépend autant de l'homme que du monde. Il est pour le moment leur seul lien. Il les scelle l'un à l'autre comme la haine seule peut river les êtres. C'est tout ce que je puis discerner clairement dans cet univers sans mesure où mon aventure se poursuit. Arrêtons-nous ici. Si je tiens pour vrai cette absurdité qui règle mes rapports avec la vie, si je me pénètre de ce sentiment qui me saisit devant les spectacles du monde, de cette clairvoyance que m'impose la recherche d'une science, je dois tout sacrifier à ces certitudes et je dois les regarder en face pour pouvoir les maintenir. Surtout je dois leur régler ma conduite et les poursuivre dans toutes leurs conséquences. Je parle ici d'honnêteté. Mais je veux savoir auparavant si la pensée peut vivre dans ces déserts.

*

Je sais déjà que la pensée est entrée du moins dans ces déserts. Elle y a trouvé son pain. Elle y a compris qu'elle se nourrissait jusque-là de fantômes. Elle a donné prétexte à quelques-uns des thèmes les plus pressants de la réflexion humaine.

A partir du moment où elle est reconnue, l'absurdité est une passion, la plus déchirante de toutes. Mais savoir si l'on peut vivre avec ses passions, savoir si l'on peut accepter leur loi profonde qui est de brûler le cœur que dans le même temps elles exaltent, voilà toute la question. Ce n'est pas cependant celle que nous poserons encore. Elle est au centre de cette expérience. Il sera temps d'y revenir. Reconnaissons plutôt ces thèmes et ces élans nés du désert. Il suffira de les énumérer. Ceux-là aussi sont aujourd'hui connus de tous. Il y a toujours eu des hommes pour défendre les droits de l'irrationnel. La tradition de ce qu'on peut appeler la pensée humiliée n'a jamais cessé d'être vivante. La critique du rationalisme a été faite tant de fois qu'il semble qu'elle ne soit plus à faire. Pourtant notre époque voit renaître ces systèmes paradoxaux qui s'ingénient à faire trébucher la raison comme si vraiment elle avait toujours marché de l'avant. Mais cela n'est point tant une preuve de l'efficacité de la raison que de la vivacité de ses espoirs. Sur le plan de l'histoire, cette constance de deux attitudes illustre la passion essentielle de l'homme déchiré entre son appel vers l'unité et la vision claire qu'il peut avoir des murs qui l'enserrent.

Mais jamais peut-être en aucun temps comme le nôtre, l'attaque contre la raison n'a été plus vive. Depuis le grand cri de Zarathoustra :« Par hasard, c'est la plus vieille noblesse du monde. Je l'ai rendue à toutes les choses quand j'ai dit qu'au-dessus d'elles aucune volonté éternelle ne voulait », depuis la maladie mortelle de Kierkegaard « ce mal qui aboutit à la mort sans plus rien après elle », les thèmes significatifs et torturants de la pensée absurde se sont succédé. Ou du moins, et cette nuance est capitale, ceux de la pensée irrationnelle et religieuse. De Jaspers à Heidegger, de Kierkegaard à Chestov, des phénoménologues à Scheler, sur le plan logique et sur le plan moral, toute une famille d'esprits, parents par leur nostalgie, opposés par leurs méthodes ou leurs buts, se sont acharnés à barrer la voie royale de la raison et à retrouver les droits chemins de la vérité. Je suppose ici ces pensées connues et vécues. Quelles que soient ou qu'aient été leurs ambitions, tous sont partis de cet univers indicible où règnent la contradiction, l'antinomie, l'angoisse ou l'impuissance. Et ce qui leur est commun, ce sont justement les thèmes qu'on a jusqu'ici décelés. Pour eux aussi, il faut bien dire que ce qui importe surtout, ce sont les conclusions qu'ils ont pu tirer de ces découvertes. Cela importe tant qu'il faudra les examiner à part. Mais pour le moment, il s'agit seulement de leurs découvertes et de leurs expériences initiales. Il s'agit seulement de constater leur concordance. S'il serait présomptueux de vouloir traiter de leurs philosophies, il est possible et suffisant en tout cas, de faire sentir le climat qui leur est commun.

Heidegger considère froidement la condition humaine et

annonce que cette existence est humiliée. La seule réalité, c'est le « souci » dans toute l'échelle des êtres. Pour l'homme perdu dans le monde et ses divertissements, ce souci est une peur brève et fuyante. Mais que cette peur prenne conscience d'elle-même, et elle devient l'angoisse, climat perpétuel de l'homme lucide « dans lequel l'existence se retrouve ». Ce professeur de philosophie écrit sans trembler et dans le langage le plus abstrait du monde que « le caractère fini et limité de l'existence humaine est plus primordial que l'homme lui-même ». Il s'intéresse à Kant mais c'est pour reconnaître le caractère borné de sa « Raison pure ». C'est pour conclure aux termes de ses analyses que « le monde ne peut plus rien offrir à l'homme angoissé ». Ce souci lui paraît tellment plus important que toutes les catégories du monde,qu'il ne songe qu'à cela et ne parle que de cela. Il énumère ses visages : d'ennui lorsque l'homme banal cherche à le niveler en lui-même et à l'étourdir ; de terreur lorsque l'esprit contemple la mort. Lui non plus ne sépare pas la conscience de l'absurde. La conscience de la mort c'est l'appel du souci et « l'existence s'adresse alors un propre appel par l'intermédiaire de la conscience ». Elle est la voix même de l'angoisse et elle adjure l'existence « de revenir elle-même de sa perte dans l'On anonyme ». Pour lui non plus, il ne faut pas dormir et il faut veiller jusqu'à la consommation. Il se tient dans ce monde absurde, il en accuse le caractère périssable. Il cherche sa voie au milieu de ces décombres.

Jaspers désespère de toute ontologie parce qu'il veut que nous ayons perdu la « naïveté ». Il sait que nous ne pouvons arriver à rien qui transcende le jeu mortel des apparences. Il sait que la fin de l'esprit c'est l'échec. Il s'attarde le long des aventures spirituelles que nous livre l'histoire et décèle impitoyablement la faille de chaque système, l'illusion qui a tout sauvé, la prédication qui n'a rien caché. Dans ce monde dévasté où l'impossibilité de connaître est démontrée, où le néant paraît la seule réalité, le désespoir sans recours, la seule attitude, il tente de retrouver le fil d'Ariane qui mène aux divins secrets.

Chestov de son côté, tout le long d'une œuvre à l'admirable monotonie, tendu sans cesse vers les mêmes vérités, démontre sans trêve que le système le plus serré, le rationalisme le plus universel finit toujours par buter sur l'irrationnel de la pensée humaine. Aucune des évidences ironiques, des contradictions dérisoires qui déprécient la raison ne lui échappe. Une seule chose l'intéresse et c'est l'exception, qu'elle soit de l'histoire du cœur ou de l'esprit. A travers les expériences dostoïevskiennes du condamné à mort, les aventures exaspérées de l'esprit nietzschéen, les imprécations d'Hamlet ou l'amère aristocratie d'un Ibsen, il dépiste, éclaire et magnifie la révolte humaine contre l'irrémédiable. Il refuse ses raisons à la raison et ne commence à diriger ses pas avec quelque décision qu'au milieu de ce désert sans couleurs où toutes les certitudes sont devenues pierres.

De tous peut-être le plus attachant, Kierkegaard, pour une partie au moins de son existence, fait mieux que de découvrir l'absurde, il le vit. L'homme qui écrit : « Le plus sûr des mutismes n'est pas de se taire, mais de parler », s'assure pour commencer qu'aucune vérité n'est absolue et ne peut rendre satisfaisante une existence impossible en soi. Don Juan de la connaissance, il multiplie les pseudonymes et les contradictions, écrit les « Discours édifiants » en même temps que ce manuel du spiritualisme cynique qu'est « Le Journal du Séducteur ». Il refuse les consolations, la morale, les principes de tout repos. Cette épine qu'il se sent au cœur, il n'a garde d'en assoupir la douleur. Il la réveille au contraire et, dans la joie désespérée d'un crucifié content de l'être, construit pièce à pièce, lucidité, refus, comédie, une catégorie du démoniaque. Ce visage à la fois tendre et ricanant, ces pirouettes suivies d'un cri parti du fond de l'âme, c'est l'esprit absurde luimême aux prises avec une réalité qui le dépasse. Et l'aventure spirituelle qui conduit Kierkegaard à ses chers scandales commence elle aussi dans le chaos d'une expérience privée de ses décors et rendue à son incohérence première.

Sur un tout autre plan, celui de la méthode, par leurs outrances mêmes, Husserl et les phénoménologues restituent le monde dans sa diversité et nient le pouvoir transcendant de la raison. L'univers spirituel s'enrichit avec eux de façon incalculable. Le pétale de rose, la borne kilométrique ou la main humaine ont autant d'importance que l'amour, le désir, ou les lois de la gravitation. Penser, ce n'est plus unifier, rendre familière l'apparence sous le visage d'un grand principe. Penser, c'est réapprendre à voir, à être attentif, c'est diriger sa conscience. c'est faire de chaque idée et de chaque image, à la façon de Proust, un lieu privilégié. Paradoxalement, tout est privilégié. Ce qui justifie la pensée, c'est son extrême conscience. Pour être plus positive que chez Kierkegaard ou Chestov, la démarche husserlienne, à l'origine, nie cependant la méthode classique de la raison, déçoit l'espoir, ouvre à l'intuition et au cœur toute une prolifération de phénomènes dont la richesse a quelque chose d'inhumain. Ces chemins mènent à toutes les sciences ou à aucune. C'est dire que le moyen ici a plus d'importance que la fin. Il s'agit seulement « d'une attitude pour connaître » et non d'une consolation. Encore une fois, à l'origine tout au moins.

Comment ne pas sentir la parenté profonde de ces esprits ! Comment ne pas voir qu'ils se regroupent autour d'un lieu privilégié et amer où l'espérance n'a plus de place ? Je veux que tout me soit expliqué ou rien. Et la raison est impuissante devant ce cri du cœur. L'esprit éveillé par cette exigence cherche et ne trouve que contradictions et déraisonnements. Ce que je ne comprends pas est sans raison. Le monde est peuplé de ces irrationnels. A lui seul dont je ne comprends pas la signification unique, il n'est qu'un immense irrationnel. Pouvoir dire une seule fois : « cela est clair » et tout serait sauvé. Mais ces hommes à l'envie proclament que rien n'est clair, tout est chaos, que l'homme garde seulement sa clairvoyance et la connaissance précise des murs qui l'entourent.

Toutes ces expériences concordent et se recoupent. L'esprit arrivé aux confins doit porter un jugement et choisir ses conclusions. Là se place le suicide et la réponse. Mais je veux inverser l'ordre de la recherche et partir de l'aventure intelligente pour revenir aux gestes quotidiens. Les expériences ici évoquées sont nées dans le désert qu'il ne faut point quitter. Du moins faut-il savoir jusqu'où elles sont parvenues. A ce point de son effort, l'homme se trouve devant l'irrationnel. Il sent en lui son désir de bonheur et de raison. L'absurde naît de cette confrontation entre l'appel humain et le silence déraisonnable du monde. C'est cela qu'il ne faut pas oublier. C'est à cela qu'il faut se cramponner parce que toute la conséquence d'une vie peut en naître. L'irrationnel, la nostalgie humaine et l'absurde qui surgit de leur tête à tête, voilà les trois personnages du drame qui doit nécessairement finir avec toute la logique dont une existence est capable.

LE SUICIDE PHILOSOPHIQUE

Le sentiment de l'absurde n'est pas pour autant la notion de l'absurde. Il la fonde, un point c'est tout. Il ne s'y résume pas, sinon le court instant où il porte son jugement sur l'univers. Il lui reste ensuite à aller plus loin. Il est vivant, c'est-à-dire qu'il doit mourir ou retentir plus avant. Ainsi des thèmes que nous avons réunis. Mais là encore, ce qui m'intéresse, ce ne sont point des œuvres ou des esprits dont la critique demanderait une autre forme et une autre place, mais la découverte, de ce qu'il y a de commun dans leurs conclusions. Jamais esprits n'ont été si différents peut-être. Mais pourtant les paysages spirituels où ils s'ébranlent, nous les reconnaissons pour identiques. De même à travers des sciences si dissemblables, le cri qui termine leur itinéraire retentit de même façon. On sent bien qu'il y a un climat commun aux esprits que l'on vient de rappeler. Dire que ce climat est meurtrier, c'est à peine jouer sur les mots. Vivre sous ce ciel étouffant commande qu'on en sorte ou qu'on y reste. Il s'agit de savoir comment on en sort dans le premier cas et pourquoi on y reste dans le second. Je définis ainsi le problème du suicide et l'intérêt qu'on peut porter aux conclusions de la philosophie existentielle.

Je veux auparavant me détourner un instant du droit chemin.

Jusqu'ici, c'est par l'extérieur que nous avons pu circonscrire l'absurde. On peut se demander cependant ce que cette notion contient de clair et tenter de retrouver par l'analyse directe sa signification d'une part et, de l'autre, les conséquences qu'elle entraîne.

Si j'accuse un innocent d'un crime monstrueux, si j'affirme à un homme vertueux qu'il a convoité sa propre sœur, il me répondra que c'est absurde. Cette indignation a son côté comique. Mais elle a aussi sa raison profonde. L'homme vertueux illustre par cette réplique l'antinomie définitive qui existe entre l'acte que je lui prête et les principes de toute sa vie. « C'est absurde » veut dire : « c'est impossible », mais aussi : « c'est contradictoire ». Si je vois un homme attaquer à l'arme blanche un groupe de mitrailleuses, je jugerai que son acte est absurde. Mais il n'est tel qu'en vertu de la disproportion qui existe entre son intention et la réalité qui l'attend, de la contradiction que je puis saisir entre ses forces réelles et le but qu'il se propose. De même nous estimerons qu'un verdict est absurde en l'opposant au verdict qu'en apparence les faits commandaient. De même encore une démonstration par l'absurde s'effectue en comparant les conséquences de ce raisonnement avec la réalité logique que l'on veut instaurer. Dans tous ces cas, du plus simple au plus complexe, l'absurdité sera d'autant plus grande que l'écart croîtra entre les termes de ma comparaison. Il y a des mariages absurdes, des défis, des rancœurs, des silences, des guerres et aussi des paix. Pour chacun d'entre eux, l'absurdité naît d'une comparaison. Je suis donc fondé à dire que le sentiment de l'absurdité ne naît pas du simple examen d'un fait ou d'une impression mais qu'il jaillit de la comparaison entre un état de fait et une certaine réalité, entre une action et le monde qui la dépasse. L'absurde est essentiellement un divorce. Il n'est ni dans l'un ni dans l'autre des éléments comparés. Il naît de leur confrontation.

En l'espèce et sur le plan de l'intelligence, je puis donc dire que l'Absurde n'est pas dans l'homme (si une pareille métaphore pouvait avoir un sens), ni dans le monde, mais dans leur présence commune. Il est pour le moment le seul lien qui les unisse. Si j'en veux rester aux évidences, je sais ce que veut l'homme, je sais ce que lui offre le monde et maintenant je puis dire que je sais encore ce qui les unit. Je n'ai pas besoin de creuser plus avant. Une seule certitude suffit à celui qui cherche. Il s'agit seulement d'en tirer toutes les conséquences.

La conséquence immédiate est en même temps une règle de méthode. La singulière trinité qu'on met ainsi à jour n'a rien d'une Amérique soudain découverte. Mais elle a ceci de commun avec les données de l'expérience qu'elle est à la fois infiniment simple et infiniment compliquée. Le premier de ses caractères à cet égard est qu'elle ne peut se diviser. Détruire un de ses termes, c'est la détruire toute entière. Il ne peut y avoir d'absurde hors d'un esprit humain. Ainsi l'absurde finit comme toutes choses avec la mort. Mais il ne peut non plus y avoir d'absurde hors de ce monde. Et c'est à ce critérium élémentaire que je juge que la notion d'absurde est essentielle et qu'elle peut figurer la première de mes vérités. La règle de méthode évoquée plus haut apparaît ici. Si je juge qu'une chose est vraie, je dois la préserver. Si je me mêle d'apporter à un problème sa solution, il ne faut pas du moins que j'escamote par cette solution même un des termes du problème. L'unique donnée est pour moi l'absurde. Le problème est de savoir comment en sortir et si le suicide doit se déduire de cet absurde. La première et, au fond, la seule condition de mes recherches, c'est de préserver cela même qui m'écrase, de respecter en conséquence ce que je juge essentiel en lui. Je viens de le définir comme une confrontation et une lutte sans repos.

Et poussant jusqu'à son terme cette logique absurde, je dois reconnaître que cette lutte suppose l'absence totale d'espoir (qui n'a rien à voir avec le désespoir), le refus continuel (qu'on ne doit pas confondre avec le renoncement) et l'insatisfaction consciente (qu'on ne saurait assimiler à l'inquiétude juvénile). Tout ce qui détruit, escamote ou subtilise ces exigences (et en premier lieu le consentement qui détruit le divorce) ruine l'absurde et dévalorise l'attitude qu'on peut alors proposer. L'absurde n'a de sens que dans la mesure où l'on n'y consent pas.

*

Il existe un fait d'évidence qui semble tout à fait moral, c'est qu'un homme est toujours la proie de ses vérités. Une fois reconnues, il ne saurait s'en détacher. Il faut bien payer un peu. Un homme devenu conscient de l'absurde lui est lié pour jamais. Un homme sans espoir et conscient de l'être n'appartient plus à l'avenir. Cela est dans l'ordre. Mais il est dans l'ordre également qu'il fasse effort pour échapper à l'univers dont il est le créateur.

Tout ce qui précède n'a de sens justement qu'en considération de ce paradoxe. Rien ne peut être plus instructif à cet égard que d'examiner maintenant la façon dont les hommes qui ont reconnu, à partir d'une critique du rationalisme, le climat absurde, ont poussé leurs conséquences.

Or, pour m'en tenir aux philosophies existentielles, je vois que tous sans exception, me proposent l'évasion. Par un raisonnement singulier, partis de l'absurde sur les décombres de la raison, dans un univers fermé et limité à l'humain, ils divinisent ce qui les écrase et trouvent une raison d'espérer dans ce qui les démunit. Cet espoir forcé est chez tous d'essence religieuse. Il mérite qu'on s'y arrête.

J'analyserai seulement ici et à titre d'exemple quelques thèmes particuliers à Chestov et à Kierkegaard. Mais Jaspers va nous fournir, poussé jusqu'à la caricature, un exemple type de cette attitude. Le reste en deviendra plus clair. On le laisse impuissant à réaliser le transcendant, incapable de sonder la profondeur de l'expérience et conscient de cet univers bouleversé par l'échec. Va-t-il progresser ou du moins tirer les conclusions de cet échec ? Il n'apporte rien de nouveau. Il n'a rien trouvé dans l'expérience que l'aveu de son impuissance et aucun prétexte à inférer quelque principe satisfaisant. Pourtant, sans justification, il le dit lui-même, il affirme d'un seul jet à la fois le transcendant, l'être de l'expérience et le sens supra-humain de la vie en écrivant : « L'échec ne montre-t-il pas, au delà de toute explication et de toute interprétation possible, non le néant mais l'être de la transcendance. » Cet être qui soudain et par un acte aveugle de la confiance humaine, explique tout, il le définit comme « l'unité inconcevable du général et du particulier. » Ainsi l'absurde devient dieu (dans le sens le plus large de ce mot) et cette impuissance à comprendre, l'être qui illumine tout. Rien n'amène en logique ce raisonnement. Je puis l'appeler un saut. Et paradoxalement on comprend l'insistance, la patience infinie de Jaspers à rendre irréalisable l'expérience du transcendant. Car plus fuyante est cette approximation, plus vaine s'avère cette définition et plus ce transcendant lui est réel, car la passion qu'il met à l'affirmer est justement proportionnelle à l'écart qui existe entre son pouvoir d'explication et l'irrationnalité du monde et de l'expérience. Il apparaît ainsi que Jaspers met d'autant plus d'acharnement à détruire les préjugés de la raison qu'il en expliquera de façon plus radicale le monde. Cet apôtre de la pensée humiliée va trouver à l'extrémité même de l'humiliation de quoi régénérer l'être dans toute sa profondeur.

La pensée mystique nous a familiarisés avec ces procédés. Ils sont légitimes au même titre que n'importe quelle attitude d'esprit. Mais pour le moment, j'agis comme si je prenais au sérieux certain problème. Sans préjuger de la valeur générale de cette attitude, de son pouvoir d'enseignement, je veux seulement considérer si elle répond aux conditions que je me suis posées, si elle est digne du conflit qui m'intéresse. Je reviens ainsi à Chestov. Un commentateur rapporte une de ses paroles qui mérite intérêt : « La seule vraie issue, dit-il, est précisément là où il n'y a pas d'issue au jugement humain. Sinon, qu'aurions-nous besoin de Dieu ? On ne se tourne vers Dieu que pour obtenir l'impossible.

Quant au possible, les hommes y suffisent. » S'il y a une philosophie chestovienne, je puis bien dire qu'elle est toute entière ainsi résumée. Car lorsqu'au terme de ses analyses passionnées, Chestov découvre l'absurdité fondamentale de toute existence, il ne dit point :« Voici l'absurde », mais « voici Dieu : c'est à lui qu'il convient de s'en remettre, même s'il ne correspond à aucune de nos catégories rationnelles ». Pour que la confusion ne soit pas possible, le philosophe russe insinue même que ce Dieu est peut-être haineux et haïssable, incompréhensible et contradictoire, mais c'est dans la mesure même où son visage est le plus hideux qu'il affirme le plus sa puissance. Sa grandeur, c'est son inconséquence. Sa preuve, c'est son inhumanité. Il faut bondir en lui et par ce saut se délivrer des illusions rationnelles. Ainsi pour Chestov l'acceptation de l'absurde est contemporaine de l'absurde lui-même. Le constater, c'est l'accepter et tout l'effort logique de sa pensée est de le mettre à jour pour faire jaillir du même coup l'espoir immense qu'il entraîne. Encore une fois, cette attitude est légitime. Mais je m'entête ici à considérer un seul problème et toutes ses conséquences. Je n'ai pas à examiner l'émotion d'une pensée ou d'un acte de foi. J'ai toute ma vie pour le faire. Je sais que le rationaliste trouve l'attitude chestovienne irritante. Mais je sens aussi que Chestov a raison contre le rationaliste et je veux seulement savoir s'il reste fidèle aux commandements de l'absurde.

Or, si l'on admet que l'absurde est le contraire de l'espoir, on voit que la pensée existentielle pour Chestov présuppose l'absurde, mais ne le démontre que pour le dissiper. Cette subtilité de pensée est un tour pathétique de jongleur. Quand Chestov d'autre part oppose son absurde à la morale courante et à la raison, il l'appelle vérité et rédemption. Il y a donc à la base et dans cette définition de l'absurde une approbation que Chestov lui apporte. Si l'on reconnaît que tout le pouvoir de cette notion réside dans la façon dont il heurte nos espérances élémentaires, si l'on sent que l'absurde exige pour demeurer qu'on n'y consente point, on voit bien alors qu'il a perdu son vrai visage, son caractère humain et relatif pour entrer dans une éternité à la fois incompréhensible et satisfaisante. Si absurde, il y a, c'est dans l'univers de l'homme. Dès l'instant où sa notion se transforme en tremplin d'éternité, elle n'est plus liée à la lucidité humaine. L'absurde n'est plus cette évidence que l'homme constate sans y consentir. La lutte est éludée. L'homme intègre l'absurde et dans cette communion fait disparaître son caractère essentiel qui est opposition, déchirement et divorce. Ce saut est une dérobade. Chestov qui cite si volontiers le mot d'Hamlet « The time is out of joint », l'écrit ainsi avec une sorte d'espoir farouche qu'il est permis de lui attribuer tout particulièrement. Car ce n'est pas ainsi qu'Hamlet le prononce ou que Shakespeare l'écrit. La griserie de l'irrationnel et la vocation de l'extase détournent de l'absurde un esprit clairvoyant. Pour Chestov, la raison est vaine, mais il y a quelque chose au delà de la raison. Pour un esprit absurde, la raison est vaine et il n'y a rien au delà de la raison.

Ce saut du moins peut nous éclairer un peu plus sur la nature véritable de l'absurde. Nous savons qu'il ne vaut que dans un équilibre, qu'il est avant tout dans la comparaison et non point dans les termes de cette comparaison. Mais Chestov justement fait porter tout le poids sur l'un des termes et détruit l'équilibre. Notre appétit de comprendre, notre nostalgie d'absolu ne sont explicables que dans la mesure où justement nous pouvons comprendre et expliquer beaucoup de choses. Il est vain de nier absolument la raison. Elle a son ordre dans lequel elle est efficace. C'est justement celui de l'expérience humaine. De là que nous voulions tout rendre clair. Si nous ne le pouvons pas, si l'absurde naît à cette occasion, c'est justement à la rencontre de cette raison efficace mais limitée et de l'irrationnel toujours renaissant. Or, quand Chestov s'irrite contre une proposition hégélienne du genre de « les mouvements du système solaire s'effectuent conformément à des lois immuables et ces lois sont sa raison », lorsqu'il met toute sa passion à disloquer le rationalisme spinozien, il conclut justement à la vanité de toute raison. D'où, par un retour naturel et illégitime, à la prééminence de l'irrationnel [1]. Mais le passage n'est pas évident. Car ici peuvent intervenir la notion de limite et celle de plan. Les lois de la nature peuvent être valables jusqu'à une certaine limite, passée laquelle elles se retournent contre elles-mêmes pour faire naître l'absurde. Ou encore, elles peuvent se légitimer sur le plan de la description sans pour cela être vraies sur celui de l'explication. Tout est sacrifié ici à l'irrationnel et l'exigence de clarté étant escamotée, l'absurde disparaît avec un des termes de sa comparaison. L'homme absurde au contraire ne procède pas à ce nivellement. Il reconnaît la lutte, ne méprise pas absolument la raison et admet l'irrationnel.

---

1 À propos de la notion d'exception notamment et contre Aristote.

Il recouvre ainsi du regard toutes les données de l'expérience et il est peu disposé à sauter avant de savoir. Il sait seulement que dans cette conscience attentive, il n'y a plus de place pour l'espoir.

Ce qui est sensible chez Léon Chestov, le sera plus encore peut-être chez Kierkegaard. Certes, il est difficile de cerner chez un auteur aussi fuyant des propositions claires. Mais, malgré des écrits apparemment opposés, par-dessus les pseudonymes, les jeux et les sourires, on sent tout au long de cette œuvre apparaître comme le pressentiment (en même temps que l'appréhension) d'une vérité qui finit par éclater dans les derniers ouvrages : Kierkegaard lui aussi fait le saut. Le christianisme dont son enfance s'effrayait tant, il revient finalement vers son visage le plus dur. Pour lui aussi, l'antinomie et le paradoxe deviennent critères du religieux. Ainsi cela même qui faisait désespérer du sens et de la profondeur de cette vie lui donne maintenant sa vérité et sa clarté. Le christianisme, c'est le scandale et ce que Kierkegaard demande tout uniment, c'est le troisième sacrifice exigé par Ignace de Loyola, celui dont Dieu se réjouit le plus : « Le sacrifice de l'Intellect[1] » . Cet effet du « saut » est bizarre, mais ne doit plus nous surprendre. Il fait de l'absurde le critère de l'autre monde alors qu'il est seulement un résidu de l'expérience de ce monde. « Dans son échec, dit Kierkegaard, le croyant trouve son triomphe. »

---

1 On peut penser que je néglige ici le problème essentiel qui est celui de la foi. Mais je n'examine pas la philosophie de Kierkegaard, ou de Chestov ou, plus loin, de Husserl (il y faudrait une autre place et une autre attitude d'esprit), je leur emprunte un thème et j'examine si ses conséquences peuvent convenir aux règles déjà fixées. Il s'agit seulement d'entêtement.

Je n'ai pas à me demander à quelle émouvante prédication se rattache cette attitude. J'ai seulement à me demander si le spectacle de l'absurde et son caractère propre la légitime. Sur ce point, je sais que cela n'est pas. A considérer de nouveau le contenu de l'absurde, on comprend mieux la méthode qui inspire Kierkegaard. Entre l'irrationnel du monde et la nostalgie révoltée de l'absurde, il ne maintient pas l'équilibre. Il n'en respecte pas le rapport qui fait à proprement parler le sentiment de l'absurdité. Certain de ne pouvoir échapper à l'irrationnel, il veut du moins se sauver de cette nostalgie désespérée qui lui paraît stérile et sans portée. Mais s'il peut avoir raison sur ce point dans son jugement, il ne saurait en être de même dans sa négation. S'il remplace son cri de révolte par une adhésion forcenée, le voilà conduit à ignorer l'absurde qui l'éclairait jusqu'ici et à diviniser la seule certitude que désormais il ait, l'irrationnel. L'important, disait l'abbé Galiani à Mme d'Epinay, n'est pas de guérir, mais de vivre avec ses maux. Kierkegaard veut guérir. Guérir, c'est son vœu forcené, celui qui court dans tout son journal. Tout l'effort de son intelligence est d'échapper à l'antinomie de la condition humaine. Effort d'autant plus désespéré qu'il en aperçoit par éclaircies la vanité quand il parle de lui, comme si ni la crainte de Dieu, ni la piété, n'étaient capables de lui donner la paix. C'est ainsi que, par un subterfuge torturé, il donne à l'irrationnel le visage, et à son Dieu les attributs de l'absurde : injuste, inconséquent et incompréhensible. L'intelligence seule en lui s'essaie à étouffer la revendication profonde du cœur humain. Puisque rien n'est prouvé, tout peut être prouvé.

C'est Kierkegaard lui-même qui nous révèle le chemin suivi. Je ne veux rien suggérer ici, mais comment ne pas lire dans ses œuvres les signes d'une mutilation presque volontaire de l'âme en face de la mutilation consentie sur l'absurde ? C'est le leit-motiv du *Journal*. « Ce qui m'a fait défaut, c'est la bête qui, elle aussi, fait partie de l'humaine destinée... Mais donnez-moi donc un corps. » Et plus loin :« Oh ! surtout dans ma première jeunesse que n'eussé-je donné pour être homme, même six mois... ce qui me manque, au fond, c'est un corps et les conditions physiques de l'existence. » Ailleurs, le même homme pourtant fait sien le grand cri d'espoir qui a traversé tant de siècles et animé tant de cœurs, sauf celui de l'homme absurde. « Mais pour le chrétien, la mort n'est nullement la fin de tout et elle implique infiniment plus d'espoir que n'en comporte pour nous la vie, même débordante de santé et de force. » La réconciliation par le scandale, c'est encore de la réconciliation. Elle permet peut-être, on le voit, de tirer l'espoir de son contraire qui est la mort. Mais même si la sympathie fait pencher vers cette attitude, il faut dire cependant que la démesure ne justifie rien. Cela passe, dit-on, la mesure humaine, il faut donc que cela soit surhumain. Mais ce « donc » est de trop. Il n'y a point ici de certitude logique. Il n'y a point non plus de probabilité expérimentale. Tout ce que je puis dire, c'est qu'en effet cela passe ma mesure. Si je n'en tire pas une négation, du moins je ne veux rien fonder sur l'incompréhensible. Je veux savoir si je puis vivre avec ce que je sais et avec cela seulement. On me dit encore que l'intelligence doit ici sacrifier son orgueil et la raison s'incliner. Mais si je reconnais les limites de la raison, je ne la nie pas pour autant, reconnaissant ses pouvoirs relatifs. Je veux seulement me tenir dans ce chemin moyen où l'intelligence peut rester claire. Si c'est là son orgueil, je ne vois pas de raison suffisante pour y renoncer. Rien de plus profond, par exemple, que la vue de Kierkegaard selon quoi le désespoir n'est pas un fait mais un état : l'état même du péché. Car le péché c'est ce qui éloigne de Dieu. L'absurde, qui est l'état métaphysique de l'homme conscient, ne mène pas à Dieu [1]. Peut-être cette notion s'éclaircira-t-elle si je hasarde cette énormité : l'absurde c'est le péché sans Dieu.

Cet état de l'absurde, il s'agit d'y vivre. Je sais sur quoi il est fondé, cet esprit et ce monde arcboutés l'un contre l'autre sans pouvoir s'embrasser. Je demande la règle de la vie de cet état et ce qu'on me propose en néglige le fondement, nie l'un des termes de l'opposition douloureuse, me commande une démission. Je demande ce qu'entraîne la condition que je reconnais pour mienne, je sais qu'elle implique l'obscurité et l'ignorance et l'on m'assure que cette ignorance explique tout et que cette nuit est ma lumière. Mais on ne répond pas ici à mon intention et ce lyrisme exaltant ne peut me cacher le paradoxe. Il faut donc se détourner. Kierkegaard peut crier, avertir : « Si l'homme n'avait pas de conscience éternelle, si, au fond de toutes choses, il n'y avait qu'une puissance sauvage et bouillonnante produisant toutes choses, le grand et le futile, dans le tourbillon d'obscures passions, si le vide sans fond que rien ne peut combler se cachait

---

[1] Je n'ai pas dit « exclut Dieu », ce qui serait encore affirmer.

sous les choses, que, serait donc la vie, sinon le désespoir ?» Ce cri n'a pas de quoi arrêter l'homme absurde. Chercher ce qui est vrai n'est pas chercher ce qui est souhaitable. Si pour échapper à la question angoissée :« Que serait donc la vie ?» il faut comme l'âne se nourrir des roses de l'illusion, plutôt que de se résigner au mensonge, l'esprit absurde préfère adopter sans trembler la réponse de Kierkegaard :« le désespoir ». Tout bien considéré, une âme déterminée s'en arrangera toujours.

*

Je prends la liberté d'appeler ici suicide philosophique l'attitude existentielle. Mais ceci n'implique pas un jugement. C'est une façon commode de désigner le mouvement par quoi une pensée se nie elle-même et tend à se surpasser dans ce qui fait sa négation. Pour les existentiels, la négation c'est leur Dieu. Exactement, ce dieu ne se soutient que, par la négation de la raison humaine [1]. Mais comme les suicides, les dieux changent avec les hommes. Il y a plusieurs façons de sauter, l'essentiel étant de sauter. Ces négations rédemptrices, ces contradictions finales qui nient l'obstacle que l'on n'a pas encore sauté, peuvent naître aussi bien (c'est le paradoxe que vise ce raisonnement) d'une certaine inspiration religieuse que de l'ordre rationnel. Elles prétendent toujours à l'éternel, c'est en cela seulement qu'elles font le saut.

---

1 Précisons encore une fois : ce n'est pas l'affirmation de Dieu qui est mise en cause ici, c'est la logique qui y mène.

Il faut encore le dire, le raisonnement que cet essai poursuit laisse entièrement de côté l'attitude spirituelle la plus répandue dans notre siècle éclairé : celle qui s'appuie sur le principe que tout est raison et qui vise à donner une explication au monde. Il est naturel d'en donner une vue claire lorsqu'on admet qu'il doit être clair. Cela est même légitime mais n'intéresse pas le raisonnement que nous poursuivons ici. Son but en effet c'est d'éclairer la démarche de l'esprit lorsque, parti d'une philosophie de la non-signification du monde, il finit par lui trouver un sens et une profondeur. La plus pathétique de ces démarches est d'essence religieuse ; elle s'illustre dans le thème de l'irrationnel. Mais la plus paradoxale et la plus significative est bien celle qui donne ses raisons raisonnantes à un monde qu'elle imaginait tout d'abord sans principe directeur. On ne saurait en tout cas venir aux conséquences qui nous intéressent sans avoir donné une idée de cette nouvelle acquisition de l'esprit de nostalgie.

J'examinerai seulement le thème de « l'Intention », mis à la mode par Husserl et les phénoménologues. Il y a été fait allusion. Primitivement, la méthode husserlienne nie la démarche classique de la raison. Répétons-nous. Penser, ce n'est pas unifier, rendre familière l'apparence sous le visage d'un grand principe. Penser, c'est réapprendre à voir, diriger sa conscience, faire de chaque image un lieu privilégié. Autrement dit, la phénoménologie se refuse à expliquer le monde, elle veut être seulement une description du vécu. Elle rejoint la pensée absurde dans son affirmation initiale qu'il n'est point de vérité, mais seulement des vérités. Depuis le vent du soir jusqu'à cette main sur mon épaule, chaque chose a sa vérité. C'est la conscience qui l'éclaire par l'attention qu'elle lui prête. La conscience ne forme pas l'objet de sa connaissance, elle fixe seulement, elle est l'acte d'attention et pour reprendre une image bergsonienne, elle ressemble à l'appareil de projection qui se fixe d'un coup sur une image. La différence, c'est qu'il n'y a pas de scénario, mais une illustration successive et inconséquente. Dans cette lanterne magique, toutes les images sont privilégiées. La conscience met en suspens dans l'expérience les objets de son attention. Par son miracle, elle les isole. Ils sont dès lors en dehors de tous les jugements. C'est cette « intention » qui caractérise la conscience. Mais le mot n'implique aucune idée de finalité : il est pris dans son sens de « direction » : il n'a de valeur que topographique.

A première vue, il semble bien que rien ainsi ne contredit l'esprit absurde. Cette apparente modestie de la pensée qui se borne à décrire ce qu'elle se refuse à expliquer, cette discipline volontaire d'où procède paradoxalement l'enrichissement profond de l'expérience et la renaissance du monde dans sa prolixité, ce sont là des démarches absurdes. Du moins à première vue. Car les méthodes de pensée, en ce cas comme ailleurs, revêtent toujours deux aspects, l'un psychologique et l'autre métaphysique [1]. Par là elles recèlent deux vérités. Si le thème de l'intentionnalité ne prétend illustrer qu'une attitude psychologique, par laquelle le réel

---

1 Même les épistémologies les plus rigoureuses supposent des métaphysiques. Et à ce point que la métaphysique d'une grande partie des penseurs de l'époque consiste à n'avoir qu'une épistémologie.

serait épuisé au lieu d'être expliqué, rien en effet ne le sépare de l'esprit absurde. Il vise à dénombrer ce qu'il ne peut transcender. Il affirme seulement que dans l'absence de tout principe d'unité, la pensée peut encore trouver sa joie à décrire et à comprendre chaque visage de l'expérience. La vérité dont il est question alors pour chacun de ces visages est d'ordre psychologique. Elle témoigne seulement de l' « intérêt » que peut présenter la réalité. C'est une façon d'éveiller un monde somnolent et de le rendre vivant à l'esprit. Mais si l'on veut étendre et fonder rationnellement cette notion de vérité, si l'on prétend découvrir ainsi l' « essence » de chaque objet de la connaissance, on restitue sa profondeur à l'expérience. Pour un esprit absurde, cela est incompréhensible. Or c'est ce balancement de la modestie à l'assurance qui est sensible dans l'attitude intentionnelle et ce miroitement de la pensée phénoménologique illustrera mieux que tout autre chose le raisonnement absurde.

Car Husserl parle aussi « d'essences extra-temporelles » que l'intention met ainsi à jour et l'on croit entendre Platon. On n'explique pas toutes choses par une seule, mais par toutes. Je n'y vois pas de différence. Certes ces idées ou ces essences que la conscience « effectue » au bout de chaque description, on ne veut pas encore qu'elles soient modèles parfaits. Mais on affirme qu'elles sont directement présentes dans toute donnée de perception. Il n'y a plus une seule idée qui explique tout, mais une infinité d'essences qui donnent un sens à une infinité d'objets. Le monde s'immobilise, mais s'éclaire. Le réalisme platonicien devient intuitif, mais c'est encore du réalisme. Kierkegaard s'abîmait dans son Dieu, Parménide précipitait la pensée dans l'Un. Mais ici la pensée se jette dans un polythéisme abstrait. Il y a mieux : les hallucinations et les fictions font partie elles aussi des « essences extra-temporelles ». Dans le nouveau monde des idées, la catégorie de centaure collabore avec celle, plus modeste, de métropolitain.

Pour l'homme absurde, il y avait une vérité en même temps qu'une amertume dans cette opinion purement psychologique que tous les visages du monde sont privilégiés. Que tout soit privilégié revient à dire que tout est équivalent. Mais l'aspect métaphysique de cette vérité le mène si loin que par une réaction élémentaire, il se sent plus près peut-être de Platon. On lui enseigne en effet que toute image suppose une essence également privilégiée. Dans ce monde idéal sans hiérarchie, l'armée formelle est composée seulement de généraux. Sans doute la transcendance avait été éliminée. Mais un tournant brusque de la pensée réintroduit dans le monde une sorte d'immanence fragmentaire qui restitue sa profondeur à l'univers.

Dois-je craindre d'avoir mené trop loin un thème manié avec plus de prudence par ses créateurs ? Je lis seulement ces affirmations d'Husserl, d'apparence paradoxale, mais dont on sent la logique rigoureuse, si l'on admet ce qui précède : « Ce qui est vrai est vrai absolument, en soi ; la vérité est une ; identique à elle-même, quels que soient les êtres qui la perçoivent, hommes, monstres, anges ou dieux. » La Raison triomphe et claironne par cette voix, je ne puis le nier. Que peut signifier son affirmation dans le monde absurde ? La perception d'un ange ou d'un dieu n'a pas de sens pour moi. Ce lieu géométrique où la raison divine ratifie la mienne m'est pour toujours incompréhensible. Là encore, je décèle un saut, et pour être fait dans l'abstrait, il ne signifie pas moins pour moi l'oubli de ce que, justement, je ne veux pas oublier. Lorsque plus loin Husserl s'écrie : « Si toutes les masses soumises à l'attraction disparaissaient, la loi de l'attraction ne s'en trouverait pas détruite, mais elle resterait simplement sans application possible », je sais que je me trouve en face d'une métaphysique de consolation. Et si je veux découvrir le tournant où la pensée quitte le chemin de l'évidence, je n'ai qu'à relire le raisonnement parallèle qu'Husserl tient à propos de l'esprit : « Si nous pouvions contempler clairement les lois exactes des processus psychiques, elles se montreraient également éternelles et invariables, comme les lois fondamentales des sciences naturelles théoriques. Donc elles seraient valables même s'il n'y avait aucun processus psychique. » Même si l'esprit n'était pas, ses lois seraient ! Je comprends alors que d'une vérité psychologique, Husserl prétend faire une règle rationnelle : Après avoir nié le pouvoir intégrant de la raison humaine, il saute par ce biais dans la Raison éternelle.

Le thème husserlien de l'« univers concret » ne peut alors me surprendre. Me dire que toutes les essences ne sont pas formelles, mais qu'il en est de matérielles, que les premières sont l'objet de la logique et les secondes des sciences, ce n'est qu'une question de définition. L'abstrait, m'assure-t-on, ne désigne qu'une partie non consistante par elle-même d'un universel concret. Mais le balancement déjà révélé me permet d'éclairer la confusion de ces termes. Car cela peut vouloir dire que l'objet concret de mon attention, ce ciel, le reflet de cette eau sur le pan de ce manteau gardent à eux seuls ce prestige du réel que mon intérêt isole dans le monde. Et je ne le nierai pas. Mais cela peut vouloir dire aussi que ce manteau lui-même est universel, a son essence particulière et suffisante, appartient au monde des formes. Je comprends alors que l'on a changé seulement l'ordre de la procession. Ce monde n'a plus son reflet dans un univers supérieur, mais le ciel des formes se figure dans le peuple des images de cette terre. Ceci ne change rien pour moi. Ce n'est point le goût du concret, le sens de la condition humaine que je retrouve ici, mais un intellectualisme assez débridé pour généraliser le concret lui-même.

*

On s'étonnerait en vain du paradoxe apparent qui mène la pensée à sa propre négation par les voies opposées de la raison humiliée et de la raison triomphante. Du dieu abstrait d'Husserl au dieu fulgurant de Kierkegaard, la distance n'est pas si grande. La raison et l'irrationnel mènent à la même prédication. C'est qu'en vérité le chemin importe peu, la volonté d'arriver suffit à tout. Le philosophe abstrait et le philosophe religieux partent du même désarroi et se soutiennent dans la même angoisse. Mais l'essentiel est d'expliquer. La nostalgie est plus forte ici que la science. Il est significatif que la pensée de l'époque soit à la fois l'une des plus pénétrées d'une philosophie de la non-signification du monde et l'une des plus déchirées dans ses conclusions. Elle ne cesse d'osciller entre l'extrême rationalisation du réel qui pousse à la fragmenter en raisons-types et son extrême irrationalisation qui pousse à la diviniser. Mais ce divorce n'est qu'apparent. Il s'agit de se réconcilier et, dans les deux cas, le saut y suffit. On croit toujours à tort que la notion de raison est à sens unique. Au vrai, si rigoureuse qu'elle soit dans son ambition, ce concept n'en est pas moins aussi mobile que d'autres. La raison porte un visage tout humain, mais elle sait aussi se tourner vers le divin. Depuis Plotin qui le premier sut la concilier avec le climat éternel, elle a appris à se détourner du plus cher de ses principes qui est la contradiction pour en intégrer le plus étrange, celui, tout magique, de participation[1]. Elle est un instrument de pensée et non la pensée elle-même. La pensée d'un homme est avant tout sa nostalgie.

De même que la raison sut apaiser la mélancolie plotinienne, elle donne à l'angoisse moderne les moyens de se calmer dans les décors familiers de l'éternel. L'esprit absurde a moins de chance. Le monde pour lui n'est ni aussi rationnel, ni à ce point irrationnel. Il est déraisonnable et il n'est que cela. La raison chez Husserl finit par n'avoir point de limites. L'absurde fixe au contraire ses limites puisqu'elle est impuissante à calmer son angoisse. Kierkegaard d'un autre côté affirme qu'une seule limite

---

1 A. —À cette époque, il fallait que la raison s'adaptât ou mourût. Elle s'adapte. Avec Plotin, de logique elle devient esthétique. La métaphore remplace le syllogisme.

B.—D'ailleurs ce n'est pas la seule contribution de Plotin à la phénoménologie. Toute cette attitude est déjà contenue dans l'idée si chère au penseur alexandrin qu'il n'y a pas seulement une idée de l'homme, mais aussi une idée de Socrate.

suffit à la nier. Mais l'absurde ne va pas si loin. Cette limite pour lui vise seulement les ambitions de la raison. Le thème de l'irrationnel, tel qu'il est conçu par les existentiels, c'est la raison qui se brouille et se délivre en se niant. L'absurde, c'est la raison lucide qui constate ses limites.

C'est au bout de ce, chemin difficile que l'homme absurde reconnaît ses vraies raisons. A comparer son exigence profonde et ce qu'on lui propose alors, il sent soudain qu'il va se détourner. Dans l'univers d'Husserl le monde se clarifie et cet appétit de familiarité qui tient au cœur de l'homme devient inutile. Dans l'apocalypse de Kierkegaard, ce désir de clarté doit se renoncer s'il veut être satisfait. Le péché n'est point tant de savoir (à ce compte, tout le monde est innocent), que de désirer savoir. Justement, c'est le seul péché dont l'homme absurde puisse sentir qu'il fait à la fois sa culpabilité et son innocence. On lui propose un dénouement où toutes les contradictions passées ne sont plus que des jeux polémiques. Mais ce n'est pas ainsi qu'il les a ressenties. Il faut garder leur vérité qui est de ne point être satisfaites. Il ne veut pas de la prédication.

Mon raisonnement veut être fidèle à l'évidence qui l'a éveillé. Cette évidence, c'est l'absurde. C'est ce divorce entre l'esprit qui désire et le monde qui déçoit, ma nostalgie d'unité, cet univers dispersé et la contradiction qui les enchaîne. Kierkegaard supprime ma nostalgie et Husserl rassemble cet univers. Ce n'est pas cela que j'attendais. Il s'agissait de vivre et de penser avec ces déchirements, de savoir s'il fallait accepter ou refuser. Il ne peut être question de masquer l'évidence, de supprimer l'absurde en niant l'un des termes de son équation. Il faut savoir si l'on peut en vivre ou si la logique commande qu'on en meure. Je ne m'intéresse pas au suicide philosophique, mais au suicide tout court. Je veux seulement le purger de son contenu d'émotions et connaître sa logique et son honnêteté. Toute autre position suppose pour l'esprit absurde l'escamotage et le recul de l'esprit devant ce que l'esprit met à jour. Husserl dit obéir au désir d'échapper « à l'habitude invétérée de vivre et de penser dans certaines conditions d'existence déjà bien connues et commodes », mais le saut final nous restitue chez lui l'éternel et son confort. Le saut ne figure pas un extrême danger comme le voudrait Kierkegaard. Le péril au contraire est dans l'instant subtil qui précède le saut. Savoir se maintenir sur cette arête vertigineuse, voilà l'honnêteté, le reste est subterfuge. Je sais aussi que jamais l'impuissance n'a inspiré d'aussi émouvants accords que ceux de Kierkegaard. Mais si l'impuissance a sa place dans les paysages indifférents de l'histoire, elle ne saurait la trouver dans un raisonnement dont on sait maintenant l'exigence.

LA LIBERTÉ ABSURDE

Maintenant le principal est fait. Je tiens quelques évidences dont je ne peux me détacher. Ce que je sais, ce qui est sûr, ce que je ne peux nier, ce que je ne peux rejeter, voilà ce qui compte. Je peux tout nier de cette partie de moi qui vit de nostalgies incertaines, sauf ce désir d'unité, cet appétit de résoudre, cette exigence de clarté et de cohésion. Je peux tout réfuter dans ce monde qui m'entoure, me heurte ou me transporte, sauf ce chaos, ce hasard roi et cette divine équivalence qui naît de l'anarchie. Je ne sais pas si ce monde a un sens qui le dépasse. Mais je sais que je ne connais pas ce sens et qu'il m'est impossible pour le moment de le connaître. Que signifie pour moi une signification hors de ma condition ? Je ne puis comprendre qu'en termes humains. Ce que je touche, ce qui me résiste, voilà ce que je comprends. Et ces deux certitudes, mon appétit d'absolu et d'unité et l'irréductibilité de ce monde à un principe rationnel et raisonnable, je sais encore que je ne puis les concilier. Quelle autre vérité puis-je reconnaître sans mentir, sans faire intervenir un espoir que je n'ai pas et qui ne signifie rien dans les limites de ma condition ?

Si j'étais arbre parmi les arbres, chat parmi les animaux, cette vie aurait un sens ou plutôt ce problème n'en aurait point car je ferais partie de ce monde. Je *serais* ce monde auquel je m'oppose maintenant par toute ma conscience et par toute mon exigence de familiarité. Cette raison si dérisoire, c'est elle qui m'oppose à toute la création. Je ne puis la nier d'un trait de plume. Ce que je crois vrai, je dois donc le maintenir. Ce qui m'apparaît si évident, même contre moi, je dois le soutenir. Et qu'est-ce qui fait le fond de ce conflit, de cette fracture entre le monde et mon esprit, sinon la conscience que j'en ai ? Si donc je veux le maintenir, c'est par une conscience perpétuelle, toujours renouvelée, toujours tendue. Voilà ce que, pour le moment, il me faut retenir. A ce moment, l'absurde, à la fois si évident et si difficile à conquérir, rentre dans la vie d'un homme et retrouve sa patrie. A ce moment encore, l'esprit peut quitter la route aride et desséchée de l'effort lucide. Elle débouche maintenant dans la vie quotidienne. Elle retrouve le monde de l' « on » anonyme, mais l'homme y rentre désormais avec sa révolte et sa clairvoyance. Il a désappris d'espérer. Cet enfer du présent, c'est enfin son royaume. Tous les problèmes reprennent leur tranchant. L'évidence abstraite se retire devant le lyrisme des formes et des couleurs. Les conflits spirituels s'incarnent et retrouvent l'abri misérable et magnifique du cœur de l'homme. Aucun n'est résolu. Mais tous sont transfigurés. Va-t-on mourir, échapper par le saut, reconstruire une maison d'idées et de formes à sa mesure ? Va-t-on au contraire soutenir le pari déchirant et merveilleux de l'absurde ? Faisons à cet égard un dernier effort et tirons toutes nos conséquences. Le corps, la tendresse, la création, l'action, la noblesse humaine, reprendront alors leur place dans ce monde insensé. L'homme y retrouvera enfin le vin de l'absurde et le pain de l'indifférence dont il nourrit sa grandeur.

Insistons encore sur la méthode : il s'agit de s'obstiner. A un certain point de son chemin, l'homme absurde est sollicité. L'histoire ne manque ni de religions, ni de prophètes, même sans dieux. On lui demande de sauter. Tout ce qu'il peut répondre, c'est qu'il ne comprend pas bien, que cela n'est pas évident. Il ne veut faire justement que ce qu'il comprend bien. On lui assure que c'est péché d'orgueil, mais il n'entend pas la notion de péché ; que peut-être l'enfer est au bout, mais il n'a pas assez d'imagination pour se représenter cet étrange avenir ; qu'il perd la vie immortelle, mais cela lui paraît futile. On voudrait lui faire reconnaître sa culpabilité. Lui se sent innocent. A vrai dire, il ne sent que cela, son innocence irréparable. C'est elle qui lui permet tout. Ainsi ce qu'il exige de lui-même, c'est de vivre *seulement* avec ce qu'il sait, de s'arranger de ce qui est et ne rien faire intervenir qui ne soit certain. On lui répond que rien ne l'est. Mais ceci du moins est une certitude. C'est avec elle qu'il a affaire : il veut savoir s'il est possible de vivre sans appel.

*

Je puis aborder maintenant la notion de suicide. On a senti déjà quelle solution il est possible de lui donner. A ce point, le problème est inversé. Il s'agissait précédemment de savoir si la vie devait avoir un sens pour être vécue. Il apparaît ici au contraire qu'elle sera d'autant mieux vécue qu'elle n'aura pas de sens. Vivre une expérience, un destin, c'est l'accepter pleinement. Or on ne vivra pas ce destin, le sachant absurde, si on ne fait pas tout pour maintenir devant soi cet absurde mis à jour par la conscience. Nier l'un des termes de l'opposition dont il vit, c'est lui échapper. Abolir la révolte consciente, c'est éluder le problème. Le thème de la révolution permanente se transporte ainsi dans l'expérience individuelle. Vivre, c'est faire vivre l'absurde, Le faire vivre, c'est avant tout le regarder. Au contraire d'Eurydice, l'absurde ne meurt que lorsqu'on s'en détourne. L'une des seules positions philosophiques cohérentes, c'est ainsi la révolte. Elle est un confrontement perpétuel de l'homme et de sa propre obscurité. Elle est exigence d'une impossible transparence. Elle remet le monde en question à chacune de ses secondes. De même que le danger fournit à l'homme l'irremplaçable occasion de la saisir, de même la révolte métaphysique étend la conscience tout le long de l'expérience. Elle est cette présence constante de l'homme à lui-même. Elle n'est pas aspiration, elle est sans espoir. Cette révolte c'est l'assurance d'un destin écrasant, moins la résignation qui devrait l'accompagner.

C'est ici qu'on voit à quel point l'expérience absurde s'éloigne du suicide. On peut croire que le suicide suit la révolte. Mais à tort. Car il ne figure pas son aboutissement logique. Il est exactement son contraire, par le consentement qu'il suppose. Le suicide, comme le saut, c'est l'acceptation à sa limite. Tout est consommé, l'homme rentre dans son histoire essentielle. Son avenir, son seul et terrible avenir, il le discerne et s'y précipite. A sa manière, le suicide résout l'absurde. Il l'entraîne dans la même mort. Mais je sais que pour se maintenir, l'absurde ne peut se résoudre. Il échappe au suicide, dans la mesure où il est en même temps conscience et refus de la mort. Il est, à l'extrême pointe de la dernière pensée du condamné à mort, ce cordon de soulier qu'en dépit de tout il aperçoit à quelques mètres, au bord même de sa chute vertigineuse. Le contraire du suicide, précisément, c'est le condamné à mort.

Cette révolte donne son prix à la vie. Etendue sur toute la longueur d'une existence, elle lui restitue sa grandeur. Pour un homme sans œillères, il n'est pas de plus beau spectacle que celui de l'intelligence aux prises avec une réalité qui le dépasse. Le spectacle de l'orgueil humain est inégalable. Toutes les dépréciations n'y feront rien. Cette discipline que l'esprit se dicte à lui-même, cette volonté forgée de toutes pièces, ce face à face, ont quelque chose de singulier. Appauvrir cette réalité dont l'inhumanité fait la grandeur de l'homme, c'est du même coup l'appauvrir lui-même. Je comprends alors pourquoi les doctrines qui m'expliquent tout m'affaiblissent en même temps. Elles me déchargent du poids de ma propre vie et il faut bien pourtant que je le porte seul. A ce tournant, je ne puis concevoir qu'une métaphysique sceptique puisse s'allier à une morale du renoncement.

Conscience et révolte, ces refus sont le contraire du renoncement. Tout ce qu'il y a d'irréductible et de passionné dans un cœur humain les anime au contraire de sa vie. Il s'agit de mourir irréconcilié et non pas de plein gré. Le suicide est une méconnaissance. L'homme absurde ne peut que tout épuiser, et s'épuiser. L'absurde est sa tension la plus extrême, celle qu'il maintient constamment d'un effort solitaire, car il sait que dans cette conscience et dans cette révolte au jour le jour, il témoigne de sa seule vérité qui est le défi. Ceci est une première conséquence.

*

Si je me maintiens dans cette position concertée qui consiste à tirer toutes les conséquences (et rien qu'elles) qu'une notion découverte entraîne, je me trouve en face d'un second paradoxe. Pour rester fidèle à cette méthode, je n'ai rien à faire avec le problème de la liberté métaphysique. Savoir si l'homme est libre ne m'intéresse pas. Je ne puis éprouver que ma propre liberté. Sur elle, je ne puis avoir de notions générales, mais quelques aperçus clairs. Le problème de « la liberté en soi » n'a pas de sens. Car il est lié d'une toute autre façon à celui de Dieu. Savoir si l'homme est libre commande qu'on sache s'il peut avoir un maître. L'absurdité particulière à ce problème vient de ce que la notion même qui rend possible le problème de la liberté lui retire en même temps tout son sens. Car devant Dieu, il y a moins un problème de la liberté qu'un problème du mal. On connaît l'alternative : ou nous ne sommes pas libres et Dieu tout puissant est responsable du mal. Ou nous sommes libres et responsables mais Dieu n'est pas tout puissant. Toutes les subtilités d'écoles n'ont rien ajouté ni soustrait au tranchant de ce paradoxe.

C'est pourquoi je ne puis pas me perdre dans l'exaltation ou la simple définition d'une notion qui m'échappe et perd son sens à partir du moment où elle déborde le cadre de mon expérience individuelle. Je ne puis comprendre ce que peut être une liberté qui me serait donnée par un être supérieur. J'ai perdu le sens de la hiérarchie. Je ne puis avoir de la liberté que la conception du prisonnier ou de l'individu moderne au sein de l'Etat. La seule que je connaisse, c'est la liberté d'esprit et d'action. Or si l'absurde annihile toutes mes chances de liberté éternelle, il me rend et exalte au contraire ma liberté d'action. Cette privation d'espoir et d'avenir signifie un accroissement dans la disponibilité de l'homme.

Avant de rencontrer l'absurde, l'homme quotidien vit avec des buts, un souci d'avenir ou de justification (à l'égard de qui ou de quoi, ce n'est pas la question). Il évalue ses chances, il compte sur le plus tard, sur sa retraite ou le travail de ses fils. Il croit encore que quelque chose dans sa vie peut se diriger. Au vrai, il agit comme s'il était libre, même si tous les faits se chargent de contredire cette liberté. Mais après l'absurde tout se trouve ébranlé. Cette idée que « je suis », ma façon d'agir comme si tout a un sens (même si, à l'occasion, je disais que rien n'en a) tout cela se trouve démenti d'une façon vertigineuse par l'absurdité d'une mort possible. Penser au lendemain, se fixer un but, avoir des préférences, tout cela suppose la croyance à la liberté, même si l'on s'assure parfois de ne pas la ressentir. Mais à ce moment, cette liberté supérieure, cette liberté d'être qui seule peut fonder une vérité, je sais bien alors qu'elle n'est pas. La mort est là comme seule réalité. Après elle les jeux sont faits. Je suis non plus libre de me perpétuer mais esclave, et surtout esclave sans espoir de révolution éternelle, sans recours au mépris. Et qui sans révolution et sans mépris peut demeurer esclave ? Quelle liberté peut exister au sens plein, sans assurance d'éternité ?

Mais en même temps, l'homme absurde comprend que jusqu'ici, il était lié à ce postulat de liberté sur l'illusion de quoi il vivait. Dans un certain sens, cela l'entravait. Dans la mesure où il imaginait un but à sa vie, il se conformait aux exigences d'un but à atteindre et devenait esclave de sa liberté. Ainsi, je ne saurais plus agir autrement que comme le père de famille (ou l'ingénieur ou le conducteur de peuples, ou le surnuméraire aux P.T.T.) que je me prépare à être. Je crois que je puis choisir d'être cela plutôt qu'autre chose. Je le crois inconsciemment, il est vrai. Mais je soutiens en même temps mon postulat des croyances de ceux qui m'entourent, des préjugés de mon milieu humain (les autres sont si sûrs d'être libres et cette bonne humeur est si contagieuse !) Si loin qu'on puisse se tenir de tout préjugé, moral ou social, on les subit en partie et même, pour les meilleurs d'entre eux (il y a de bons et de mauvais préjugés), on leur conforme sa vie. Ainsi l'homme absurde comprend qu'il n'était réellement pas libre. Pour parler clair, dans la mesure où j'espère, où je m'inquiète d'une vérité qui me soit propre, d'une façon d'être ou de créer, dans la mesure enfin où j'ordonne ma vie et où je prouve par là que j'admets qu'elle ait un sens, je me crée des barrières entre quoi je resserre ma vie. Je fais comme tant de fonctionnaires de l'esprit et du cœur qui ne m'inspirent que du dégoût et qui ne font pas autre chose, je le vois bien maintenant, que de prendre au sérieux la liberté de l'homme.

L'absurde m'éclaire sur ce point : il n'y a pas de lendemain.

Voici désormais la raison de ma liberté profonde. Je prendrai ici deux comparaisons. Les mystiques d'abord trouvent une liberté à se donner. A s'abîmer dans leur dieu, à consentir à ses règles, ils deviennent secrètement libres à leur tour. C'est dans l'esclavage spontanément consenti qu'ils retrouvent une indépendance profonde. Mais que signifie cette liberté. On peut dire surtout qu'ils se *sentent* libres vis-à-vis d'eux-mêmes et moins libres que surtout libérés. De même tout entier tourné vers la mort (prise ici comme l'absurdité la plus évidente) l'homme absurde se sent dégagé de tout ce qui n'est pas cette attention passionnée qui cristallise en lui. Il goûte une liberté à l'égard des règles communes. On voit ici que les thèmes de départ de la philosophie existentielle gardent toute leur valeur. Le retour à la conscience, l'évasion hors du sommeil quotidien figurent les premières démarches de la liberté absurde. Mais c'est la *prédication* existentielle qui est visée et avec elle ce saut spirituel qui dans le fond échappe à la conscience. De la même façon (c'est ma deuxième comparaison) les esclaves de l'antiquité ne s'appartenaient pas. Mais ils connaissaient cette liberté qui consiste à ne point se sentir responsable[1]. La mort aussi a des mains patriciennes qui écrasent, mais qui délivrent.

S'abîmer dans cette certitude sans fond, se sentir désormais assez étranger à sa propre vie pour l'accroître et la parcourir sans la myopie de l'amant, il y a là le principe d'une libération. Cette

---

[1] Il s'agit ici d'une comparaison de fait, non d'une apologie de l'humilité. L'homme absurde est le contraire de l'homme réconcilié.

indépendance nouvelle est à terme, comme toute liberté d'action. Elle ne tire pas de chèque sur l'éternité. Mais elle remplace les illusions de la *liberté*, qui s'arrêtaient toutes à la mort. La divine disponibilité du condamné à mort devant qui s'ouvre les portes de la prison par une certaine petite aube, cet incroyable désintéressement à l'égard de tout, sauf de la flamme pure de la vie, on le sent bien, la mort et l'absurde sont ici les principes de la seule liberté raisonnable : celle qu'un cœur humain peut éprouver et vivre. Ceci est une deuxième conséquence. L'homme absurde entrevoit ainsi un univers brûlant et glacé, transparent et limité, où rien n'est possible mais tout est donné, passé lequel c'est l'effondrement et le néant. Il peut alors décider d'accepter de vivre dans un tel univers et d'en tirer ses forces, son refus d'espérer et le témoignage obstiné d'une vie sans consolation.

*

Mais que signifie la vie dans un tel univers ? Rien d'autre pour le moment que l'indifférence à l'avenir et la passion d'épuiser tout ce qui est donné. La croyance au sens de la vie suppose toujours une échelle de valeurs, un choix, nos préférences. La croyance à l'absurde, selon nos définitions, enseigne le contraire. Mais cela vaut qu'on s'y arrête.

Savoir si l'on peut vivre sans appel, c'est tout ce qui m'intéresse. Je ne veux point sortir de ce terrain. Ce visage de la vie m'étant donné, puis-je m'en accommoder ? Or, en face de ce souci particulier, la croyance à l'absurde revient à remplacer la qualité des expériences par la quantité. Si je me persuade que cette vie n'a d'autre face que celle de l'absurde, si j'éprouve que tout son équilibre tient à cette perpétuelle opposition entre ma révolte consciente et l'obscurité où elle se débat, si j'admets que ma liberté n'a de sens que par rapport à son destin limité, alors je dois dire que ce qui compte ce n'est pas de vivre le mieux mais de vivre le plus. Je n'ai pas à me demander si cela est vulgaire ou écœurant, élégant ou regrettable. Une fois pour toutes, les jugements de valeur sont écartés ici au profit des jugements de fait. J'ai seulement à tirer les conclusions de ce que je puis voir et à ne rien hasarder qui soit une hypothèse. A supposer que vivre ainsi ne fût pas honnête, alors la véritable honnêteté me commanderait d'être déshonnête.

Vivre le plus ; au sens large, cette règle de vie ne signifie rien. Il faut la préciser. Il semble d'abord qu'on n'ait pas assez creusé cette notion de quantité. Car elle peut rendre compte d'une large part de l'expérience humaine. La morale d'un homme, son échelle de valeurs n'ont de sens que par la quantité et la variété d'expériences qu'il lui a été donné d'accumuler. Or les conditions de la vie moderne imposent à la majorité des hommes la même quantité d'expériences et partant la même expérience profonde. Certes, il faut bien considérer aussi l'apport spontané de l'individu, ce qui en lui est « donné ». Mais je ne puis juger de cela et encore une fois ma règle ici est de m'arranger de l'évidence immédiate. Je vois alors que le caractère propre d'une morale commune réside moins dans l'importance idéale des principes qui l'animent que dans la norme d'une expérience qu'il est possible de calibrer. En forçant un peu les choses, les Grecs avaient la morale de leurs loisirs comme nous avons celle de nos journées de huit heures. Mais beaucoup d'hommes déjà et parmi les plus tragiques nous font pressentir qu'une plus longue expérience change ce tableau des valeurs. Ils nous font imaginer cet aventurier du quotidien qui par la simple quantité des expériences battrait tous les records (j'emploie à dessein ce terme sportif) et gagnerait ainsi sa propre morale[1]. Eloignons-nous cependant du romantisme et demandons-nous seulement ce que peut signifier cette attitude pour un homme décidé à tenir son pari et à observer strictement ce qu'il croît être la règle du jeu.

Battre tous les records, c'est d'abord et uniquement être en face du monde le plus souvent possible. Comment cela peut-il se faire sans contradictions et sans jeux de mots ? Car d'une part l'absurde enseigne que toutes les expériences sont indifférentes et de l'autre, il pousse vers la plus grande quantité d'expériences. Comment alors ne point faire comme tant de ces hommes dont je parlais plus haut, choisir la forme de vie qui nous apporte le plus possible de cette matière humaine, introduire par là une échelle de valeurs que d'un autre côté on prétend rejeter ?

Mais c'est encore l'absurde et sa vie contradictoire qui nous enseigne. Car l'erreur est de penser que cette quantité

---

1 La quantité fait quelquefois la qualité. Si j'en crois les dernières mises au point de la théorie scientifique, toute matière est constituée par des centres d'énergie. Leur quantité plus ou moins grande fait sa spécificité plus ou moins singulière. Un milliard d'ions et un ion différent non seulement en quantité, mais encore en qualité. L'analogie est facile à retrouver dans l'expérience humaine.

d'expériences dépend des circonstances de notre vie quand elle ne dépend que de nous. Il faut ici être simpliste. A deux hommes vivant le même nombre d'années, le monde fournit toujours la même somme d'expériences. C'est à nous d'en être conscients. Sentir sa vie, sa révolte, sa liberté, et le plus possible, c'est vivre et le plus possible. Là où la lucidité règne, l'échelle des valeurs devient inutile. Soyons encore plus simplistes. Disons que le seul obstacle, le seul « manque à gagner » est constitué par la mort prématurée. L'univers suggéré ici ne vit que par opposition à cette constante exception qu'est la mort. C'est ainsi qu'aucune profondeur, aucune émotion, aucune passion et aucun sacrifice ne pourraient rendre égales aux yeux de l'homme absurde (même s'il le souhaitait), une vie consciente de quarante ans et une lucidité étendue sur soixante ans[1]. La folie et la mort, ce sont ses irrémédiables. L'homme ne choisit pas. L'absurde et le surcroît de vie qu'il comporte *ne dépendent donc pas de la volonté de l'homme* mais de son contraire qui est la mort[2]. En pesant bien les mots, il s'agit uniquement d'une question de chance. Il faut savoir y consentir. Vingt ans de vie et d'expériences ne se remplaceront plus jamais.

---

1 Même réflexion sur une notion aussi différente que l'idée du néant. Elle n'ajoute ni ne retranche rien au réel. Dans l'expérience psychologique du néant, c'est à la considération de ce qui arrivera dans deux mille ans que notre propre néant prend véritablement son sens. Sous un de ses aspects, le néant est fait exactement de la somme des vies à venir qui ne seront pas les nôtres.

2 La volonté n'est ici que l'agent : elle tend à maintenir la conscience. Elle fournit une discipline de vie, cela est appréciable.

Par une étrange inconséquence dans une race si avertie, les Grecs voulaient que les hommes qui mouraient jeunes fussent aimés des dieux. Et cela n'est vrai que si l'on veut croire qu'entrer dans le monde dérisoire des dieux, c'est perdre à jamais la plus pure des joies qui est de sentir et de sentir sur cette terre. Le présent et la succession des présents devant une âme sans cesse consciente, c'est l'idéal de l'homme absurde. Mais le mot idéal ici garde un son faux. Ce n'est pas même sa vocation, mais seulement la troisième conséquence de son raisonnement. Partie d'une conscience angoissée de l'inhumain, la méditation sur l'absurde revient à la fin de son itinéraire au sein même des flammes passionnées de la révolte humaine[1].

*

Ainsi je tire de l'absurde trois conséquences qui sont ma révolte, ma liberté et ma passion. Par le seul jeu de la conscience, je transforme en règle de vie ce qui était invitation à la mort — et je refuse le suicide. Je connais sans doute la sourde résonance qui court au long de ces journées. Mais je n'ai qu'un mot à dire :

---

1 Ce qui importe c'est la cohérence. On part ici d'un consentement au monde. Mais la pensée orientale enseigne qu'on peut se livrer au même effort de logique en choisissant *contre* le monde. Cela est aussi légitime et donne à cet essai sa perspective et ses limites. Mais quand la négation du monde s'exerce avec la même rigueur on parvient souvent (dans certaines écoles vedantas) à des résultats semblables en ce qui concerne par exemple l'indifférence des œuvres. Dans un livre d'une grande importance, « Le Choix », Jean Grenier fonde de cette façon une véritable « philosophie de l'indifférence ».

c'est qu'elle est nécessaire. Quand Nietzsche écrit : « Il apparaît clairement que la chose principale au ciel et sur la terre est d'*obéir* longtemps et dans une même direction : à la longue il en résulte quelque chose pour quoi il vaille la peine de vivre sur cette terre comme par exemple la vertu, l'art, la musique, la danse, la raison, l'esprit, quelque chose qui transfigure, quelque chose de raffiné, de fou ou de divin », il illustre la règle d'une morale de grande allure. Mais il montre aussi le chemin de l'homme absurde. Obéir à la flamme, c'est à la fois ce qu'il y a de plus facile et de plus difficile. Il est bon cependant que l'homme, se juge quelquefois. Il est seul à pouvoir le faire.

« La prière, dit Alain, c'est quand la nuit vient sur la pensée. —Mais il faut que l'esprit rencontre la nuit », répondent les mystiques et les existentiels. Certes, mais non pas cette nuit qui naît sous les yeux fermés et par la seule volonté de l'homme— nuit sombre et close que l'esprit suscite pour s'y perdre. S'il doit rencontrer une nuit, que ce soit plutôt celle du désespoir qui reste lucide, nuit polaire, veille de l'esprit, d'où se lèvera peut-être cette clarté blanche et intacte qui dessine chaque objet dans la lumière de l'intelligence. A ce degré, l'équivalence rencontre la compréhension passionnée. Il n'est même plus question alors de juger le saut existentiel. Il reprend son rang au milieu de la fresque séculaire des attitudes humaines. Pour le spectateur, s'il est conscient, ce saut est encore absurde. Dans la mesure où il croit résoudre le paradoxe, il le restitue tout entier. A ce titre, il est émouvant. A ce titre, tout reprend sa place et le monde absurde renaît dans sa splendeur et sa diversité.

Mais il est mauvais de s'arrêter, difficile de se contenter d'une seule manière de voir, de se priver de la contradiction, la plus subtile peut-être de toutes les forces spirituelles. Ce qui précède définit seulement une façon de penser. Mais, il s'agit de vivre.

L'HOMME ABSURDE

« Si Stavroguine croit, il ne croit pas qu'il croie. S'il ne croit pas, il ne croit pas qu'il ne croie pas. »

Les Possédés

« Mon champ, dit Goethe, c'est le temps. » Voilà bien la parole absurde. Qu'est-ce en effet que l'homme absurde ? Celui qui, sans le nier, ne fait rien pour l'éternel. Non que la nostalgie lui soit étrangère. Mais il lui préfère son courage et son raisonnement. Le premier lui apprend à vivre sans appel et se suffire de ce qu'il a, le second l'instruit de ses limites. Assuré de sa liberté à terme, de sa révolte sans avenir et de sa conscience périssable, il poursuit son aventure dans le temps de sa vie. Là est son champ, là son action qu'il soustrait à tout jugement hormis le sien. Une plus grande vie ne peut signifier pour lui une autre vie. Ce serait déshonnête. Je ne parle même pas ici de cette éternité dérisoire qu'on appelle postérité. Madame Roland s'en remettait à elle. Cette imprudence a reçu sa leçon. La postérité cite volontiers ce mot, mais oublie d'en juger. Madame Roland est indifférente à la postérité.

Il ne peut être question de disserter sur la morale. J'ai vu des gens mal agir avec beaucoup de morale et je constate tous les jours que l'honnêteté n'a pas besoin de règles. Il n'est qu'une morale que l'homme absurde puisse admettre, celle qui ne se sépare pas de Dieu : celle qui se dicte. Mais il vit justement hors de ce Dieu. Pour les autres (j'entends aussi l'immoralisme), l'homme absurde n'y voit que des justifications et il n'a rien à justifier. Je pars ici du principe de son innocence.

Cette innocence est redoutable. « Tout est permis » s'écrie Ivan Karamazov. Cela aussi sent son absurde. Mais à condition de ne pas l'entendre au sens vulgaire. Je ne sais si on l'a bien remarqué : il ne s'agit pas d'un cri de délivrance et de joie, mais d'une constatation amère. La certitude d'un Dieu qui donnerait son sens à la vie surpasse de beaucoup en attrait le pouvoir impuni de mal faire. Le choix ne serait pas difficile. Mais il n'y a pas de choix et l'amertume commence alors. L'absurde ne délivre pas, il lie. Il n'autorise pas tous les actes. Tout est permis ne signifie pas que rien n'est défendu. L'absurde rend seulement leur équivalence aux conséquences de ces actes. Il ne recommande pas le crime, ce serait puéril, mais il restitue au remords son inutilité. De même, si toutes les expériences sont indifférentes, celle du devoir est aussi légitime qu'une autre. On peut être vertueux par caprice.

Toutes les morales sont fondées sur l'idée qu'un acte a des conséquences qui le légitiment ou l'oblitèrent. Un esprit pénétré d'absurde juge seulement que ces suites doivent être considérées avec sérénité. Il est prêt à payer. Autrement dit, si, pour lui, il peut y avoir des responsables, il n'y a pas de coupables. Tout au plus, consentira-t-il à utiliser l'expérience passée pour fonder ses actes futurs. Le temps fera vivre le temps et la vie servira la vie. Dans ce champ à la fois borné et gorgé de possibles, tout en lui-même, hors sa lucidité, lui semble imprévisible. Quelle règle pourrait donc sortir de cet ordre déraisonnable ? La seule vérité qui puisse lui paraître instructive n'est point formelle : elle s'anime et se déroule dans les hommes. Ce ne sont donc point des règles éthiques que l'esprit absurde peut chercher au bout de son raisonnement, mais des illustrations et le souffle des vies humaines. Les quelques images qui suivent sont de celles-là. Elles poursuivent le raisonnement absurde en lui donnant son attitude et leur chaleur.

Ai-je besoin de développer l'idée qu'un exemple n'est pas forcément un exemple à suivre (moins encore s'il se peut dans le monde absurde), et que ces illustrations ne sont pas pour autant des modèles ? Outre qu'il y faut la vocation, on se rend ridicule, toutes proportions gardées, à tirer de Rousseau qu'il faille marcher à quatre pattes et de Nietzsche qu'il convienne de brutaliser sa mère. « Il faut être absurde, écrit un auteur moderne, il ne faut pas être dupe. » Les attitudes dont il sera question ne peuvent prendre tout leur sens qu'à la considération de leurs contraires. Un surnuméraire aux Postes est l'égal d'un conquérant si la conscience leur est commune. Toutes les expériences sont à cet égard indifférentes. Il en est qui servent ou desservent l'homme. Elles le servent s'il est conscient. Sinon, cela n'a pas d'importance : les défaites d'un homme ne jugent pas les circonstances, mais lui-même.

Je choisis seulement des hommes qui ne visent qu'à s'épuiser ou dont j'ai conscience pour eux qu'ils s'épuisent. Cela ne va pas plus loin. Je ne veux parler pour l'instant que d'un monde où les pensées comme les vies sont privées d'avenir. Tout ce qui fait travailler et s'agiter l'homme utilise l'espoir. La seule pensée qui ne soit pas mensongère est donc une pensée stérile. Dans le monde absurde, la valeur d'une notion ou d'une vie se mesure à son infécondité.

LE DON JUANISME

S'il suffisait d'aimer, les choses seraient trop simples. Plus on aime et plus l'absurde se consolide. Ce n'est point par manque d'amour que Don Juan va de femme en femme. Il est ridicule de le représenter comme un illuminé en quête de l'amour total. Mais c'est bien parce qu'il les aime avec un égal emportement et chaque fois avec tout lui-même, qu'il lui faut répéter ce don et cet approfondissement. De là que chacune espère lui apporter ce que personne ne lui a jamais donné. Chaque fois, elles se trompent profondément et réussissent seulement à lui faire sentir le besoin de cette répétition. « Enfin, s'écrie l'une d'elles, je t'ai donné l'amour. » S'étonnera-t-on que Don Juan en rie : « Enfin ? non, dit-il, mais une fois de plus. » Pourquoi faudrait-il aimer rarement pour aimer beaucoup ?

*

Don Juan est-il triste ? Cela n'est pas vraisemblable. A peine ferai-je appel à la chronique. Ce rire, l'insolence victorieuse, ce bondissement et le goût du théâtre, cela est clair et joyeux. Tout être sain tend à se multiplier. Ainsi de Don Juan. Mais de plus, les tristes ont deux raisons de l'être, ils ignorent ou ils espèrent. Don Juan sait et n'espère pas. Il fait penser à ces artistes qui connaissent leurs limites, ne les excèdent jamais, et dans cet intervalle précaire où leur esprit s'installe, ont toute la merveilleuse aisance des maîtres. Et c'est bien là le génie : l'intelligence qui connaît ses frontières. Jusqu'à la frontière de la mort physique, Don Juan ignore la tristesse. Depuis le moment où il sait, son rire éclate et fait tout pardonner. Il fut triste dans le temps où il espéra. Aujourd'hui, sur la bouche de cette femme, il retrouve le goût amer et réconfortant de la science unique. Amer ? A peine : cette nécessaire imperfection qui rend sensible le bonheur !

C'est une grande duperie que d'essayer de voir en Don Juan un homme nourri de l'Ecclésiaste. Car plus rien pour lui n'est vanité, sinon l'espoir d'une autre vie. Il le prouve, puisqu'il la joue contre le ciel lui-même. Le regret du désir perdu dans la jouissance, ce lieu commun de l'impuissance ne lui appartient pas. Cela va bien pour Faust qui crut assez à Dieu pour se vendre au diable. Pour Don Juan, la chose est plus simple. Le « Burlador » de Molina, aux menaces de l'enfer, répond toujours : « Que tu me donnes un long délai ! » Ce qui vient après la mort est futile et quelle longue suite de jours pour qui sait être vivant ! Faust réclamait les biens de ce monde : le malheureux n'avait qu'à tendre la main. C'était déjà vendre son âme que de ne pas savoir la réjouir. La satiété, Don Juan l'ordonne au contraire. S'il quitte une femme, ce n'est pas absolument parce qu'il ne la désire plus. Une femme belle est toujours désirable. Mais c'est qu'il en désire une autre et non, ce n'est pas la même chose.

Cette vie le comble, rien n'est pire que de la perdre. Ce fou est un grand sage. Mais les hommes qui vivent d'espoir s'accommodent mal de cet univers où la bonté cède la place à la générosité, la tendresse au silence viril, la communion au courage solitaire. Et tous de dire :« C'était un faible, un idéaliste ou un saint. » Il faut bien ravaler la grandeur qui insulte.

*

S'indigne-t-on assez (ou ce rire complice qui dégrade ce qu'il admire) des discours de Don Juan et de cette même phrase qui sert pour toutes les femmes. Mais pour qui cherche la quantité des joies, seule l'efficacité compte. Les mots de passe qui ont fait leurs preuves, à quoi bon les compliquer ? Personne, ni la femme, ni l'homme, ne les écoute, mais bien plutôt la voix qui les prononce. Ils sont la règle, la convention et la politesse. On les dit, après quoi le plus important reste à faire. Don Juan s'y prépare déjà. Pourquoi se poserait-il un problème de morale ? Ce n'est pas comme le Mañara de Milosz par désir d'être un saint qu'il se damne. L'enfer pour lui est chose qu'on provoque. A la colère divine, il n'a qu'une réponse et c'est l'honneur humain :« J'ai de l'honneur, dit-il au Commandeur, et je remplis ma promesse parce que je suis chevalier. » Mais l'erreur serait aussi grande d'en faire un immoraliste. Il est à cet égard « comme tout le monde »: il a la morale de sa sympathie ou de son antipathie. On ne comprend bien Don Juan qu'en se référant toujours à ce qu'il symbolise vulgairement : le séducteur ordinaire et l'homme à femmes. Il est un séducteur ordinaire[1]. A cette différence près qu'il est conscient et c'est par là qu'il est absurde. Un séducteur devenu lucide ne changera pas pour autant. Séduire est son état. Il n'y a que dans les romans qu'on change d'état ou qu'on devient meilleur. Mais on peut dire qu'à la fois rien n'est changé et tout est transformé. Ce que Don Juan met en acte, c'est une éthique de la quantité, au contraire du saint qui tend vers la qualité. Ne pas croire au sens profond des choses, c'est le propre de l'homme absurde. Ces visages chaleureux ou émerveillés, il les parcourt, les engrange et les brûle. Le temps marche avec lui. L'homme absurde est celui qui ne se sépare pas du temps. Don Juan ne pense pas à « collectionner » les femmes. Il en épuise le nombre et avec elles ses chances de vie. Collectionner, c'est être capable de vivre de son passé. Mais lui refuse le regret, cette autre forme de l'espoir. Il ne sait pas regarder les portraits.

*

Est-il pour autant égoïste ? A sa façon sans doute. Mais là encore, il s'agit de s'entendre. Il y a ceux qui sont faits pour vivre et ceux qui sont faits pour aimer. Don Juan du moins le dirait volontiers. Mais ce serait par un raccourci comme il peut en choisir. Car l'amour dont on parle ici est paré des illusions de l'éternel. Tous les spécialistes de la passion nous l'apprennent, il n'y a d'amour éternel que contrarié. Il n'est guère de passion

---

1 Au sens plein et avec ses défauts. Une attitude saine comprend *aussi* des défauts.

sans lutte. Un pareil amour ne trouve de fin que dans l'ultime contradiction qui est la mort. Il faut être Werther ou rien. Là encore, il y a plusieurs façons de se suicider dont l'une est le don total et l'oubli de sa propre personne. Don Juan, autant qu'un autre, sait que cela peut être émouvant. Mais il est un des seuls à savoir que l'important n'est pas là. Il le sait aussi bien : ceux qu'un grand amour détourne de toute vie personnelle s'enrichissent peut-être, mais appauvrissent à coup sûr ceux que leur amour a choisis. Une mère, une femme passionnée, ont nécessairement le cœur sec, car il est détourné du monde. Un seul sentiment, un seul être, un seul visage, mais tout est dévoré. C'est un autre amour qui ébranle Don Juan, et celui-là est libérateur. Il apporte avec lui tous les visages du monde et son frémissement vient de ce qu'il se connaît périssable. Don Juan a choisi d'être rien.

Il s'agit pour lui de voir clair. Nous n'appelons amour ce qui nous lie à certains êtres que par référence à une façon de voir collective et dont les livres et les légendes sont responsables. Mais de l'amour, je ne connais que ce mélange de désir, de tendresse et d'intelligence qui me lie à tel être. Ce composé n'est pas le même pour tel autre. Je n'ai pas le droit de recouvrir toutes ces expériences du même nom. Cela dispense de les mener des mêmes gestes. L'homme absurde multiplie encore ici ce qu'il ne peut unifier. Ainsi découvre-t-il une nouvelle façon d'être qui le libère au moins autant qu'elle libère ceux qui l'approchent. Il n'y a d'amour généreux que celui qui se sait en même temps passager et singulier. Ce sont toutes ces morts et toutes ces renaissances qui font pour Don Juan la gerbe de sa vie. C'est la façon qu'il a de donner et de faire vivre. Je laisse à juger si l'on peut parler d'égoïsme.

*

Je pense ici à tous ceux qui veulent absolument que Don Juan soit puni. Non seulement dans une autre vie, mais encore dans celle-ci. Je pense à tous ces contes, ces légendes et ces rires sur Don Juan vieilli. Mais Don Juan s'y tient déjà prêt. Pour un homme conscient, la vieillesse et ce qu'elle présage ne sont pas une surprise. Il n'est justement conscient que dans la mesure où il ne s'en cache pas l'horreur. Il y avait à Athènes un temple consacré à la vieillesse. On y conduisait les enfants. Pour Don Juan, plus on rit de lui et plus sa figure s'accuse. Il refuse par là celle que les romantiques lui prêtèrent. Ce Don Juan torturé et pitoyable, personne ne veut en rire. On le plaint, le ciel lui-même le rachètera ? Mais ce n'est pas cela. Dans l'univers que Don Juan entrevoit, le ridicule *aussi* est compris. Il trouverait normal d'être châtié. C'est la règle du jeu. Et c'est justement sa générosité que d'avoir accepté toute la règle du jeu. Mais il sait qu'il a raison et qu'il ne peut s'agir de châtiment. Un destin n'est pas une punition.

C'est cela son crime et comme l'on comprend que les hommes de l'éternel appellent sur lui le châtiment. Il atteint une science sans illusions qui nie tout ce qu'ils professent. Aimer et posséder, conquérir et épuiser, voilà sa façon de connaître. (Il y a du sens dans ce mot favori de l'Écriture qui appelle « connaître » l'acte physique.) Il est leur pire ennemi dans la mesure où il les ignore. Un chroniqueur rapporte que le vrai « Burlador » mourut assassiné par des franciscains qui voulurent « mettre un terme aux excès et aux impiétés de Don Juan à qui sa naissance assurait l'impunité ». Ils proclamèrent ensuite que le ciel l'avait foudroyé. Personne n'a fait la preuve de cette étrange fin. Personne non plus n'a démontré le contraire. Mais sans me demander si cela est vraisemblable, je puis dire que cela est logique. Je veux seulement retenir ici le terme « naissance » et jouer sur les mots : c'est de vivre qui assurait son innocence. C'est de la mort seule qu'il a tiré une culpabilité maintenant légendaire.

Que signifie d'autre ce commandeur de pierre, cette froide statue mise en branle pour punir le sang et le courage qui ont osé penser ? Tous les pouvoirs de la Raison éternelle, de l'ordre, de la morale universelle, toute la grandeur étrangère d'un Dieu accessible à la colère, se résument en lui. Cette pierre gigantesque et sans âme symbolise seulement les puissances que pour toujours Don Juan a niées. Mais la mission du commandeur s'arrête là. La foudre et le tonnerre peuvent regagner le ciel factice d'où on les appela. La vraie tragédie se joue en dehors d'eux. Non, ce n'est pas sous une main de pierre que Don Juan est mort. Je crois volontiers à la bravade légendaire, à ce rire insensé de l'homme sain provoquant un dieu qui n'existe pas. Mais je crois surtout que ce soir où Don Juan attendait chez Anna, le commandeur ne vint pas et que l'impie dut sentir, passé minuit, la terrible amertume de ceux qui ont eu raison. J'accepte plus volontiers encore le récit de sa vie qui le fait s'ensevelir, pour terminer, dans un couvent. Ce n'est pas que le côté édifiant de l'histoire puisse être tenu pour vraisemblable. Quel refuge aller demander à Dieu ? Mais cela figure plutôt le logique aboutissement d'une vie tout entière pénétrée d'absurde, le farouche dénouement d'une existence tournée vers des joies sans lendemain. La jouissance s'achève ici en ascèse. Il faut comprendre qu'elles peuvent être comme les deux visages d'un même dénuement. Quelle image plus effrayante souhaiter : celle d'un homme que son corps trahit et qui faute d'être mort à temps, consomme la comédie en attendant la fin, face à face avec ce dieu qu'il n'adore pas, le servant comme il a servi la vie, agenouillé devant le vide et les bras tendus vers un ciel sans éloquence qu'il sait aussi sans profondeur.

Je vois Don Juan dans une cellule de ces monastères espagnols perdus sur une colline. Et s'il regarde quelque chose, ce ne sont pas les fantômes des amours enfuies, mais, peut-être, par une meurtrière brûlante, quelque plaine silencieuse d'Espagne, terre magnifique et sans âme où il se reconnaît. Oui, c'est sur cette image mélancolique et rayonnante qu'il faut s'arrêter. La fin dernière, attendue mais jamais souhaitée, la fin dernière est méprisable.

LA COMÉDIE

« Le spectacle, dit Hamlet, voilà le piège où j'attraperai la conscience du roi. » Attraper est bien dit. Car la conscience va vite ou se replie. Il faut la saisir au vol, à cet endroit à peine sensible où elle jette sur elle-même un regard fugitif. L'homme quotidien n'aime guère à s'attarder. Tout le presse au contraire. Mais en même temps, rien plus que lui-même ne l'intéresse, surtout dans ce qu'il pourrait être. De là son goût pour le théâtre, pour le spectacle, où tant de destins lui sont proposés dont il reçoit la poésie sans en souffrir l'amertume. Là du moins, on reconnaît l'homme inconscient et il continue à se presser vers on ne sait quel espoir. L'homme absurde commence où celui-ci finit, où, cessant d'admirer le jeu, l'esprit veut y entrer. Pénétrer dans toutes ces vies, les éprouver dans leur diversité, c'est proprement les jouer. Je ne dis pas que les acteurs en général obéissent à cet appel, qu'ils sont des hommes absurdes, mais que leur destin est un destin absurde qui pourrait séduire et attirer un cœur clairvoyant. Ceci est nécessaire à poser pour entendre sans contresens ce qui va suivre.

L'acteur règne dans le périssable. De toutes les gloires, on le sait, la sienne est la plus éphémère. Cela se dit du moins dans la conversation. Mais toutes les gloires sont éphémères. Du point de vue de Sirius, les œuvres de Goethe dans dix mille ans seront en poussière et son nom oublié. Quelques archéologues peut-être chercheront des « témoignages » de notre époque. Cette idée a toujours été enseignante. Bien méditée, elle réduit nos agitations à la noblesse profonde qu'on trouve dans l'indifférence. Elle dirige surtout nos préoccupations vers le plus sûr, c'est-à-dire vers l'immédiat. De toutes les gloires, la moins trompeuse est celle qui se vit.

L'acteur a donc choisi la gloire innombrable, celle qui se consacre et qui s'éprouve. De ce que tout doive un jour mourir, c'est lui qui tire la meilleure conclusion. Un acteur réussit ou ne réussit pas. Un écrivain garde un espoir même s'il est méconnu. Il suppose que ses œuvres témoigneront de ce qu'il fut. L'acteur nous laissera au mieux une photographie et rien de ce qui était lui, ses gestes et ses silences, son souffle court ou sa respiration d'amour, ne viendra jusqu'à nous. Ne pas être connu pour lui, c'est ne pas jouer et ne pas jouer, c'est mourir cent fois avec tous les êtres qu'il aurait animés ou ressuscités.

*

Quoi d'étonnant à trouver une gloire périssable bâtie sur les plus éphémères des créations ? L'acteur a trois heures pour être Iago ou Alceste, Phèdre ou Glocester. Dans ce court passage, il les fait naître et mourir sur cinquante mètres carrés de planches. Jamais l'absurde n'a été si bien ni si longtemps illustré. Les vies merveilleuses, ces destins uniques et complets qui croissent et s'achèvent entre des murs et pour quelques heures, quel raccourci souhaiter qui soit plus révélateur ? Passé le plateau, Sigismond n'est plus rien. Deux heures après, on le voit qui dîne en ville. C'est alors peut-être que la vie est un songe. Mais après Sigismond vient un autre. Le héros qui souffre d'incertitude remplace l'homme qui rugit après sa vengeance. A parcourir ainsi les siècles et les esprits, à mimer l'homme tel qu'il peut être et tel qu'il est, l'acteur rejoint cet autre personnage absurde qui est le voyageur. Comme lui, il épuise quelque chose et parcourt sans arrêt. Il est le voyageur du temps et, pour les meilleurs, le voyageur traqué des âmes. Si jamais la morale de la quantité pouvait trouver un aliment, c'est bien sur cette scène singulière. Dans quelle mesure l'acteur bénéficie de ces personnages, il est difficile de le dire. Mais l'important n'est pas là. Il s'agit de savoir, seulement, à quel point il s'identifie à ces vies irremplaçables. Il arrive en effet qu'il les transporte avec lui, qu'ils débordent légèrement le temps et l'espace où ils sont nés. Ils accompagnent l'acteur, il ne se sépare plus très aisément de ce qu'il a été. Il arrive que pour prendre son verre, il retrouve le geste d'Hamlet soulevant sa coupe. Non, la distance n'est pas si grande qui le sépare des êtres qu'il fait vivre. Il illustre alors abondamment tous les mois ou tous les jours, cette vérité si féconde qu'il n'y a pas de frontière entre ce qu'un homme veut être et ce qu'il est. A quel point le paraître fait l'être, c'est ce qu'il démontre, toujours occupé de mieux figurer. Car c'est son art, cela, de feindre absolument, d'entrer le plus avant possible dans des vies qui ne sont pas les siennes. Au terme de son effort, sa vocation s'éclaire : s'appliquer de tout son cœur à n'être rien ou à être plusieurs. Plus étroite est la limite qui lui est donnée pour créer son personnage et plus nécessaire est son talent. Il va mourir dans trois heures sous le visage qui est le sien aujourd'hui. Il faut qu'en trois heures, il éprouve et exprime tout un destin exceptionnel. Cela s'appelle se perdre pour se retrouver. Dans ces trois heures, il va jusqu'au bout du chemin sans issue que l'homme du parterre met toute sa vie à parcourir.

*

Mime du périssable, l'acteur ne s'exerce et ne se perfectionne que dans l'apparence. La convention du théâtre, c'est que le cœur ne s'exprime et ne se fait comprendre que par les gestes et dans le corps — ou par la voix qui est autant de l'âme que du corps. La loi de cet art veut que tout soit grossi et se traduise en chair. S'il fallait sur la scène aimer comme l'on aime, user de cette irremplaçable voix du cœur, regarder comme on contemple, notre langage resterait chiffré. Les silences ici doivent se faire entendre. L'amour hausse le ton et l'immobilité même devient spectaculaire. Le corps est roi. N'est pas « théâtral » qui veut et ce mot déconsidéré à tort, recouvre toute une esthétique et toute une morale. La moitié d'une vie d'homme se passe à sous-entendre, à détourner la tête et à se taire. L'acteur est ici l'intrus. Il lève le sortilège de cette âme enchaînée et les passions se ruent enfin sur leur scène. Elles parlent dans tous les gestes, elles ne vivent que par cris. Ainsi l'acteur compose ses personnages pour la montre. Il les dessine ou les sculpte, il se coule dans leur forme imaginaire et donne à leurs fantômes son sang. Je parle du grand théâtre, cela va sans dire, celui qui donne à l'acteur l'*occasion* de remplir son destin tout physique. Voyez Shakespeare. Dans ce théâtre du premier mouvement ce sont les fureurs du corps qui mènent la danse. Elles expliquent tout. Sans elles, tout s'écroulerait. Jamais le roi Lear n'irait au rendez-vous que lui donne la folie sans le geste brutal qui exile Cordelia et condamne Edgar. Il est juste que cette tragédie se déroule alors sous le signe de la démence. Les âmes sont livrées aux démons et à leur sarabande. Pas moins de quatre fous, l'un par métier, l'autre par volonté, les deux derniers par tourment : quatre corps désordonnés, quatre visages indicibles d'une même condition.

L'échelle même du corps humain est insuffisante. Le masque et les cothurnes, le maquillage qui réduit et accuse le visage dans ses éléments essentiels, le costume qui exagère et simplifie, cet univers sacrifie tout à l'apparence, et n'est fait que pour l'œil. Par un miracle absurde, c'est le corps qui apporte encore la connaissance. Je ne comprendrais jamais bien Iago que si je le jouais. J'ai beau l'entendre, je ne le saisis qu'au moment où je le vois. Du personnage absurde, l'acteur a par suite la monotonie, cette silhouette unique, entêtante, à la fois étrange et familière qu'il promène à travers tous ses héros. Là encore la grande œuvre théâtrale sert cette unité de ton[1]. C'est là que l'acteur se contredit : le même et pourtant si divers, tant d'âmes résumées par un seul corps. Mais c'est la contradiction absurde elle-

---

1 Je pense ici à l'Alceste de Molière. Tout est si simple, si évident et si grossier. Alceste contre Philinte, Célimène contre Elianthe, tout le sujet dans l'absurde conséquence d'un caractère poussé vers sa fin, et le vers lui-même, le « mauvais vers », à peine scandé comme la monotonie du caractère.

même, cet individu qui veut tout atteindre et tout vivre, cette vaine tentative, cet entêtement sans portée. Ce qui se contredit toujours s'unit pourtant en lui. Il est à cet endroit où le corps et l'esprit se rejoignent et se serrent, où le second lassé de ses échecs se retourne vers son plus fidèle allié. « Et bénis soient ceux, dit Hamlet, dont le sang et le jugement sont si curieusement mêlés qu'ils ne sont pas flûte où le doigt de la fortune fait chanter le trou qui lui plaît. »

*

Comment l'Eglise n'eût-elle pas condamné dans l'acteur pareil exercice ? Elle répudiait dans cet art la multiplication hérétique des âmes, la débauche d'émotions, la prétention scandaleuse d'un esprit qui se refuse à ne vivre qu'un destin et se précipite dans toutes les intempérances. Elle proscrivait en eux ce goût du présent et ce triomphe de Protée qui sont la négation de tout ce qu'elle enseigne. L'éternité n'est pas un jeu. Un esprit assez insensé pour lui préférer une comédie a perdu son salut. Entre « partout » et « toujours » il n'y a pas de compromis. De là que ce métier si déprécié puisse donner lieu à un conflit spirituel démesuré. « Ce qui importe, dit Nietzsche, ce n'est pas la vie éternelle, c'est l'éternelle vivacité. » Tout le drame est en effet dans ce choix.

Adrienne Lecouvreur, sur son lit de mort, voulut bien se confesser et communier, mais refusa d'abjurer sa profession. Elle perdit par là le bénéfice de la confession. Qu'était-ce donc en effet, sinon prendre contre Dieu le parti de sa passion profonde ?

Et cette femme à l'agonie, refusant dans les larmes de renier ce qu'elle appelait son art, témoignait d'une grandeur que, devant la rampe, elle n'atteignit jamais. Ce fut son plus beau rôle et le plus difficile à tenir. Choisir entre le ciel et une dérisoire fidélité, se préférer à l'éternité ou s'abîmer en Dieu, c'est la tragédie séculaire où il faut tenir sa place.

Les comédiens de l'époque se savaient excommuniés. Entrer dans la profession, c'était choisir l'Enfer. Et l'Eglise discernait en eux ses pires ennemis. Quelques littérateurs s'indignent : « Eh quoi, refuser à Molière les derniers secours ! » Mais cela était juste et surtout pour celui-là qui mourut en scène et acheva sous le fard une vie tout entière vouée à la dispersion. On invoque à son propos le génie qui excuse tout. Mais le génie n'excuse rien, justement parce qu'il s'y refuse.

L'acteur savait alors quelle punition lui était promise. Mais quel sens pouvaient avoir de si vagues menaces au prix du châtiment dernier que lui réservait la vie même ? C'était celui-là qu'il éprouvait par avance et acceptait dans son entier. Pour l'acteur comme pour l'homme absurde, une mort prématurée est irréparable. Rien ne peut compenser la somme des visages et des siècles qu'il eût, sans cela, parcourus. Mais de toutes façons, il s'agit de mourir. Car l'acteur est sans doute partout, mais le temps l'entraîne aussi et fait avec lui son effet.

Il suffit d'un peu d'imagination pour sentir alors ce que signifie un destin d'acteur. C'est dans le temps qu'il compose et énumère ses personnages. C'est dans le temps aussi qu'il apprend à les dominer. Plus il a vécu de vies différentes et mieux il se sépare d'elles. Le temps vient où il faut mourir à la scène et au monde. Ce qu'il a vécu est en face de lui. Il voit clair. Il sent ce que cette aventure a de déchirant et d'irremplaçable. Il sait et peut maintenant mourir. Il y a des maisons de retraite pour vieux comédiens.

LA CONQUÊTE

« Non, dit le conquérant, ne croyez pas que pour aimer l'action, il m'ait fallu désapprendre à penser. Je puis parfaitement au contraire définir ce que je crois. Car je le crois avec force et je le vois d'une vue certaine et claire. Méfiez-vous de ceux qui disent : « Ceci, je le sais trop pour pouvoir l'exprimer. » Car s'il ne le peuvent, c'est qu'ils ne le savent pas ou que par paresse, ils se sont arrêtés à l'écorce.

Je n'ai pas beaucoup d'opinions. A la fin d'une vie, l'homme s'aperçoit qu'il a passé des années à s'assurer d'une seule vérité. Mais une seule, si elle est évidente, suffit à la conduite d'une existence. Pour moi, j'ai décidément quelque chose à dire sur l'individu. C'est avec rudesse qu'on doit en parler et, s'il le faut, avec le mépris convenable.

Un homme est plus un homme par les choses qu'il tait que par celles qu'il dit. Il y en a beaucoup que je vais taire. Mais je crois fermement que tous ceux qui ont jugé de l'individu l'ont fait avec beaucoup moins d'expérience que nous pour fonder leur jugement. L'intelligence, l'émouvante intelligence a pressenti peut-être ce qu'il fallait constater. Mais l'époque, ses ruines et son sang nous comblent d'évidences. Il était possible à des peuples anciens, et même aux plus récents jusqu'à notre ère machinale, de mettre en balance les vertus de la société et de l'individu, de chercher lequel devait servir l'autre. Cela était possible d'abord, en vertu de cette aberration tenace au cœur de l'homme et selon quoi les êtres ont été mis au monde pour servir ou être servis. Cela était encore possible parce que ni la société ni l'individu n'avaient encore montré tout leur savoir-faire.

J'ai vu de bons esprits s'émerveiller des chefs d'œuvre des peintres hollandais nés au cœur des sanglantes guerres de Flandre, s'émouvoir aux oraisons des mystiques silésiens élevées au sein de l'affreuse guerre de Trente ans. Les valeurs éternelles surnagent à leurs yeux étonnés au-dessus des tumultes séculiers. Mais le temps depuis a marché. Les peintres d'aujourd'hui sont privés de cette sérénité. Même s'ils ont au fond le cœur qu'il faut au créateur, je veux dire un cœur sec, il n'est d'aucun emploi, car tout le monde et le saint lui-même est mobilisé. Voilà peut-être ce que j'ai senti le plus profondément. A chaque forme avortée dans les tranchées, à chaque trait, métaphore ou prière, broyé sous le fer, l'éternel perd une partie. Conscient que je ne puis me séparer de mon temps, j'ai décidé de faire corps avec lui. C'est pourquoi je ne fais tant de cas de l'individu que parce qu'il m'apparaît dérisoire et humilié. Sachant qu'il n'est pas de causes victorieuses, j'ai du goût pour les causes perdues : elles demandent une âme entière, égale à sa défaite comme à ses victoires passagères. Pour qui se sent solidaire du destin de ce monde, le choc des civilisations a quelque chose d'angoissant. J'ai fait mienne cette angoisse en même temps que j'ai voulu y jouer ma partie. Entre l'histoire et l'éternel, j'ai choisi l'histoire parce que j'aime les certitudes. D'elle du moins, je suis certain et comment nier cette force qui m'écrase ?

Il vient toujours un temps où il faut choisir entre la contemplation et l'action. Cela s'appelle devenir un homme. Ces déchirements sont affreux. Mais pour un cœur fier, il ne peut y avoir de milieu. Il y a Dieu ou le temps, cette croix ou cette épée. Ce monde a un sens plus haut qui surpasse ses agitations ou rien n'est vrai que ces agitations. Il faut vivre avec le temps et mourir avec lui ou s'y soustraire pour une plus grande vie. Je sais qu'on peut transiger et qu'on peut vivre dans le siècle et croire à l'éternel. Cela s'appelle accepter. Mais je répugne à ce terme et je veux tout ou rien. Si je choisis l'action, ne croyez pas que la contemplation me soit comme une terre inconnue. Mais elle ne peut tout me donner, et privé de l'éternel, je veux m'allier au temps. Je ne veux faire tenir dans mon compte ni nostalgie ni amertume et je veux seulement y voir clair. Je vous le dis, demain vous serez mobilisé. Pour vous et pour moi, cela est une libération. L'individu ne peut rien et pourtant il peut tout. Dans cette merveilleuse disponibilité vous comprenez pourquoi je l'exalte et l'écrase à la fois. C'est le monde qui le broie et c'est moi qui le libère. Je le fournis de tous ses droits.

*

Les conquérants savent que l'action est en elle-même inutile. Il n'y a qu'une action utile, celle qui referait l'homme et la terre. Je ne referai jamais les hommes. Mais il faut faire « comme si». Car le chemin de la lutte me fait rencontrer la chair. Même humiliée, la chair est ma seule certitude. Je ne puis vivre que d'elle. La créature est ma patrie. Voilà pourquoi j'ai choisi cet effort absurde et sans portée. Voilà pourquoi je suis du côté de la lutte. L'époque s'y prête, je l'ai dit. Jusqu'ici la grandeur d'un conquérant était géographique. Elle se mesurait à l'étendue des territoires vaincus. Ce n'est pas pour rien que le mot a changé de sens et ne désigne plus le général vainqueur. La grandeur a changé de camp. Elle est dans la protestation et le sacrifice sans avenir. Là encore, ce n'est point par goût de la défaite. La victoire serait souhaitable. Mais il n'y a qu'une victoire et elle est éternelle. C'est celle que je n'aurai jamais. Voilà où je bute et je m'accroche. Une révolution s'accomplit toujours contre les dieux, à commencer par celle de Prométhée, le premier des conquérants modernes. C'est une revendication de l'homme contre son destin : la revendication du pauvre n'est qu'un prétexte. Mais je ne puis saisir cet esprit que dans son acte historique et c'est là que je le rejoins. Ne croyez pas cependant que je m'y complaise : en face de la contradiction essentielle, je soutiens mon humaine contradiction. J'installe ma lucidité au milieu de ce qui la nie. J'exalte l'homme devant ce qui l'écrase et ma liberté, ma révolte et ma passion se rejoignent alors dans cette tension, cette clairvoyance et cette répétition démesurée.

Oui, l'homme est sa propre fin. Et il est sa seule fin. S'il veut être quelque chose, c'est dans cette vie. Maintenant, je le sais de reste. Les conquérants parlent quelquefois de vaincre et surmonter. Mais c'est toujours « se surmonter » qu'ils entendent. Vous savez bien ce que cela veut dire. Tout homme s'est senti l'égal d'un dieu à certains moments. C'est ainsi du moins qu'on le dit. Mais cela vient de ce que, dans un éclair, il a senti l'étonnante grandeur de l'esprit humain. Les conquérants sont seulement ceux d'entre les hommes qui sentent assez leur force pour être sûrs de vivre constamment à ces hauteurs et dans la pleine conscience de cette grandeur. C'est une question d'arithmétique, de plus ou de moins. Les conquérants peuvent le plus. Mais ils ne peuvent pas plus que l'homme lui-même, quand il le veut. C'est pourquoi ils ne quittent jamais le creuset humain, plongeant au plus brûlant dans l'âme de révolutions.

Ils y trouvent la créature mutilée, mais ils y rencontrent aussi les seules valeurs qu'ils aiment et qu'ils admirent, l'homme et son silence. C'est à la fois leur dénuement et leur richesse. Il n'y a qu'un seul luxe pour eux et c'est celui des relations humaines. Comment ne pas comprendre que dans cet univers vulnérable, tout ce qui est humain et n'est que cela prend un sens plus brûlant ? Visages tendus, fraternité menacée, amitié si forte et si pudique des hommes entre eux, ce sont les vraies richesses puisqu'elles sont périssables. C'est au milieu d'elles que l'esprit sent le mieux ses pouvoirs et ses limites. C'est-à-dire son efficacité. Quelques-uns ont parlé de génie. Mais le génie, c'est bien vite dit, je préfère l'intelligence. Il faut dire qu'elle peut être alors magnifique. Elle éclaire ce désert et le domine. Elle connaît ses servitudes et les illustre. Elle mourra en même temps que ce corps. Mais le savoir, voilà sa liberté.

*

Nous ne l'ignorons pas, toutes les Eglises sont contre nous. Un cœur si tendu se dérobe à l'éternel et toutes les Eglises, divines ou politiques, prétendent à l'éternel. Le bonheur et le courage, le salaire ou la justice, sont pour elles des fins secondaires. C'est une doctrine qu'elles apportent et il faut y souscrire. Mais je n'ai rien à faire des idées ou de l'éternel. Les vérités qui sont à ma mesure, la main peut les toucher. Je ne puis me séparer d'elles. Voilà pourquoi vous ne pouvez rien fonder sur moi : rien ne dure du conquérant et pas même ses doctrines.

Au bout de tout cela, malgré tout, est la mort. Nous le savons. Nous savons aussi qu'elle termine tout. Voilà pourquoi ces cimetières qui couvrent l'Europe et qui obsèdent certains d'entre nous, sont hideux. On n'embellit que ce qu'on aime et la mort nous répugne et nous lasse. Elle aussi est à conquérir. Le dernier Carrara, prisonnier dans Padoue vidée par la peste, assiégée par les Vénitiens, parcourait en hurlant les salles de son palais désert : il appelait le diable et lui demandait la mort. C'était une façon de la surmonter. Et c'est encore une marque de courage propre à l'Occident que d'avoir rendu si affreux les lieux où la mort se croit honorée. Dans l'univers du révolté, la mort exalte l'injustice. Elle est le suprême abus.

D'autres, sans transiger non plus, ont choisi l'éternel et dénoncé l'illusion de ce monde. Leurs cimetières sourient au milieu d'un peuple de fleurs et d'oiseaux. Cela convient au conquérant et lui donne l'image claire de ce qu'il a repoussé. Il a choisi au contraire l'entourage de fer noir ou la fosse anonyme. Les meilleurs parmi les hommes de l'éternel se sentent pris quelquefois d'un effroi plein de considération et de pitié devant des esprits qui peuvent vivre avec une pareille image de leur mort. Mais pourtant ces esprits en tirent leur force et leur justification. Notre destin est en face de nous et c'est lui que nous provoquons. Moins par orgueil que par conscience de notre condition sans portée. Nous aussi, nous avons parfois pitié de nous-mêmes. C'est la seule compassion qui nous semble acceptable : un sentiment que peut-être vous ne comprenez guère et qui vous semble peu viril. Pourtant ce sont les plus audacieux d'entre nous qui l'éprouvent. Mais nous appelons virils les lucides et nous ne voulons pas d'une force qui se sépare de la clairvoyance.

Encore une fois ce ne sont pas des morales que ces images proposent et elles n'engagent pas de jugements : ce sont des dessins. Ils figurent seulement un style de vie. L'amant, le comédien ou l'aventurier jouent l'absurde. Mais aussi bien s'ils le veulent, le chaste, le fonctionnaire ou le président de la république. Il suffit de savoir et de ne rien masquer. Dans les musées italiens, on trouve quelquefois de petits écrans peints que le prêtre tenait devant les visages des condamnés pour leur cacher l'échafaud. Le saut sous toutes ses formes, la précipitation dans le divin ou l'éternel, l'abandon aux illusions du quotidien ou de l'idée, tous ces écrans cachent l'absurde. Mais il y a des fonctionnaires sans écran et ce sont eux dont je veux parler.

J'ai choisi les plus extrêmes. A ce degré, l'absurde leur donne un pouvoir royal. Il est vrai que ces princes sont sans royaume.

Mais ils ont cet avantage sur d'autres qu'ils savent que toutes les royautés sont illusoires. Ils savent, voilà toute leur grandeur, et c'est en vain qu'on veut parler à leur propos de malheur caché ou des cendres de la désillusion. Etre privé d'espoir, ce n'est pas désespérer. Les flammes de la terre valent bien les parfums célestes. Ni moi ni personne ne pouvons ici les juger. Ils ne cherchent pas à être meilleurs, ils tentent d'être conséquents. Si le mot sage s'applique à l'homme qui vit de ce qu'il a, sans spéculer sur ce qu'il n'a pas, alors ceux-là sont des sages. L'un d'eux, conquérant, mais parmi l'esprit, Don Juan mais de la connaissance, comédien mais de l'intelligence, le sait mieux que quiconque :« On ne mérite nullement un privilège sur terre et dans le ciel lorsqu'on a mené sa chère petite douceur de mouton jusqu'à la perfection : on n'en continue pas moins à être au meilleur cas un cher petit mouton ridicule avec des cornes et rien de plus —en admettant même que l'on ne crève pas de vanité et que l'on ne provoque pas de scandale par ses attitudes de juge » .

Il fallait en tout cas restituer au raisonnement absurde des visages plus chaleureux. L'imagination peut en ajouter beaucoup d'autres, rivés au temps et à l'exil, qui savent aussi vivre à la mesure d'un univers sans avenir et sans faiblesse. Ce monde absurde et sans dieu se peuple alors d'hommes qui pensent clair et n'espèrent plus. Et je n'ai pas encore parlé du plus absurde des personnages qui est le créateur.

LA CRÉATION ABSURDE

PHILOSOPHIE ET ROMAN

Toutes ces vies maintenues dans l'air avare de l'absurde ne sauraient se soutenir sans quelque pensée profonde et constante qui les anime de sa force. Ici même ce ne peut être qu'un singulier sentiment de fidélité. On a vu des hommes conscients accomplir leur tâche au milieu des plus stupides des guerres sans se croire en contradiction. C'est qu'il s'agissait de ne rien éluder. Il y a ainsi un honneur métaphysique à soutenir l'absurdité du monde. La conquête ou le jeu, l'amour innombrable, la révolte absurde, ce sont des hommages que l'homme rend à sa dignité dans une campagne où il est d'avance vaincu.

Il s'agit seulement d'être fidèle à la règle du combat. Cette pensée peut suffire à nourrir un esprit : elle a soutenu et soutient des civilisations entières. On ne nie pas la guerre. Il faut en mourir ou en vivre. Ainsi de l'absurde : il s'agit de respirer avec lui ; de reconnaître ses leçons et de retrouver leur chair. A cet égard, la joie absurde par excellence, c'est la création. « L'art et rien que l'art, dit Nietzsche, nous avons l'art pour ne point mourir de la vérité. »

Dans l'expérience que je tente de décrire et de faire sentir sur plusieurs modes, il est certain qu'un tourment surgit là où en meurt un autre. La recherche puérile de l'oubli, l'appel de la satisfaction sont maintenant sans écho. Mais la tension constante qui maintient l'homme en face du monde, le délire ordonné qui le pousse à tout accueillir lui laissent une autre fièvre. Dans cet univers, l'œuvre est alors la chance unique de maintenir sa conscience et d'en fixer les aventures. Créer, c'est vivre deux fois. La recherche tâtonnante et anxieuse d'un Proust, sa méticuleuse collection de fleurs, de tapisseries et d'angoisses ne signifient rien d'autre. En même temps, elle n'a pas plus de portée que la création continue et inappréciable à quoi se livrent tous les jours de leur vie, le comédien, le conquérant et tous les hommes absurdes. Tous s'essaient à mimer, à répéter et à recréer la réalité qui est la leur. Nous finissons toujours par avoir le visage de nos vérités. L'existence tout entière pour un homme détourné de l'éternel, n'est qu'un mime démesuré sous le masque de l'absurde. La création, c'est le grand mime.

Ces hommes savent d'abord, et puis tout leur effort est de parcourir, d'agrandir et d'enrichir l'île sans avenir qu'ils viennent d'aborder. Mais il faut d'abord savoir. Car la découverte absurde coïncide avec un temps d'arrêt où s'élaborent et se légitiment les passions futures. Même les hommes sans évangile ont leur Mont des Oliviers. Et sur le leur non plus, il ne faut pas s'endormir. Pour l'homme absurde, il ne s'agit plus d'expliquer et de résoudre, mais d'éprouver et de décrire. Tout commence par l'indifférence clairvoyante.

Décrire, telle est la dernière ambition d'une pensée absurde. La science elle aussi, arrivée au terme de ses paradoxes, cesse de proposer et s'arrête à contempler et dessiner le paysage toujours vierge des phénomènes. Le cœur apprend ainsi que cette émotion qui nous transporte devant les visages du monde ne nous vient pas de sa profondeur mais de leur diversité. L'explication est vaine, mais la sensation reste et, avec elle, les appels incessants d'un univers inépuisable en quantité. On comprend ici la place de l'œuvre d'art.

Elle marque à la fois la mort d'une expérience et sa multiplication. Elle est comme une répétition monotone et passionnée des thèmes déjà orchestrés par le monde : le corps, inépuisable image au fronton des temples, les formes ou les couleurs, le nombre ou la détresse. Il n'est donc pas indifférent pour terminer de retrouver les principaux thèmes de cet essai dans l'univers magnifique et puéril du créateur. On aurait tort d'y voir un symbole et de croire que l'œuvre d'art puisse être considérée enfin comme un refuge à l'absurde. Elle est elle-même un phénomène absurde et il s'agit seulement de sa description. Elle n'offre pas une issue au mal de l'esprit. Elle est au contraire un des signes de ce mal qui le répercute dans toute la pensée d'un homme. Mais pour la première fois, elle fait sortir l'esprit de lui-même et le place en face d'autrui, non pour qu'il s'y perde, mais pour lui montrer d'un doigt précis la voie sans issue où tous sont engagés. Dans le temps du raisonnement absurde, la création suit l'indifférence et la découverte. Elle marque le point d'où les passions absurdes s'élancent, et où le raisonnement s'arrête. Sa place dans cet essai se justifie ainsi.

Il suffira de mettre à jour quelques thèmes communs au créateur et au penseur pour que nous retrouvions dans l'œuvre d'art toutes les contradictions de la pensée engagée dans l'absurde. Ce sont moins en effet les conclusions identiques qui font les intelligences parentes, que les contradictions qui leur sont communes. Ainsi de la pensée et de la création. A peine ai-je besoin de dire que c'est un même tourment qui pousse l'homme à ces attitudes. C'est par là qu'au départ elles coïncident. Mais parmi toutes les pensées qui partent de l'absurde, j'ai vu que bien peu s'y maintenaient. Et c'est à leurs écarts ou leurs infidélités que j'ai le mieux mesuré ce qui n'appartenait qu'à l'absurde. Parallèlement, je dois me demander : une œuvre absurde est-elle possible ?

*

On ne saurait trop insister sur l'arbitraire de l'ancienne opposition entre art et philosophie. Si on veut l'entendre dans un sens trop précis, à coup sûr elle est fausse. Si l'on veut seulement dire que ces deux disciplines ont chacune leur climat particulier, cela sans doute est vrai, mais dans le vague. La seule argumentation acceptable résidait dans la contradiction soulevée entre le philosophe enfermé *au milieu* de son système et l'artiste placé *devant* son œuvre. Mais ceci valait pour une certaine forme d'art et de philosophie que nous tenons ici pour secondaire. L'idée d'un art détaché de son créateur n'est pas seulement démodée. Elle est fausse. Par opposition à l'artiste, on signale qu'aucun philosophe n'a jamais fait plusieurs systèmes. Mais cela est vrai dans la mesure même où aucun artiste n'a jamais exprimé plus d'une seule chose sous des visages différents. La perfection instantanée de l'art, la nécessité de son renouvellement, cela n'est vrai que par préjugé. Car l'œuvre d'art aussi est une construction et chacun sait combien les grands créateurs peuvent être monotones. L'artiste au même titre que le penseur s'engage et se devient dans son œuvre. Cette osmose soulève le plus important des problèmes esthétiques. Au surplus, rien n'est plus vain que ces distinctions selon les méthodes et les objets pour qui se persuade de l'unité de but de l'esprit. Il n'y a pas de frontières entre les disciplines que l'homme se propose pour comprendre et aimer. Elles s'interpénètrent et la même angoisse les confond.

Cela est nécessaire à dire pour commencer. Pour que soit possible une œuvre absurde, il faut que la pensée sous sa forme la plus lucide y soit mêlée. Mais il faut en même temps qu'elle n'y paraisse point sinon comme l'intelligence qui ordonne. Ce paradoxe s'explique selon l'absurde. L'œuvre d'art naît du renoncement de l'intelligence à raisonner le concret. Elle marque le triomphe du charnel. C'est la pensée lucide qui la provoque, mais dans cet acte même elle se renonce. Elle ne cédera pas à la tentation de surajouter au décrit un sens plus profond qu'elle sait illégitime. L'œuvre d'art incarne un drame de l'intelligence, mais elle n'en fait la preuve qu'indirectement. L'œuvre absurde exige un artiste conscient de ces limites et un art où le concret ne signifie rien de plus que lui-même. Elle ne peut être la fin, le sens et la consolation d'une vie. Créer ou ne pas créer, cela ne change rien. Le créateur absurde ne tient pas à son œuvre. Il pourrait y renoncer. Il y renonce quelquefois. Il suffit d'une Abyssinie.

On peut voir là en même temps une règle d'esthétique. La

véritable œuvre d'art est toujours à la mesure humaine. Elle est essentiellement celle qui dit «moins». Il y a un certain rapport entre l'expérience globale d'un artiste et l'œuvre qui la reflète, entre Wilhelm Meister et la maturité de Goethe. Ce rapport est mauvais lorsque l'œuvre prétend donner toute l'expérience dans le papier à dentelles d'une littérature d'explication. Ce rapport est bon lorsque l'œuvre n'est qu'un morceau taillé dans l'expérience, une facette du diamant où l'éclat intérieur se résume sans se limiter. Dans le premier cas, il y a surcharge et prétention à l'éternel. Dans le second, œuvre féconde à cause de tout un sous-entendu d'expérience dont on devine la richesse. Le problème pour l'artiste absurde est d'acquérir ce savoir-vivre qui dépasse le savoir-faire. Et dans la fin, le grand artiste sous ce climat est avant tout un grand vivant, étant compris que vivre ici c'est aussi bien éprouver que réfléchir. L'œuvre incarne donc un drame intellectuel. L'œuvre absurde illustre le renoncement de la pensée à ses prestiges et sa résignation à n'être plus que l'intelligence qui met en œuvre les apparences et couvre d'images ce qui n'a pas de raison. Si le monde était clair, l'art ne serait pas.

Je ne parle pas ici des arts de la forme ou de la couleur où seule règne la description dans sa splendide modestie[1]. L'expression commence où la pensée finit. Ces adolescents aux yeux vides qui peuplent les temples et les musées, on a mis leur philosophie

---

1 Il est curieux de voir que la plus intellectuelle des peintures, celle qui cherche à réduire la réalité à ses éléments essentiels, n'est plus à son terme dernier qu'une joie des yeux. Elle n'a gardé du monde que la couleur. (Cela est sensible surtout chez Léger) .

en gestes. Pour un homme absurde elle est plus enseignante que toutes les bibliothèques. Sous un autre aspect, il en est de même de la musique. Si un art est privé d'enseignement, c'est bien celui-là. Il s'apparente trop aux mathématiques pour ne pas leur avoir emprunté leur gratuité. Ce jeu de l'esprit avec luimême selon des lois convenues et mesurées se déroule dans l'espace sonore qui est le nôtre et au delà duquel les vibrations se rencontrent cependant en un univers inhumain. Il n'est point de sensation plus pure. Ces exemples sont trop faciles. L'homme absurde reconnaît pour siennes ces harmonies et ces formes.

Mais je voudrais parler ici d'une œuvre où la tentation d'expliquer demeure la plus grande, où l'illusion se propose d'elle-même, où la conclusion est presque immanquable. Je veux dire la création romanesque. Je me demanderai si l'absurde peut s'y maintenir.

*

Penser, c'est avant tout vouloir créer un monde (ou limiter le sien, ce qui revient au même). C'est partir du désaccord fondamental qui sépare l'homme de son expérience pour trouver un terrain d'entente selon sa nostalgie, un univers corseté de raisons ou éclairé d'analogies qui permette de résoudre le divorce insupportable. Le philosophe, même s'il est Kant, est créateur. Il a ses personnages, ses symboles et son action secrète. Il a ses dénouements. A l'inverse, le pas pris par le roman sur la poésie et l'essai figure seulement, et malgré les apparences, une plus grande intellectualisation de l'art. Entendons-nous, il s'agit surtout des plus grands. La fécondité et la grandeur d'un genre se mesurent souvent au déchet qui s'y trouve. Le nombre de mauvais romans ne doit pas faire oublier la grandeur des meilleurs. Ceux-ci justement portent avec eux leur univers. Le roman a sa logique, ses raisonnements, son intuition et ses postulats. Il a aussi ses exigences de clarté[1].

L'opposition classique dont je, parlais plus haut se légitime moins encore dans ce cas particulier. Elle valait au temps où il était facile de séparer la philosophie de son auteur. Aujourd'hui, où la pensée ne prétend plus à l'universel, où sa meilleure histoire serait celle de ses repentirs, nous savons que le système, lorsqu'il est valable, ne se sépare pas de son auteur. « L'Ethique » elle-même sous l'un de ses aspects, n'est qu'une longue et rigoureuse confidence. La pensée abstraite rejoint enfin son support de chair. Et de même, les jeux romanesques du corps et des passions s'ordonnent un peu plus suivant les exigences d'une vision du monde. On ne raconte plus « d'histoires », on crée son univers. Les grands romanciers sont des romanciers philosophes, c'est-à-dire le contraire d'écrivains à thèse. Ainsi Balzac, Sade, Melville, Stendhal, Dostoïevsky, Proust, Malraux, Kafka, pour n'en citer

---

1 Qu'on y réfléchisse : cela explique les pires romans. Presque tout le monde se croit capable de penser et, dans une certaine mesure, bien ou mal, pense effectivement. Très peu, au contraire, peuvent s'imaginer poète ou forgeur de phrases. Mais à partir du moment où la pensée a prévalu sur le style, la foule a envahi le roman.

Cela n'est pas un si grand mal qu'on le dit. Les meilleurs sont conduits à plus d'exigences envers eux-mêmes. Pour ceux qui succombent, ils ne méritaient pas de survivre.

que quelques-uns.

Mais justement le choix qu'ils ont fait d'écrire en images plutôt qu'en raisonnements est révélateur d'une certaine pensée qui leur est commune, persuadée de l'inutilité de tout principe d'explication et convaincue du message enseignant de l'apparence sensible. Ils considèrent l'œuvre à la fois comme une fin et un commencement. Elle est l'aboutissement d'une philosophie souvent inexprimée, son illustration et son couronnement. Mais elle n'est complète que par les sous-entendus de cette philosophie. Elle légitime enfin cette variante d'un thème ancien qu'un peu de pensée éloigne de la vie mais que beaucoup y ramène. Incapable de sublimer le réel, la pensée s'arrête à le mimer. Le roman dont il est question est l'instrument de cette connaissance à la fois relative et inépuisable, si semblable à celle de l'amour. De l'amour, la création romanesque a l'émerveillement initial et la rumination féconde.

*

C'est du moins les prestiges que je lui reconnais au départ. Mais je les reconnaissais aussi à ces princes de la pensée humiliée dont j'ai pu contempler ensuite les suicides. Ce qui m'intéresse justement c'est de connaître et de décrire la force qui les ramène vers la voie commune de l'illusion. La même méthode me servira donc ici. De l'avoir déjà employée me permettra de raccourcir mon raisonnement et de le résumer sans tarder sur un exemple précis. Je veux savoir si, acceptant de vivre sans appel, on peut consentir aussi à travailler et créer sans appel et quelle est la route qui mène à ces libertés. Je veux délivrer mon univers de ses fantômes et le peupler seulement des vérités de chair dont je ne peux nier la présence. Je puis faire œuvre absurde, choisir l'attitude créatrice plutôt qu'une autre. Mais une attitude absurde pour demeurer telle doit rester consciente de sa gratuité. Ainsi de l'œuvre. Si les commandements de l'absurde n'y sont pas respectés, si elle n'illustre pas le divorce et la révolte, si elle sacrifie aux illusions et suscite l'espoir, elle n'est plus gratuite. Je ne puis plus me détacher d'elle. Ma vie peut y trouver un sens : cela est dérisoire. Elle n'est plus cet exercice de détachement et de passion qui consomme la splendeur et l'inutilité d'une vie d'homme.

Dans la création où la tentation d'expliquer est la plus forte, peut-on alors surmonter cette tentation ? Dans le monde fictif où la conscience du monde réel est la plus forte, puis-je rester fidèle à l'absurde sans sacrifier au désir de conclure? Autant de questions à envisager dans un dernier effort. On a compris déjà ce qu'elles signifiaient. Ce sont les derniers scrupules d'une conscience qui craint d'abandonner son premier et difficile enseignement au prix d'une ultime illusion. Ce qui vaut pour la création, considérée comme *l'une* des attitudes possibles pour l'homme conscient de l'absurde, vaut pour tous les styles de vie qui s'offrent à lui. Le conquérant ou l'acteur, le créateur ou Don Juan peuvent oublier que leur exercice de vivre ne saurait aller sans la conscience de son caractère insensé. On s'habitue si vite. On veut gagner de l'argent pour vivre heureux et tout l'effort et le meilleur d'une vie se concentrent pour le gain de cet argent. Le bonheur est oublié, le moyen pris pour la fin. De même tout l'effort de ce conquérant va dériver sur l'ambition qui n'était qu'un chemin vers une plus grande vie. Don Juan de son côté va consentir aussi à son destin, se satisfaire de cette existence dont la grandeur ne vaut que par la révolte. Pour l'un, c'est la conscience, pour l'autre, la révolte, dans les deux cas l'absurde a disparu. Il y a tant d'espoir tenace dans le cœur humain. Les hommes les plus dépouillés finissent quelquefois par consentir à l'illusion. Cette approbation dictée par le besoin de paix est le frère intérieur du consentement existentiel. Il y a ainsi des dieux de lumière et des idoles de boue. Mais c'est le chemin moyen qui mène aux visages de l'homme qu'il s'agit de trouver.

Jusqu'ici ce sont les échecs de l'exigence absurde qui nous ont le mieux renseigné sur ce qu'elle est. De même façon, il nous suffira pour être avertis d'apercevoir que la création romanesque peut offrir la même ambiguïté que certaines philosophies. Je peux donc choisir pour mon illustration une œuvre où tout soit réuni qui marque la conscience de l'absurde, dont le départ soit clair et le climat lucide. Ses conséquences nous instruiront. Si l'absurde n'y est pas respecté, nous saurons par quel biais l'illusion s'introduit. Un exemple précis, un thème, une fidélité de créateur, suffiront alors. Il s'agit de la même analyse qui a déjà été faite plus longuement.

J'examinerai un thème favori de Dostoïevsky. J'aurais pu aussi bien étudier d'autres œuvres[1]. Mais avec celle-ci, le problème est

---

1 Celle de Malraux, par exemple. Mais il eût fallu aborder en même temps le problème social qui en effet ne peut être évité par la pensée absurde (encore qu'elle puisse lui proposer plusieurs solutions, et fort différentes). Il faut cependant se limiter.

traité directement, dans le sens de la grandeur et de l'émotion, comme pour les pensées existentielles dont il a été question. Ce parallélisme sert mon objet.

KIRILOV

Tous les héros de Dostoïevsky s'interrogent sur le sens de la vie. C'est en cela qu'ils sont modernes : ils ne craignent pas le ridicule. Ce qui distingue la sensibilité moderne de la sensibilité classique, c'est que celle-ci se nourrit de problèmes moraux et celle-là de problèmes métaphysiques. Dans les romans de Dostoïevsky, la question est posée avec une telle intensité qu'elle ne peut engager que des solutions extrêmes. L'existence est mensongère *ou* elle est éternelle. Si Dostoïevsky se contentait de cet examen, il serait philosophe. Mais il illustre les conséquences que ces jeux de l'esprit peuvent avoir dans une vie d'homme et c'est en cela qu'il est artiste. Parmi ces conséquences, c'est la dernière qui le retient, celle que lui-même dans le « Journal d'un Ecrivain » appelle suicide logique. Dans les livraisons de décembre 1876, en effet, il imagine le raisonnement du « suicide logique ». Persuadé que l'existence humaine est une parfaite absurdité pour qui n'a pas la foi en l'immortalité, le désespéré en arrive aux conclusions suivantes :

« Puisqu'à mes questions au sujet du bonheur, il m'est déclaré en réponse, par l'intermédiaire de ma conscience, que je ne puis être heureux autrement que dans cette harmonie avec le grand tout, que je ne conçois et ne serai jamais en état de concevoir, c'est évident...

« ...Puisqu'enfin dans cet ordre de choses, j'assume à la fois le rôle du plaignant et celui du répondant, de l'accusé et du juge, et puisque je trouve cette comédie de la part de la nature tout à fait stupide, et que même j'estime humiliant de ma part d'accepter de la jouer...

« En ma qualité indiscutable de plaignant et de répondant, de juge et d'accusé, je condamne cette nature qui, avec un si impudent sans-gêne, m'a fait naître pour souffrir — je la condamne à être anéantie avec moi. »

Il y a encore un peu d'humour dans cette position. Ce suicidé se tue parce que, sur le plan métaphysique, il est *vexé*. Dans un certain sens, il se venge. C'est la façon qu'il a de prouver qu'on ne « l'aura pas ». On sait cependant que le même thème s'incarne, mais avec la plus admirable ampleur, chez Kirilov, personnage des *Possédés*, partisan lui aussi du suicide logique. L'ingénieur Kirilov déclare quelque part qu'il veut s'ôter la vie parce que « c'est son idée ». On entend bien qu'il faut prendre le mot au sens propre. C'est pour une idée, une pensée qu'il se prépare à la mort. C'est le suicide supérieur. Progressivement, tout le long de scènes où le masque de Kirilov s'éclaire peu à peu, la pensée mortelle qui l'anime nous est livrée. L'ingénieur en effet, reprend les raisonnements du « Journal ». Il sent que Dieu est nécessaire et qu'il faut bien qu'il existe. Mais il sait qu'il n'existe pas et qu'il ne peut pas exister. « Comment ne comprends-tu pas, s'écrie-t-il, que c'est là une raison suffisante pour se tuer ? » Cette attitude entraîne également chez lui quelques-unes des conséquences absurdes. Il accepte par indifférence de laisser utiliser son suicide au profit d'une cause qu'il méprise. « J'ai décidé cette nuit que cela m'était égal.» Il prépare enfin son geste dans un sentiment mêlé de révolte et de liberté. « Je me tuerai pour affirmer mon insubordination, ma nouvelle et terrible liberté.» Il ne s'agit plus de vengeance, mais de révolte. Kirilov est donc un personnage absurde — avec cette réserve essentielle cependant qu'il se tue. Mais lui-même explique cette contradiction, et de telle sorte qu'il révèle en même temps le secret absurde dans toute sa pureté. Il ajoute en effet à sa logique mortelle une ambition extraordinaire qui donne au personnage toute sa perspective : il veut se tuer pour devenir dieu.

Le raisonnement est d'une clarté classique. Si Dieu n'existe pas, Kirilov est dieu. Si Dieu n'existe pas, Kirilov doit se tuer. Kirilov doit donc se tuer pour être dieu, Cette logique est absurde, mais c'est ce qu'il faut, L'intéressant cependant est de donner un sens à cette divinité ramenée sur terre. Cela revient à éclairer la prémisse :« Si Dieu n'existe pas, je suis dieu», qui reste encore assez, obscure. Il est important de remarquer d'abord que l'homme qui affiche cette prétention insensée est bien de ce monde. Il fait sa gymnastique tous les matins ; pour entretenir sa santé. Il s'émeut de la joie de Chatov retrouvant sa femme. Sur un papier qu'on trouvera après sa mort, il veut dessiner une figure qui « leur» tire la langue. Il est puéril et colère passionné, méthodique et sensible. Du surhomme il n'a que la logique et l'idée fixe, de l'homme tout le registre. C'est lui cependant qui parle tranquillement de sa divinité. Il n'est pas fou ou alors Dostoïevsky l'est. Ce n'est donc pas une illusion de mégalomane qui l'agite. Et prendre les mots dans leur sens propre serait, cette fois, ridicule.

Kirilov lui-même nous aide à mieux comprendre. Sur une question de Stavroguine, il précise qu'il ne parle pas d'un dieu-homme. On pourrait penser que c'est par souci de se distinguer du Christ. Mais il s'agit en réalité d'annexer celui-ci, Kirilov en effet imagine un moment que Jésus mourant *ne s'est pas retrouvé en paradis*. Il a connu alors que sa torture avait été inutile. « Les lois de la nature, dit l'ingénieur, ont fait vivre le Christ au milieu du mensonge et mourir pour un mensonge. » En ce sens seulement, Jésus incarne bien tout le drame humain. Il est l'homme-parfait, étant celui qui a réalisé la condition la plus absurde. Il n'est pas le Dieuhomme, mais l'homme-dieu. Et comme lui, chacun de nous peut être crucifié et dupé—l'est dans une certaine mesure.

La divinité dont il s'agit est donc toute terrestre. « J'ai cherché pendant trois ans, dit Kirilov, l'attribut de ma divinité et je l'ai trouvé. L'attribut de ma divinité, c'est l'indépendance. » On aperçoit désormais le sens de la prémisse kirilovienne : « Si Dieu n'existe pas, je suis dieu. » Devenir dieu, c'est seulement être libre sur cette terre, ne pas servir un être immortel. C'est surtout, bien entendu, tirer toutes les conséquences de cette douloureuse indépendance. Si Dieu existe, tout dépend de lui et nous ne pouvons rien contre sa volonté. S'il n'existe pas, tout dépend de nous. Pour Kirilov comme pour Nietzsche, tuer Dieu, c'est devenir dieu soi-même—c'est réaliser dès cette terre la vie éternelle dont parle l'Evangile[1].

Mais si ce crime métaphysique suffit à l'accomplissement de l'homme, pourquoi y ajouter le suicide? Pourquoi se tuer, quitter ce monde après avoir conquis la liberté? Cela est contradictoire. Kirilov le sait bien, qui ajoute:« Si tu sens cela, tu es un tzar et loin de te tuer, tu vivras au comble de la gloire.» Mais les bommes ne le savent pas. Ils ne sentent pas « cela». Comme au temps de Prométhée, ils nourrissent en eux les aveugles espoirs[2]. Ils ont besoin qu'on leur montre le chemin et ne peuvent se passer de la prédication. Kirilov doit donc se tuer par amour de l'humanité. Il doit montrer à ses frères une voie royale et difficile sur laquelle il sera le premier. C'est un suicide pédagogique. Kirilov se sacrifie donc. Mais s'il est crucifié, il ne sera pas dupé. Il reste homme-dieu, persuadé d'une mort sans avenir, pénétré de la mélancolie évangélique. « Moi, dit-il, je suis malheureux parce que je suis *obligé* d'affirmer ma liberté.» Mais lui mort, les hommes enfin éclairés, cette terre se peuplera de tzars et s'illuminera de la gloire humaine. Le coup de pistolet de Kirilov sera le signal de l'ultime révolution. Ainsi ce n'est pas le désespoir qui le pousse à la mort, mais l'amour du prochain pour lui-même. Avant de terminer dans le sang une indicible aventure spirituelle, Kirilov

---

1 « Stavroguine.—Vous croyez à la vie éternelle dans l'autre monde?—, Kirilov : Non, mais à la vie éternelle dans celui-ci. »

2 « L'homme n'a fait qu'inventer Dieu pour ne pas se tuer. Volià le résumé de l'histoire universelle jusqu'à ce moment. »

a un mot aussi vieux que la souffrance des hommes : « Tout est bien. »

Ce thème du suicide chez Dostoïevsky est donc bien un thème absurde. Notons seulement avant d'aller plus loin que Kirilov rebondit dans d'autres personnages qui engagent eux-mêmes de nouveaux thèmes absurdes. Stavroguine et Ivan Karamazov font dans la vie pratique l'exercice des vérités absurdes. Ce sont eux que la mort de Kirilov libère. Ils s'essaient à être tzars. Stavroguine mène une vie « ironique », on sait assez laquelle. Il fait lever la haine autour de lui. Et pourtant, le mot-clé de ce personnage se trouve dans sa lettre d'adieu : « Je n'ai rien pu détester ». Il est tzar dans l'indifférence. Ivan l'est aussi en refusant d'abdiquer les pouvoirs royaux de l'esprit. A ceux qui, comme son frère, prouvent par leur vie qu'il faut s'humilier pour croire, il pourrait, répondre que la condition est indigne. Son mot-clé, c'est le « Tout est permis », avec la nuance de tristesse qui convient. Bien entendu, comme Nietzsche, le plus célèbre des assassins de Dieu, il finit dans la folie. Mais c'est un risque à courir et devant ces fins tragiques, le mouvement essentiel de l'esprit absurde est de demander : « Qu'est-ce que cela prouve ? »

*

Ainsi les romans, comme le « Journal », posent la question absurde. Ils instaurent la logique jusqu'à la mort, l'exaltation, la liberté « terrible », la gloire des tzars devenue humaine. Tout est bien, tout est permis et rien n'est détestable : ce sont des jugements absurdes. Mais quelle prodigieuse création que celle où ces êtres de feu et de glace nous semblent si familiers. Le monde passionné de l'indifférence qui gronde en leur cœur ne nous semble en rien monstrueux. Nous y retrouvons nos angoisses quotidiennes. Et personne sans doute comme Dostoïevsky n'a su donner au monde absurde des prestiges si proches et si torturants.

Pourtant quelle est sa conclusion? Deux citations montreront le renversement métaphysique complet qui mène l'écrivain à d'autres révélations. Le raisonnement du suicidé logique ayant provoqué quelques protestations des critiques, Dostoïevsky dans les livraisons suivantes du « Journal» développe sa position et conclut ainsi :« Si la foi en l'immortalité est si nécessaire à l'être humain (que sans elle il en vienne à se tuer) c'est donc qu'elle est l'état normal de l'humanité. Puisqu'il en est ainsi, l'immortalité de l'âme humaine existe sans aucun doute.» D'autre part dans les dernières pages de son dernier roman, au terme de ce gigantesque combat avec Dieu, des enfants demandent à Aliocha :« Karamazov, est-ce vrai ce que dit la religion, que nous ressusciterons d'entre les morts, que nous nous reverrons les uns et les autres ?» Et Aliocha répond :« Certes, nous nous reverrons, nous nous raconterons joyeusement tout ce qui s'est passé.»

Ainsi Kirilov, Stavroguine et Ivan sont vaincus. Les Karamazov répondent aux Possédés. Et il s'agit bien d'une conclusion. Le cas d'Aliocha n'est pas ambigu comme celui du prince Muichkine. Malade, ce dernier vit dans un perpétuel présent, nuancé de sourires et d'indifférence et cet état bienheureux pourrait être la vie éternelle dont parle le prince. Au contraire, Aliocha le dit bien :

« Nous nous retrouverons. » Il n'est plus question de suicide et de
folie. A quoi bon, pour qui est sûr de l'immortalité et de ses joies ?
L'homme fait l'échange de sa divinité contre le bonheur. « Nous
nous raconterons joyeusement tout ce qui s'est passé. » Ainsi
encore, le pistolet de Kirilov a claqué quelque part en Russie, mais
le monde a continué de rouler ses aveugles espoirs. Les hommes
n'ont pas compris « cela ».

Ce n'est donc pas un romancier absurde qui nous parle, mais
un romancier existentiel. Ici encore le saut est émouvant, donne
sa grandeur à l'art qui l'inspire. C'est une adhésion touchante,
pétrie de doutes, incertaine et ardente. Parlant des Karamazov,
Dostoïevsky écrivait : « La question principale qui sera poursuivie
dans toutes les parties de ce livre est celle même dont j'ai souffert
consciemment ou inconsciemment toute ma vie : l'existence
de Dieu. » Il est difficile de croire qu'un roman ait suffi à
transformer en certitude joyeuse la souffrance de toute une vie.
Un commentateur[1] le remarque à juste titre : Dostoïevsky a partie
liée avec Ivan — et les chapitres affirmatifs des Karamazov lui
ont demandé trois mois d'efforts, tandis que ce qu'il appelait « les
blasphèmes » ont été composés en trois semaines, dans l'exaltation.
Il n'est pas un de ses personnages qui ne porte cette écharde
dans la chair, qui ne l'irrite ou qui n'y cherche un remède dans
la sensation ou l'immoralité[2]. Restons en tout cas sur ce doute.

---

1 Boris de Schloezer.

2 Remarque curieuse et pénétrante de Gide : Presque tous les héros de Dostoïevsky sont
polygames.

Voici une œuvre où dans un clair obscur plus saisissant que la lumière du jour, nous pouvons saisir la lutte de l'homme contre ses espérances. Arrivé au terme, le créateur choisit contre ses personnages. Cette contradiction nous permet ainsi d'introduire une nuance. Ce n'est pas d'une œuvre absurde qu'il s'agit ici, mais d'une œuvre qui pose le problème absurde.

La réponse de Dostoïevsky est l'humiliation, la « honte » selon Stavroguine. Une œuvre absurde au contraire ne fournit pas de réponse, voilà toute la différence. Notons-le bien pour terminer : ce qui contredit l'absurde dans cette œuvre, ce n'est pas son caractère chrétien, c'est l'annonce qu'elle fait de la vie future. On peut être chrétien et absurde. Il y a des exemples de chrétiens qui ne croient pas à la vie future. A propos de l'œuvre d'art, il serait donc possible de préciser une des directions de l'analyse absurde qu'on a pu pressentir dans les pages précédentes. Elle conduit à poser « l'absurdité de l'Evangile». Elle éclaire cette idée, féconde en rebondissements, que les convictions n'empêchent pas l'incrédulité. On voit bien au contraire que l'auteur des *Possédés*, familier de ces chemins a pris pour finir une voie toute différente. La surprenante réponse du créateur à ses personnages, de Dostoïevsky à Kirilov peut en effet se résumer ainsi : L'existence est mensongère et elle est éternelle.

LA CRÉATION SANS LENDEMAIN

J'aperçois donc ici que l'espoir ne peut être éludé pour toujours et qu'il peut assaillir ceux-là mêmes qui s'en voulaient délivrés. C'est l'intérêt que je trouve aux œuvres dont il a été question jusqu'ici. Je pourrais, au moins dans l'ordre de la création, dénombrer quelques œuvres vraiment absurdes[1]. Mais il faut un commencement à tout. L'objet de cette recherche, c'est une certaine fidélité. L'Eglise n'a été si dure pour les hérétiques que parce qu'elle estimait qu'il n'est pas de pire ennemi qu'un enfant égaré. Mais l'histoire des audaces gnostiques et la persistance des courants manichéens a plus fait, pour la construction du dogme orthodoxe, que toutes les prières. Toutes proportions gardées, il en est de même pour l'absurde. On reconnaît sa voie en découvrant les chemins qui s'en éloignent. Au terme même du raisonnement absurde, dans l'une des attitudes dictées par sa logique, il n'est pas indifférent de retrouver l'espoir introduit encore sous l'un de ses visages les plus pathétiques. Cela montre la difficulté de l'ascèse absurde. Cela montre surtout la nécessité d'une conscience maintenue sans cesse et rejoint le cadre général de cet essai.

---

1 Le *Moby Dick* de Melville par exemple.

Mais s'il n'est pas encore question de dénombrer les œuvres absurdes, on peut conclure au moins sur l'attitude créatrice, l'une de celles qui peuvent compléter l'existence absurde. L'art ne peut être si bien servi que par une pensée négative. Ses démarches obscures et humiliées sont aussi nécessaires à l'intelligence d'une grande œuvre que le noir l'est au blanc. Travailler et créer « pour rien», sculpter dans l'argile, savoir que sa création n'a pas d'avenir, voir son œuvre détruite en un jour en étant conscient que, profondément, cela n'a pas plus d'importance que de bâtir pour des siècles, c'est la sagesse difficile que la pensée absurde autorise. Mener de front ces deux tâches, nier d'un côté et exalter de l'autre, c'est la voie qui s'ouvre au créateur absurde. Il doit donner au vide ses couleurs.

Ceci mène à une conception particulière de l'œuvre d'art. On considère trop souvent l'œuvre d'un créateur comme une suite de témoignages isolés. On confond alors artiste et littérateur. Une pensée profonde est en continuel devenir, épouse l'expérience d'une vie et s'y façonne. De même, la création unique d'un homme se fortifie dans ses visages successifs et multiples que sont les œuvres. Les unes complètent les autres, les corrigent ou les rattrapent, les contredisent aussi. Si quelque chose termine la création, ce n'est pas le cri victorieux et illusoire de l'artiste aveuglé :« J'ai tout dit», mais la mort du créateur qui ferme son expérience et le livre de son génie.

Cet effort, cette conscience surhumaine n'apparaissent pas forcément au lecteur. Il n'y a pas de mystère dans la création humaine. La volonté fait ce miracle. Mais du moins, il n'est pas de vraie création sans secret. Sans doute une suite d'œuvres peut n'être qu'une série d'approximations de la même pensée. Mais on peut concevoir une autre espèce de créateurs qui procéderaient par juxtaposition. Leurs œuvres peuvent sembler sans rapports entre elles. Dans une certaine mesure, elles sont contradictoires. Mais replacées dans leur ensemble, elles recouvrent leur ordonnance. C'est de la mort ainsi qu'elles reçoivent leur sens définitif. Elles acceptent le plus clair de leur lumière de la vie même de leur auteur. A ce moment, la suite de ses œuvres n'est qu'une collection d'échecs. Mais si ces échecs gardent tous la même résonance, le créateur a su répéter l'image de sa propre condition, faire retentir le secret stérile dont il est détenteur.

L'effort de domination est ici considérable. Mais l'intelligence humaine peut suffire à bien plus. Elle démontrera seulement l'aspect volontaire de la création. J'ai fait ressortir ailleurs que la volonté humaine n'avait d'autre fin que de maintenir la conscience. Mais cela ne saurait aller sans discipline. De toutes les écoles de la patience et de la lucidité, la création est la plus efficace. Elle est aussi le bouleversant témoignage de la seule dignité de l'homme : la révolte tenace contre sa condition, la persévérance dans un effort tenu pour stérile. Elle demande un effort quotidien, la maîtrise de soi, l'appréciation exacte des limites du vrai, la mesure et la force. Elle constitue une ascèse. Tout cela « pour rien », pour répéter et piétiner. Mais peut-être la grande œuvre d'art a moins d'importance en elle-même que dans l'épreuve qu'elle exige d'un homme et l'occasion qu'elle lui fournit de surmonter ses fantômes et d'approcher d'un peu plus près sa réalité nue.

*

Qu'on ne se trompe pas d'esthétique. Ce n'est pas l'information patiente, l'incessante et stérile illustration d'une thèse que j'invoque ici. Au contraire, si je me suis expliqué clairement. Le roman à thèse, l'œuvre qui prouve, la plus haïssable de toutes, est celle qui le plus souvent s'inspire d'une pensée *satisfaite*. La vérité qu'on croit détenir, on la démontre. Mais ce sont là des idées qu'on met en marche, et les idées sont le contraire de la pensée. Ces créateurs sont des philosophes honteux. Ceux dont je parle ou que j'imagine sont au contraire des penseurs lucides. A un certain point où la pensée revient sur elle-même, ils dressent les images de leurs œuvres comme les symboles évidents d'une pensée limitée, mortelle et révoltée.

Elles prouvent peut-être quelque chose. Mais ces preuves, les romanciers se les donnent plus qu'ils ne les fournissent. L'essentiel est qu'ils triomphent dans le concret et que ce soit leur grandeur. Ce triomphe tout charnel leur a été préparé par une pensée où les pouvoirs abstraits ont été humiliés. Quand ils le sont tout à fait, la chair du même coup fait resplendir la création de tout son éclat absurde. Ce sont les philosophies ironiques qui font les œuvres passionnées.

Toute pensée qui renonce à l'unité exalte la diversité. Et la diversité est le lieu de l'art. La seule pensée qui libère l'esprit est celle qui le laisse seul, certain de ses limites et de sa fin prochaine.

Aucune doctrine ne le sollicite. Il attend le mûrissement de l'œuvre et de la vie. Détachée de lui, la première fera entendre une fois de plus la voix à peine assourdie d'une âme pour toujours délivrée de l'espoir. Ou elle ne fera rien entendre, si le créateur lassé de son jeu, prétend se détourner. Cela est équivalent.

*

Ainsi je demande à la création absurde ce que j'exigeais de la pensée, la révolte, la liberté et la diversité. Elle manifestera ensuite sa profonde inutilité. Dans cet effort quotidien où l'intelligence et la passion se mêlent et se transportent, l'homme absurde découvre une discipline qui fera l'essentiel de ses forces. L'application qu'il y faut, l'entêtement et la clairvoyance rejoignent ainsi l'attitude conquérante. Créer, aussi, c'est donner une forme à son destin. Pour tous ces personnages, leur œuvre les définit au moins autant qu'elle en est définie. Le comédien nous l'a appris : il n'y a pas de frontière entre le paraître et l'être.

Répétons-le. Rien de tout cela n'a de sens réel. Sur le chemin de cette liberté, il est encore un progrès à faire. Le dernier effort pour ces esprits parents, créateur ou conquérant, est de savoir se libérer aussi de leurs entreprises : arriver à admettre que l'œuvre même, qu'elle soit conquête, amour ou création, peut ne pas être ; consommer ainsi l'inutilité profonde de toute vie individuelle. Cela même leur donne plus d'aisance dans la réalisation de cette œuvre, comme d'apercevoir l'absurdité de la vie les autorisait à s'y plonger avec tous les excès.

Ce qui reste, c'est un destin dont seule l'issue est fatale. En dehors de cette unique fatalité de la mort, tout, joie ou bonheur, est liberté. Un monde demeure dont l'homme est le seul maître. Ce qui le liait, c'était l'illusion d'un autre monde. Le sort de sa pensée n'est plus de se renoncer mais de rebondir en images. Elle se joue—dans des mythes sans doute— mais des mythes sans autre profondeur que celle de la douleur humaine et comme elle inépuisables. Non pas la fable divine qui amuse et aveugle, mais le visage, le geste et le drame terrestres où se résument une difficile sagesse et une passion sans lendemain.

LE MYTHE DE SISYPHE

Les dieux avaient condamné Sisyphe à rouler sans cesse un rocher jusqu'au sommet d'une montagne d'où la pierre retombait par son propre poids. Ils avaient pensé avec quelque raison qu'il n'est pas de punition plus terrible que le travail inutile et sans espoir.

Si l'on en croit Homère, Sisyphe était le plus sage et le plus prudent des mortels. Selon une autre tradition cependant, il inclinait au métier de brigand. Je n'y vois pas de contradiction. Les opinions différent sur les motifs qui lui valurent d'être le travailleur inutile des enfers. On lui reproche d'abord quelque légèreté avec les dieux. Il livra leurs secrets. Egine, fille d'Asope, fut enlevée par Jupiter. Le père s'étonna de cette disparition et s'en plaignit à Sisyphe. Lui, qui avait connaissance de l'enlèvement, offrit à Asope de l'en instruire, à la condition qu'il donnerait de l'eau à la citadelle de Corinthe. Aux foudres célestes, il préféra la bénédiction de l'eau. Il en fut puni dans les enfers. Homère nous raconte aussi que Sisyphe avait enchaîné la Mort. Pluton ne put supporter le spectacle de son empire désert et silencieux. Il dépêcha le dieu de la guerre qui délivra la Mort des mains de son vainqueur.

On dit encore que Sisyphe étant près de mourir voulut imprudemment éprouver l'amour de sa femme. Il lui ordonna de jeter son corps sans sépulture au milieu de la place publique. Sisyphe se retrouva dans les enfers. Et là, irrité d'une obéissance si contraire à l'amour humain, il obtint de Pluton la permission de retourner sur la terre pour châtier sa femme. Mais quand il eut de nouveau revu le visage de ce monde, goûté l'eau et le soleil, les pierres chaudes et la mer, il ne voulut plus retourner dans l'ombre infernale. Les rappels, les colères et les avertissements n'y firent rien. Bien des années encore, il vécut devant la courbe du golfe, la mer éclatante et les sourires de la terre. Il fallut un arrêt des dieux. Mercure vint saisir l'audacieux au collet et l'ôtant à ses joies, le ramena de force aux enfers où son rocher était tout prêt.

On a compris déjà que Sisyphe est le héros absurde. Il l'est autant par ses passions que par son tourment. Son mépris des dieux, sa haine de la mort et sa passion pour la vie, lui ont valu ce supplice indicible où tout l'être s'emploie à ne rien achever. C'est le prix qu'il faut payer pour les passions de cette terre. On ne nous dit rien sur Sisyphe aux enfers. Les mythes sont faits pour que l'imagination les anime. Pour celui-ci on voit seulement tout l'effort d'un corps tendu pour soulever l'énorme pierre, la rouler et l'aider à gravir une pente cent fois recommencée ; on voit le visage crispé, la joue collée contre la pierre, le secours d'une épaule qui reçoit la masse couverte de glaise, d'un pied qui la cale, la reprise à bout de bras, la sûreté tout humaine de deux mains pleines de terre. Tout au bout de ce long effort mesuré par l'espace sans ciel et le temps sans profondeur, le but est atteint. Sisyphe regarde alors la pierre dévaler en quelques instants vers ce monde inférieur d'où il faudra la remonter vers les sommets. Il redescend dans la plaine.

C'est pendant ce retour, cette pause que Sisyphe m'intéresse. Un visage qui peine si près des pierres est déjà pierre lui-même ! Je vois cet homme redescendre d'un pas lourd mais égal vers le tourment dont il ne connaîtra pas la fin. Cette heure qui est comme une respiration et qui revient aussi sûrement que son malheur, cette heure est celle de la conscience. A chacun de ces instants, où il quitte les sommets et s'enfonce peu à peu vers les tanières des dieux, il est supérieur à son destin. Il est plus fort que son rocher.

Si ce mythe est tragique, c'est que son héros est conscient. Où serait en effet sa peine, si à chaque pas l'espoir de réussir le soutenait ? L'ouvrier d'aujourd'hui travaille, tous les jours de sa vie, aux mêmes tâches et ce destin n'est pas moins absurde. Mais il n'est tragique qu'aux rares moments où il devient conscient. Sisyphe, prolétaire des dieux, impuissant et révolté, connaît toute l'étendue de sa misérable condition : c'est à elle qu'il pense pendant sa descente. La clairvoyance qui devait faire son tourment consomme du même coup sa victoire. Il n'est pas de destin qui ne se surmonte par le mépris.

*

Si la descente ainsi se fait certains jours dans la douleur, elle peut se faire aussi dans la joie. Ce mot n'est pas de trop. J'imagine encore Sisyphe revenant vers son rocher, et la douleur était au début. Quand les images de la terre tiennent trop fort au souvenir, quand l'appel du bonheur se fait trop pressant, il arrive que la tristesse se lève au cœur de l'homme : c'est la victoire du rocher, c'est le rocher lui-même. L'immense détresse est trop lourde à porter. Ce sont nos nuits de Gethsémani. Mais les vérités écrasantes périssent d'être reconnues. Ainsi, Œdipe obéit d'abord au destin sans le savoir. A partir du moment où il sait, sa tragédie commence. Mais dans le même instant, aveugle et désespéré, il reconnaît que le seul lien qui le rattache au monde, c'est la main fraîche d'une jeune fille. Une parole démesurée retentit alors : « Malgré tant d'épreuves, mon âge avancé et la grandeur de mon âme me font juger que tout est bien. » L'œdipe de Sophocle, comme le Kirilov de Dostoïevsky, donne ainsi la formule de la victoire absurde. La sagesse antique rejoint l'héroïsme moderne.

On ne découvre pas l'absurde sans être tenté d'écrire quelque manuel du bonheur. « Eh ! quoi, par des voies si étroites...? » Mais il n'y a qu'un monde. Le bonheur et l'absurde sont deux fils de la même terre. Ils sont inséparables. L'erreur serait de dire que le bonheur naît forcément de la découverte absurde. Il arrive aussi bien que le sentiment de l'absurde naisse du bonheur. « Je juge que tout est bien », dit Œdipe, et cette parole est sacrée. Elle retentit dans l'univers farouche et limité de l'homme. Elle enseigne que tout n'est pas, n'a pas été épuisé. Elle chasse de ce monde un dieu qui y était entré avec l'insatisfaction et le goût des douleurs inutiles. Elle fait du destin une affaire d'homme, qui doit être réglée entre les hommes.

Toute la joie silencieuse de Sisyphe est là. Son destin lui appartient. Son rocher est sa chose. De même, l'homme absurde, quand il contemple son tourment, fait taire toutes les idoles. Dans l'univers soudain rendu à son silence, les mille petites voix émerveillées de la terre s'élèvent. Appels inconscients et secrets, invitations de tous les visages, ils sont l'envers nécessaire et le prix de la victoire. Il n'y a pas de soleil sans ombre, et il faut connaître la nuit. L'homme absurde dit oui et son effort n'aura plus de cesse. S'il y a un destin personnel, il n'y a point de destinée supérieure ou du moins il n'en est qu'une dont il juge qu'elle est fatale et méprisable. Pour le reste, il se sait le maître de ses jours. A cet instant subtil où l'homme se retourne sur sa vie. Sisyphe revenant vers son rocher, dans ce léger pivotement, il contemple cette suite d'actions sans lien qui devient son destin, créé par lui, uni sous le regard de sa mémoire et bientôt scellé par sa mort. Ainsi, persuadé de l'origine tout humaine de tout ce qui est humain, aveugle qui désire voir et qui sait que la nuit n'a pas de fin, il est toujours en marche. Le rocher roule encore.

Je laisse Sisyphe au bas de la montagne ! On retrouve toujours son fardeau. Mais Sisyphe enseigne la fidélité supérieure qui nie les dieux et soulève les rochers. Lui aussi juge que tout est bien. Cet univers désormais sans maître ne lui paraît ni stérile ni futile. Chacun des grains de cette pierre, chaque éclat minéral de cette montagne pleine de nuit, à lui seul, forme un monde. La lutte elle-même vers les sommets suffit à remplir un cœur d'homme. Il faut imaginer Sisyphe heureux.

APPENDICE

Note de l'éditeur

L'étude sur Franz Kafka que nous publions en appendice a été remplacée dans la première édition du « *Mythe de Sisyphe*» par le chapitre sur « *Dostoievski et le Suicide*». Elle a été publiée cependant par la revue *L'Arbalète* en 1943.

On y retrouvera, sous une autre perspective, la critique de la création absurde que les pages sur Dostoievski avaient déjà engagée.

L'ESPOIR ET L'ABSURDE DANS L'OEUVRE

DE FRANZ KAFKA

Tout l'art de Kafka, c'est d'obliger le lecteur à relire. Ses dénouements, ou ses absences de dénouement, suggèrent des explications, mais qui ne sont pas révélées en clair et qui exigent, pour apparaître fondées, que l'histoire soit relue sous un nouvel angle. Quelquefois, il y a une double possibilité d'interprétation, d'où apparaît la nécessité de deux lectures. C'est ce que cherchait l'auteur. Mais on aurait tort de vouloir tout interpréter dans le détail chez Kafka. Un symbole est toujours dans le général et, si précise que soit sa traduction, un artiste ne peut y restituer que le mouvement : il n'y a pas de mot à mot. Au reste, rien n'est plus difficile à entendre qu'une œuvre symbolique. Un symbole dépasse toujours celui qui en use et lui fait dire en réalité plus qu'il n'a conscience d'exprimer. A cet égard, le plus sûr moyen de s'en saisir, c'est de ne pas le provoquer, d'entamer l'œuvre avec un esprit non concerté et de ne pas, chercher ses courants secrets. Pour Kafka, en particulier, il est honnête de consentir à son jeu, d'aborder le drame par l'apparence et le roman par la forme.

A première vue, et pour un lecteur détaché, ce sont des

aventures inquiétantes qui enlèvent des personnages tremblants et entêtés à la poursuite de problèmes qu'ils ne formulent jamais. Dans le *Procès*, Joseph K... est accusé. Mais il ne sait pas de quoi. Il tient sans doute à se défendre, mais il ignore pourquoi. Les avocats trouvent sa cause difficile. Entre temps, il ne néglige pas d'aimer, de se nourrir ou de lire son journal. Puis il est jugé. Mais la salle du tribunal est très sombre. Il ne comprend pas grand'chose. Il suppose seulement qu'il est condamné, mais à quoi, il se le demande à peine. Il en doute quelquefois aussi bien et il continue à vivre. Longtemps après, deux messieurs bien habillés et polis viennent le trouver et l'invitent à les suivre. Avec la plus grande courtoisie, ils le mènent dans une banlieue désespérée, lui mettent la tête sur une pierre et l'égorgent. Avant de mourir, le condamné dit seulement : « comme un chien ».

On voit qu'il est difficile de parler de symbole, dans un récit où la qualité la plus sensible se trouve être justement le naturel. Mais le naturel est une catégorie difficile à comprendre. Il y a des œuvres où l'événement semble naturel au lecteur. Mais il en est d'autres (plus rares, il est vrai) où c'est le personnage qui trouve naturel ce qui lui arrive. Par un paradoxe singulier mais évident, plus les aventures du personnage seront extraordinaires, et plus le naturel du récit se fera sensible : il est proportionnel à l'écart qu'on peut sentir entre l'étrangeté d'une vie d'homme et la simplicité avec quoi cet homme l'accepte. Il semble que ce naturel soit celui de Kafka. Et justement, on sent bien ce que le *Procès* veut dire. On a parlé d'une image de la condition humaine. Sans doute. Mais c'est à la fois plus simple et plus compliqué. Je veux dire que le sens du roman est plus particulier et plus personnel à Kafka. Dans une certaine mesure, c'est lui qui parle, si c'est nous qu'il confesse. Il vit et il est condamné. Il l'apprend aux premières pages du roman qu'il poursuit en ce monde et s'il essaie d'y remédier, c'est toutefois sans surprise. Il ne s'étonnera jamais assez de ce manque d'étonnement. C'est à ces contradictions qu'on reconnaît les premiers signes de l'œuvre absurde. L'esprit projette dans le concret sa tragédie spirituelle. Et il ne peut le faire qu'au moyen d'un paradoxe perpétuel qui donne aux couleurs le pouvoir d'exprimer le vide et aux gestes quotidiens la force de traduire les ambitions éternelles.

De même, le *Château* est peut-être une théologie en acte, mais c'est avant tout l'aventure individuelle d'une âme en quête de sa grâce, d'un homme qui demande aux objets de ce monde leur royal secret et aux femmes les signes du dieu qui dort en elles. La *Métamorphose*, à son tour, figure certainement l'horrible imagerie d'une éthique de la lucidité. Mais c'est aussi le produit de cet incalculable étonnement qu'éprouve l'homme à sentir la bête qu'il devient sans effort. C'est dans cette ambiguïté fondamentale que réside le secret de Kafka. Ces perpétuels balancements entre le naturel et l'extraordinaire, l'individu et l'universel, le tragique et le quotidien, l'absurde et le logique, se retrouvent à travers toute son œuvre et lui donnent à la fois sa résonance et sa signification. Ce sont ces paradoxes qu'il faut énumérer, ces contradictions qu'il faut renforcer, pour comprendre l'œuvre absurde.

Un symbole, en effet, suppose deux plans, deux mondes d'idées et de sensations, et un dictionnaire de correspondance entre l'un et l'autre. C'est ce lexique qui est le plus difficile à établir. Mais prendre conscience des deux mondes mis en présence, c'est se mettre sur le chemin de leurs relations secrètes. Chez Kafka ces deux mondes sont ceux de la vie quotidienne d'une part et de l'inquiétude surnaturelle de l'autre[1]. Il semble qu'on assiste ici à une interminable exploitation du mot de Nietzsche : « Les grands problèmes sont dans la rue. »

Il y a dans la condition humaine, c'est le lieu commun de toutes les littératures, une absurdité fondamentale en même temps qu'une implacable grandeur. Les deux coïncident, comme il est naturel. Toutes deux se figurent, répétons-le, dans le divorce ridicule qui sépare nos intempérances d'âme et les joies périssables du corps. L'absurde, c'est que ce soit l'âme de ce corps qui le dépasse si démesurément. Pour qui voudra figurer cette absurdité, c'est dans un jeu de contrastes parallèles qu'il faudra lui donner vie. C'est ainsi que Kafka exprime la tragédie par le quotidien et l'absurde par le logique.

Un acteur prête d'autant plus de force à un personnage tragique qu'il se garde de l'exagérer. S'il est mesuré, l'horreur qu'il suscite sera démesurée. La tragédie grecque à cet égard est riche d'enseignements. Dans une œuvre tragique, le destin se fait toujours mieux sentir sous les visages de la logique et du

---

1 A noter qu'on peut de façon aussi légitime interpréter les œuvres de Kafka dans le sens d'une critique sociale (par exemple dans le *Procès*). Il est probable d'ailleurs qu'il n'y a pas à choisir. Les deux interprétations sont bonnes. En termes absurdes, nous l'avons vu, la révolte contre les hommes s'adresse *aussi* à Dieu : les grandes révolutions sont toujours métaphysiques.

naturel. Le destin d'Œdipe est annoncé d'avance. Il est décidé surnaturellement qu'il commettra le meurtre et l'inceste. Tout l'effort du drame est de montrer le système logique qui, de déduction en déduction, va consommer le malheur du héros. Nous annoncer seulement ce destin inusité n'est guère horrible, parce que c'est invraisemblable. Mais si la nécessité nous en est démontrée dans le cadre de la vie quotidienne, société, état, émotion familière, alors l'horreur se consacre. Dans cette révolte qui secoue l'homme et lui fait dire : « Cela n'est pas possible », il y a déjà la certitude désespérée que « cela » se peut.

C'est tout le secret de la tragédie grecque ou du moins d'un de ses aspects. Car il en est un autre qui, par une méthode inverse, nous permettrait de mieux comprendre Kafka. Le cœur humain a une fâcheuse tendance à appeler destin seulement ce qui l'écrase. Mais le bonheur aussi, à sa manière, est sans raison, puisqu'il est inévitable. L'homme moderne pourtant s'en attribue le mérite, quand il ne le méconnaît pas. Il y aurait beaucoup à dire, au contraire, sur les destins privilégiés de la tragédie grecque et les favoris de la légende qui, comme Ulysse, au sein des pires aventures, se trouvent sauvés d'eux-mêmes. Ce n'était pas si facile de retrouver Ithaque.

Ce qu'il faut retenir en tous cas, c'est cette complicité secrète qui, au tragique, unit le logique et le quotidien. Voilà pourquoi Samsa, le héros de la *Métamorphose,* est un voyageur de commerce. Voilà pourquoi la seule chose qui l'ennuie dans la singulière aventure qui fait de lui une vermine, c'est que son patron sera mécontent de son absence. Des pattes et des antennes lui poussent, son échine s'arque, des points blancs parsèment son ventre et—je ne dirai pas que cela ne l'étonne pas, l'effet serait manqué—mais cela lui cause un « léger ennui». Tout l'art de Kafka est dans cette nuance. Dans son œuvre centrale, *Le Château,* ce sont les détails de la vie quotidienne qui reprennent le dessus et pourtant dans cet étrange roman où rien n'aboutit et tout se recommence, c'est l'aventure essentielle d'une âme en quête de sa grâce qui est figurée. Cette traduction du problème dans l'acte, cette coïncidence du général et du particulier, on les reconnaît aussi dans les petits artifices propres à tout grand créateur. Dans *Le Procès*, le héros aurait pu s'appeler Schmidt ou Franz Kafka. Mais il s'appelle Joseph K... Ce n'est pas Kafka et c'est pourtant lui. C'est un Européen moyen. Il est comme tout le monde. Mais c'est aussi l'entité K. qui pose l'x de cette équation de chair.

De même si Kafka veut exprimer l'absurde, c'est de la cohérence qu'il se servira. On connaît l'histoire du fou qui pêchait dans une baignoire ; un médecin qui avait ses idées sur les traitements psychiatriques lui demandait :« si ça mordait» et se vit répondre avec rigueur :« Mais non, imbécile, puisque c'est une baignoire». Cette histoire est du genre baroque. Mais on y saisit de façon sensible combien l'effet absurde est lié à un excès de logique. Le monde de Kafka est à la vérité un univers indicible où l'homme se donne le luxe torturant de pêcher dans une baignoire, sachant qu'il n'en sortira rien.

Je reconnais donc ici une œuvre absurde dans ses principes. Pour le *Procès*, par exemple, je puis bien dire que la réussite est totale. La chair triomphe. Rien n'y manque, ni la révolte inexprimée (mais c'est elle qui écrit), ni le désespoir lucide et muet (mais c'est lui qui crée), ni cette étonnante liberté d'allure que les personnages du roman respirent jusqu'à la mort finale.

Pourtant ce monde n'est pas aussi clos qu'il le paraît. Dans cet univers sans progrès, Kafka va introduire l'espoir sous une forme singulière. A cet égard, *Le Procès* et *Le Château* ne vont pas dans le même sens. Ils se complètent. L'insensible progression qu'on peut déceler de l'un à l'autre figure une conquête démesurée dans l'ordre de l'évasion. *Le Procès* pose un problème que *Le Château*, dans une certaine mesure, résoud. Le premier décrit, selon une méthode quasi scientifique, et sans conclure. Le second, dans une certaine mesure, explique. *Le Procès* diagnostique et *Le Château* imagine un traitement. Mais le remède proposé ici ne guérit pas. Il fait seulement rentrer la maladie dans la vie normale. Il aide à l'accepter. Dans un certain sens (pensons à Kierkegaard), il la fait chérir. L'arpenteur K... ne peut imaginer un autre souci que celui qui le ronge. Ceux-mêmes qui l'entourent s'éprennent de ce vide et de cette douleur qui n'a pas de nom, comme si la souffrance revêtait ici un visage privilégié. « Que j'ai besoin de toi, dit Frieda à K... Comme je me sens abandonnée, depuis que je te connais, quand tu n'es pas près de moi.» Ce remède subtil qui nous fait aimer ce qui nous écrase et fait naître l'espoir dans un monde sans issue, ce « saut» brusque par quoi tout se trouve changé, c'est le secret de la révolution existentielle et du *Château* lui-même.

Peu d'œuvres sont plus rigoureuses, dans leur démarche, que *Le Château*. K... est nommé arpenteur du château et il arrive dans le village. Mais du village au château, il est impossible de communiquer. Pendant des centaines de pages, K... s'entêtera à trouver son chemin, fera toutes les démarches, rusera, biaisera, ne se fâchera jamais, et avec une foi déconcertante, voudra rentrer dans la fonction qu'on lui a confiée. Chaque chapitre est un échec. Et aussi un recommencement. Ce n'est pas de la logique, mais de l'esprit de suite. L'ampleur de cet entêtement fait le tragique de l'œuvre. Lorsque K... téléphone au château, ce sont des voix confuses et mêlées, des rires vagues, des appels lointains qu'il perçoit. Cela suffit à nourrir son espoir, comme ces quelques signes qui paraissent dans les ciels d'été, ou ces promesses du soir qui font notre raison de vivre. On trouve ici le secret de la mélancolie particulière à Kafka. La même, à la vérité, qu'on respire dans l'œuvre de Proust ou dans le paysage plotinien : la nostalgie des paradis perdus. « Je deviens toute mélancolique, dit Olga, quand Barnabé me dit le matin qu'il va au Château : ce trajet probablement inutile, ce jour probablement perdu, cet espoir probablement vain». « Probablement», sur cette nuance encore, Kafka joue son œuvre tout entière. Mais rien n'y fait, la recherche de l'éternel est ici méticuleuse. Et ces automates inspirés que sont les personnages de Kafka, nous donnent l'image même de ce que nous serions, privés de nos divertissements[1] et livrés tout entiers aux humiliations du divin.

Dans *Le Château*, cette soumission au quotidien devient une

---

1 Dans le « Château », il semble bien que les « divertissements », au sens pascalien, soient figurés par les Aides, qui « détournent » K. de son souci. Si Frieda finit par devenir la maîtresse d'un des aides, c'est qu'elle préfère le décor à la vérité, la vie de tous les jours à l' angoisse partagée.

éthique. Le grand espoir de K... c'est d'obtenir que le Château l'adopte. N'y pouvant parvenir seul, tout son effort est de mériter cette grâce en devenant un habitant du village, en perdant cette qualité d'étranger que tout le monde lui fait sentir. Ce qu'il veut, c'est un métier, un foyer, une vie d'homme normal et sain. Il n'en peut plus de sa folie. Il veut être raisonnable. La malédiction particulière qui le rend étranger au village, il veut s'en débarrasser. L'épisode de Frieda à cet égard est significatif. Cette femme qui a connu l'un des fonctionnaires du Château, s'il en fait sa maîtresse, c'est à cause de son passé. Il puise en elle quelque chose qui le dépasse—en même temps qu'il a conscience de ce qui la rend à tout jamais indigne du Château. On songe ici à l'amour singulier de Kierkegaard pour Régine Olsen. Chez certains hommes, le feu d'éternité qui les dévore est assez grand pour qu'ils y brûlent le cœur même de ceux qui les entourent. La funeste erreur qui consiste à donner à Dieu ce qui n'est pas à Dieu, c'est aussi bien le sujet de cet épisode du *Château*. Mais pour Kafka, il semble bien que ce ne soit pas une erreur. C'est une doctrine et un « saut». Il n'est rien qui ne soit à Dieu.

Plus significatif encore est le fait que l'arpenteur se détache de Frieda pour aller vers les sœurs Barnabé. Car la famille Barnabé est la seule du village qui soit complètement abandonnée du Château et du village lui-même. Amalia, la sœur aînée, a refusé les propositions honteuses que lui faisait l'un des fonctionnaires du Château. La malédiction immorale qui a suivi, l'a pour toujours rejetée de l'amour de Dieu. Etre incapable de perdre son honneur pour Dieu, c'est se rendre indigne de sa grâce. On reconnaît un

thème familier à la philosophie existentielle : la vérité contraire
à la morale. Ici les choses vont loin. Car le chemin que le héros
de Kafka accomplit, celui qui va de Frieda aux sœurs Barnabé,
est celui-là même qui va de l'amour confiant à la déification de
l'absurde. Ici encore, la pensée de Kafka rejoint Kierkegaard. Il
n'est pas surprenant que le « récit Barnabé » se situe à la fin du
livre. L'ultime tentative de l'arpenteur, c'est de retrouver Dieu à
travers ce qui le nie, de le reconnaître, non selon nos catégories
de bonté et de beauté, mais derrière les visages vides et hideux de
son indifférence, de son injustice et de sa haine. Cet étranger qui
demande au Château de l'adopter, il est à la fin de son voyage
un peu plus exilé puisque, cette fois, c'est à lui-même qu'il est
infidèle et qu'il abandonne morale, logique et vérités de l'esprit
pour essayer d'entrer, riche seulement de son espoir insensé, dans
le désert de la grâce divine [1].

*

Le mot d'espoir ici n'est pas ridicule. Plus tragique au contraire
est la condition rapportée par Kafka, plus rigide et provocant
devient cet espoir. Plus *Le Procès* est véritablement absurde, plus le
« saut » exalté du *Château* apparaît comme émouvant et illégitime.
Mais nous retrouvons ici à l'état pur le paradoxe de la pensée

---

1 Ceci ne vaut évidemment que pour la version inachevée du « Château » que nous a laissée
Kafka. Mais il est douteux que l'écrivain eût rompu dans les derniers chapitres l'unité de ton
du roman.

existentielle tel que l'exprime par exemple Kierkegaard : « On doit frapper à mort l'espérance terrestre, c'est alors seulement qu'on se sauve par l'espérance véritable »[1] et qu'on peut traduire : « Il faut avoir écrit *Le Procès* pour entreprendre Le Château. »

La plupart de ceux qui ont parlé de Kafka ont défini en effet son œuvre comme un cri désespérant où aucun recours n'est laissé à l'homme. Mais cela demande revision. Il y a espoir et espoir. L'œuvre optimiste de M. Henri Bordeaux me paraît singulièrement décourageante. C'est que rien n'y est permis aux cœurs un peu difficiles. La pensée de Malraux au contraire reste toujours tonifiante. Mais dans les deux cas, il ne s'agit pas du même espoir ni du même désespoir. Je vois seulement que l'œuvre absurde elle-même peut conduire à l'infidélité que je veux éviter. L'œuvre qui n'était qu'une répétition sans portée d'une condition stérile, une exaltation clairvoyante du périssable, devient ici un berceau d'illusions. Elle explique, elle donne une forme à l'espoir. Le créateur ne peut plus s'en séparer. Elle n'est pas le jeu tragique qu'elle devait être. Elle donne un sens à la vie de l'auteur.

Il est singulier en tout cas, que des œuvres d'inspiration parente comme celles de Kafka, Kierkegaard ou Chestov, celles pour parler bref, des romanciers et philosophes existentiels, tout entières tournées vers l'Absurde et ses conséquences, aboutissent en fin de compte à cet immense cri d'espoir.

Ils embrassent le Dieu qui les dévore. C'est par l'humilité que l'espoir s'introduit. Car l'absurde de cette existence les assure un

---

1   La Pureté du cœur.

peu plus de la réalité surnaturelle. Si le chemin de cette vie aboutit à Dieu, il y a donc une issue. Et la persévérance, l'entêtement avec lesquels Kierkegaard, Chestov et les héros de Kafka répètent leurs itinéraires sont un garant singulier du pouvoir exaltant de cette certitude[1].

Kafka refuse à son dieu la grandeur morale, l'évidence, la bonté, la cohérence, mais c'est pour mieux se jeter dans ses bras. L'Absurde est reconnu, accepté, l'homme s'y résigne et dès cet instant, nous savons qu'il n'est plus l'absurde. Dans les limites de la condition humaine, quel plus grand espoir que celui qui permet d'échapper à cette condition ? Je le vois une fois de plus, la pensée existentielle à cet égard et contre l'opinion courante, est pétrie d'une espérance démesurée, celle-là même qui, avec le christianisme primitif et l'annonce de la bonne nouvelle, a soulevé le monde ancien. Mais dans ce saut qui caractérise toute pensée existentielle, dans cet entêtement, dans cet arpentage d'une divinité sans surface, comment ne pas voir la marque d'une lucidité qui se renonce ? On veut seulement que ce soit un orgueil qui abdique pour se sauver. Ce renoncement serait fécond. Mais ceci ne change pas cela. On ne diminue pas à mes yeux la valeur morale de la lucidité en la disant stérile comme tout orgueil. Car une vérité aussi, par sa définition même, est stérile. Toutes les évidences le sont. Dans un monde où tout est donné et rien n'est expliqué, la fécondité d'une valeur ou d'une métaphysique est une

---

1 Le seul personnage sans espoir du « Château » est Amalia. C'est à elle que l'arpenteur s'oppose avec le plus de violence.

notion vide de sens.

On voit ici en tout cas dans quelle tradition de pensée s'inscrit l'œuvre de Kafka. Il serait inintelligent en effet de considérer comme rigoureuse la démarche qui mène du *Procès* au *Château*. Joseph K... et l'arpenteur K... sont seulement les deux pôles qui attirent Kafka[1]. Je parlerai comme lui et je dirai que son œuvre n'est probablement pas absurde. Mais que cela ne nous prive pas de voir sa grandeur et son universalité. Elles viennent de ce qu'il a su figurer avec tant d'ampleur ce passage quotidien de l'espoir à la détresse et de la sagesse désespérée à l'aveuglement volontaire. Son œuvre est universelle (une œuvre vraiment absurde n'est pas universelle), dans la mesure où s'y figure le visage émouvant de l'homme fuyant l'humanité, puisant dans ses contradictions des raisons de croire, des raisons d'espérer dans ses désespoirs féconds et appelant vie son terrifiant apprentissage de la mort. Elle est universelle parce que d'inspiration religieuse. Comme dans toutes les religions, l'homme y est délivré du poids de sa propre vie. Mais si je sais cela, si je peux aussi l'admirer, je sais aussi que je ne cherche pas ce qui est universel, mais ce qui est vrai. Les deux peuvent ne pas coïncider.

On entendra mieux cette façon de voir si je dis que la pensée vraiment désespérante se définit précisément par les critères opposés et que l'œuvre tragique pourrait être celle, tout espoir

---

1 Sur les deux aspects de la pensée de Kafka, comparer « *Au bagne* » publié par les Cahiers du Sud : « La culpabilité (entendez de l'homme) n'est jamais douteuse » et un fragment du *Château* (rapport de Momus) ; « La culpabilité de, l'arpenteur K. est difficile à établir. »

futur étant exilé, qui décrit la vie d'un homme heureux. Plus la vie est exaltante et plus absurde est l'idée de la perdre. C'est peut-être ici le secret de cette aridité superbe qu'on respire dans l'œuvre de Nietzsche. Dans cet ordre d'idées, Nietzsche paraît être le seul artiste à avoir tiré les conséquences extrêmes d'une esthétique de l'Absurde, puisque son ultime message réside dans une lucidité stérile et conquérante et une négation obstinée de toute consolation surnaturelle.

Ce qui précède aura suffi cependant à déceler l'importance capitale de l'œuvre de Kafka dans le cadre de cet essai. C'est aux confins de la pensée humaine que nous sommes ici transportés. En donnant au mot son sens plein, on peut dire que tout dans cette œuvre est essentiel. Elle pose en tout cas le problème absurde dans son entier. Si l'on veut alors rapprocher ces conclusions de nos remarques initiales, le fond de la forme, le sens secret du *Château* de l'art naturel dans lequel il s'écoule, la quête passionnée et orgueilleuse de K... du décor quotidien où elle chemine, on comprendra ce que peut être sa grandeur. Car si la nostalgie est la marque de l'humain, personne peut-être n'a donné tant de chair et de relief à ces fantômes du regret. Mais on saisira en même temps quelle est la singulière grandeur que l'œuvre absurde exige et qui peut-être ne se trouve pas ici. Si le propre de l'art est d'attacher le général au particulier, l'éternité périssable d'une goutte d'eau aux jeux de ses lumières, il est plus vrai encore d'estimer la grandeur de l'écrivain absurde à l'écart qu'il sait introduire entre ces deux mondes. Son secret est de savoir trouver le point exact où elles se rejoignent, dans leur plus grande disproportion.

Et pour dire vrai, ce lieu géométrique de l'homme et de l'inhumain, les cœurs purs savent le voir partout. Si Faust et Don Quichotte sont des créations éminentes de l'art, c'est à cause des grandeurs sans mesure qu'ils nous montrent de leurs mains terrestres. Un moment cependant vient toujours où l'esprit nie les vérités que ces mains peuvent toucher. Un moment vient où la création n'est plus prise au tragique : elle est prise seulement au sérieux. L'homme alors s'occupe d'espoir. Mais ce n'est pas son affaire. Son affaire est de se détourner du subterfuge. Or, c'est lui que je retrouve au terme du véhément procès que Kafka intente à l'univers tout entier. Son verdict incroyable, c'est ce monde hideux et bouleversant où les taupes elles-mêmes se mêlent d'espérer[1].

---

1 Ce qui est proposé ci-dessus, c'est évidemment une interprétation de l'œuvre de Kafka. Mais il est juste d'ajouter que rien n'empêche de la considérer, en dehors de toute interprétation, sous l'angle purement esthétique. Par exemple, B. Grœthuysen dans sa remarquable préface au « Procès » se borne, avec plus de sagesse que nous, à y suivre seulement les imaginations douloureuses de ce qu'il appelle, de façon frappante, un dormeur éveillé. C'est le destin, et peut-être la grandeur, de cette œuvre que de tout offrir et de ne rien confirmer.

Table des matières

LA CRÉATION ABSURDE

LE MYTHE DE SISYPHE

APPENDICE

图书在版编目（CIP）数据

西西弗神话 /（法）阿尔贝·加缪（Albert Camus）
著；郭硕博译. -- 重庆：重庆大学出版社，2020.11（2025.2重印）
ISBN 978-7-5689-1818-3

Ⅰ. ①西… Ⅱ. ①阿… ②郭… Ⅲ. ①随笔—作品集
—法国—现代 Ⅳ. ①I565.65

中国版本图书馆CIP数据核字（2019）第206053号

西西弗神话

XIXIFU SHENHUA

［法］阿尔贝·加缪　　　著
Albert Camus

郭硕博　译　何祥迪　校

策划编辑：张菱芷　　责任编辑：李桂英
责任校对：万清菊　　责任印制：赵　晟
装帧设计：重庆西西弗文化传播有限公司

重庆大学出版社出版发行
出版人：陈晓阳
社　　址：重庆市沙坪坝区大学城西路21号
邮　　编：401331
电　　话：（023）88617190　88617185（中小学）
传　　真：（023）88617186　88617166
网　　址：http://www.cqup.com.cn
邮　　箱：fxk@cqup.com.cn（营销中心）
重庆升光电力印务有限公司印刷

开本：787mm×1092mm　1/32　印张：11.75　字数：290千　插页：32开2页
2020年11月第1版　　2025年2月第5次印刷
ISBN 978-7-5689-1818-3　定价：69.00元

本书如有印刷、装订等质量问题，本社负责调换
版权所有，请勿擅自翻印和用本书
制作各类出版物及配套用书，违者必究